U0024725

滄狼行

卷11

將計就計

指雲笑天道

目錄

CONTENTS

第一章

神醫李時珍

李時珍道：「聊了這麼久，還不知道如何稱呼閣下？」
天狼道：「在下錦衣衛副總指揮使天狼，
這位則是錦衣衛龍組成員鳳舞，見過李先生。」
李時珍臉色一變：
「你就是在山西大破白蓮教的天狼？」

天狼奇道：「先生何出此言？你是醫生，也要過問軍國政事嗎？」

李時珍大義凜然地道：「我是醫生，但我也有自己的眼睛，有自己的良知，現在的大明，就像一個病人，而東南的倭寇之亂，就是大明揮之不去的一塊頑疾，隱約間也有不斷惡化的趨勢，胡總督到任之後，鞠躬盡瘁，每日為平定倭寇而嘔心瀝血，我曾經幾次為他探過脈，開過藥，他的身體早已積勞成疾了，這樣的好官如果你們還要查辦，於心何忍！」

天狼保證道：「先生但請寬心，我們來此，確實是為了幫助胡部堂，而非對他不利，**朝中不可一日無東南，東南不可一日無胡總督**，這個道理，我們都很清楚的，錦衣衛除了查辦謀逆大案外，也有偵察敵情，捉拿敵酋的使命，先生不必多慮。」

李時珍的眉頭舒緩開來，笑道：「既然如此，那也不枉我好生醫治這位姑娘了。」說到這裡，他又看了看天狼和鳳舞，道：「如果在下所料不錯的話，二位的臉上都戴了人皮面具吧。」

天狼知道李時珍這種經常和江湖人士打交道的醫生，對易容術這種事情不會陌生，再說鳳舞的易容只變了臉，脖子和身上的皮膚顏色明顯不一樣，他給她換藥的時候應該早就看出來了，於是點頭道：「李先生說得不錯，我們出來執行秘密任務，人用代號，臉上也戴有面具，身分認定則以腰牌為準。」

李時珍聽了，道：「聊了這麼久，還不知道如何稱呼閣下？」

天狼啞然失笑，指指自己說道：「在下錦衣衛副總指揮使天狼，這位則是錦衣衛龍組成員鳳舞，見過李先生。」

李時珍臉色一變：「你就是在山西大破白蓮教的天狼？」

天狼訝然道：「怎麼，您也知道我的事嗎？」

李時珍哈哈大笑起來：「你要是早點亮明身分，剛才我就不會問你這個問題了，那次皇上龍體欠安，召我去把脈，正好你們的陸總指揮向皇上彙報此事，皇上聽了之後，情緒立即好轉，都不用我再進湯藥了呢。」

天狼不敢置信地道：「想不到此事會傳到皇上的耳中。」

李時珍道：「陸總指揮很看重你，在皇上面前說了你許多的好話，那陣子蒙古入侵，皇上寢食難安，身體很糟，還經常發脾氣，聽到這個消息後，情緒才好了不少，所以這人哪，心順了，身體自然就會有改善。」

鳳舞忍不住插嘴道：「李先生，我聽說皇上是修道之人，怎麼會連這個道理也不明白呢？」

李時珍嘆起氣來：「其實我出宮也跟這個有關，皇上迷信方士，只知道養生練氣，一意修仙，每天打坐練功，還吃許多有毒性的丹藥，我勸諫過他多次，可是皇上根本聽不進去，所以我乾脆出宮。**為人臣者，忠字第一，既然不能為皇上分憂，只好退而求其次，照顧為國作戰的將士們吧。**」

天狼對嘉靖皇帝一向沒有什麼好感，便轉移話題道：「那依先生看，鳳舞的傷要多少天才能好？」

李時珍沉思了一下，道：「這傷若是在平常位置，三兩天就好了，只是脖頸處活動頻繁，又傷到了血管，痊癒只怕需要一個月左右。」

鳳舞叫了起來：「一個月呀，這麼久！」

李時珍道：「這五天是關鍵時期，需要儘量減少吃飯和說話，如果鳳舞姑娘能忍一下的話，最後三天不吃飯不說話，恢復起來能更快一些，不然牽動了傷處，使傷情有反覆就不好了。你們剛才說要把鳳舞姑娘轉到胡總督的官邸去，我覺得最好等這五天過了再說，那時候傷口結痂了，我再開些清涼去火的藥粉，讓鳳舞姑娘帶著敷用。」

天狼點點頭：「如此甚好。」

鳳舞悵然地說：「天狼，你可得早點回來。」

天狼對李時珍道：「李先生，那就有勞你了，我和鳳舞還有些話要說，委屈一下先生。」

李時珍聽了，拿起藥囊，走前還不忘指著鳳舞床頭的藥碗說道：「那藥是溫的，可以喝了。」

待李時珍的腳步消失在遠處後，天狼拿起藥碗，遞給鳳舞，鳳舞接過碗，邊喝邊開玩笑道：「什麼時候對我這麼好了？」

天狼突然抓住鳳舞的手，鳳舞如同觸電一般，嚇了一跳道：「你這是做什麼？」

天狼用腹語術說道：「鳳舞，這裡人多耳雜，那李先生又是耳目靈敏，我怕我們二人說話會給別人聽了去，還是用這種方式好了，這是峨嵋派的不傳之秘，可以靠胸腔振動來說話，別人聽不到的，來，我告訴你口訣，你跟著做就是。」

鳳舞「撲嗤」一笑，天狼驚奇地發現她的聲音也傳到了自己的體內：「天狼，你可別忘了，我連峨嵋絕學幻影無形劍都學到了，這腹語術乃是冰心訣中的一招，我早就會了。」

天狼心中一動：「鳳舞，你一直沒告訴我，你的峨嵋武功究竟是哪裡學到的？」

鳳舞顧左右而言他地道：「你別多問了，我爹從小就照著殺手的要求來訓練我，自然是讓我學習各派的武功，上次你也見識過了，我會的可不止是峨嵋一門的功夫。」

天狼搖頭：「不對，你雖然正邪各派的功夫都會一些，可是只有峨嵋的武功是最純正的，幻影無形劍和冰心訣是峨嵋派的不傳之秘，連達克林也沒有學全，你卻知道的比他還多，這根本不合理。」

鳳舞幽怨地說道：「人家不辭萬里地來找你，你卻總是要對我刨根問底，我已經自殺過一次了，你還不滿足，**非要逼死我你才甘心嗎？**」

天狼知道這時候她情緒很敏感，刺激不得，連忙說道：「不是這樣的，我只是想對你增加一些瞭解罷了，你看，我的事你爹都跟你說了，你的事我卻一無所知，就算我想試著和你在一起，這種陌生感也會讓我很難受的。」

「天狼，我的人生充滿了黑暗與血腥，時機成熟的時候，我一定會跟你說的，但現在還不是時候，求你別再逼我了，行嗎？」鳳舞哀求道。

天狼見問不出所以然來，也只好說道：「好吧，我不逼你，等你主動想和我說的時候再說吧。現在我們談正事，這回你爹讓你來杭州，除了監控我以外，還有什麼別的指令嗎，是不是也要監視胡宗憲和其他的嚴黨官員？」

鳳舞道：「**爹爹給我的命令只有一條，就是監視你**，你到哪裡就得跟到哪裡，你做什麼事情，都要向他彙報。至於胡宗憲和其他的嚴黨成員，不是我要操心的事。」

天狼哼了聲：「果然是這樣，你爹還是信不過我啊。」

鳳舞搖頭：「不，他對你的能力非常滿意，但是你太喜歡自作主張，所以我得看著你，萬一有什麼狀況，也能暗中協助你，你應該知道，無論你要做什麼事，我都不會違背你的意思。」

天狼從鳳舞的手中能感覺到她劇烈的心跳，不免有些感動，道：「明天一早，我要跟戚繼光帶兵去義烏，回來後，我還有一件事要辦，那就是去汪直那裡送個信。」

鳳舞一聽大急，抓緊天狼，焦急地說道：「天狼，那可是倭寇的老巢啊，又是在海上，萬一出事，逃都逃不回來，我不准你去，死也不准你去。」

天狼堅定地說：「不，我一定要去，事關抗倭大局，非如此不可。汪直還指望著朝廷開海禁，和他做生意，這回他派了徐海和毛海峰上岸試探，胡總督沒有拒絕他，這種情況下，他沒有任何必要和我們翻臉，就算他和陳思盼合謀，想要引出朝廷的水師加以殲滅，也不可能提前對我這個使者下手，壞了大事的。」

鳳舞還是不放心地說：「可是，你和嚴世蕃結了這麼深的仇，若是他授意倭寇對你下手，那可怎麼辦？」

天狼嘴角勾了勾，豪氣干雲地說道：「他想要我的命也不是一次兩次了，以前不能得手，以後也不可能，**倭寇那裡雖然是龍潭虎穴，但我也有信心來去自如！**鳳舞，這次你千萬不要跟著我，萬一我出了什麼事，你還得向你爹報信，把這裡的事情告訴他。」

鳳舞突然撲進天狼的懷裡，這個舉動讓天狼一下子反應不及，只覺得她的兩隻玉臂緊緊地環住自己，腦袋緊靠著他的胸口，深情地說：

「天狼，我不許你說這種不吉利的話，答應我，一定要平安地回來，千萬不要逞英雄。我知道你重義輕生，但是你要記住，留得青山在，不怕沒柴燒。答應我，送了信以後不要多說話，更不要和倭寇逞強爭勝，做了這事以後，我們就回京去，東南這裡的事，自然有胡宗憲他們處理，不需要我們多摻和，好嗎？」

天狼笑道：「到時候我自有計較，雙嶼島是倭寇的老巢，我想趁這次機會為胡部堂觀察一下倭寇的虛實，放心吧，我會易容前往，你難道信不過我的腦子嗎？好了，我要辦的事都跟你彙報過了，明天一早我就和戚繼光動身，你在這裡好好休息，早點養好傷，才能助我一臂之力。」

天狼正想起身離開，突然想到了一件事，問道：「鳳舞，你來杭州前，可是在詔獄裡看守楊繼盛？」

鳳舞身體明顯一抖：「你問這個做什麼？」

天狼看鳳舞的反應，心中疑雲大起：「本來你爹是希望我直接回京去看管楊大人的，他怕你頂不住壓力，要我速速回京接替你，後來東南因為倭寇一事更為緊急，才派我先來這裡，不知楊大人現在可好？」

鳳舞嘆了口氣，道：「嚴賊派他們的黨羽趙文華來提審，每半個月來一次，每次都打一百杖，楊大人給打得不成人樣，連我看了都於心不忍，可楊大人的脾氣很倔強，我曾經派人給他送去蛇膽，含在嘴裡可以減輕痛苦，還派了醫官假裝成獄吏，進詔獄想替他治療，可是他全拒絕了。」

「什麼，拒絕了？他這是做什麼，真的不要命了嗎？」天狼不敢相信自己的耳朵。

鳳舞動容道：「我一開始也不明白，後來才想到，楊大人早在上疏彈劾嚴嵩父子的時候，就打算死諫了，他認為如果他被活活打死，那天下輿論必然會同情他，**他是想用自己的性命來換取世人的清醒。**」

天狼默然無語，只能豎起大姆指：「真是條鐵錚錚的漢子，只要他不死，我一定會想辦法救他出來的。你現在離開京師，那是由誰來看管楊大人啊，這人可靠嗎？」

鳳舞微微一笑：「這你大可放心，我看到楊大人給打得實在太慘，又不肯醫治，心中不忍，於是便想了個辦法，走了宮中的門路。皇上寵信道士，這幾年有一個龍虎山來的遊方道士，名叫藍道行，能言善道，頗得皇上寵信，其實這人以前在京城中犯過事，本是死罪，可是我爹看出了此人的異能，把他進獻給皇上，所以他欠我爹一個人情，這次我去找他，請他想辦法在皇上面前說話，於是藍道行一番裝神弄鬼後，叫皇上不可逼死忠良，不然上天會降下責罰，果然皇上就命令對楊大人停止行刑了。」

天狼喃喃地念著藍道行這個名字，總覺得有些耳熟，猛然想起自己和錢廣來在京城看到這藍道行在鬧市闖吊千斤的事，驚道：「原來是此公啊，我還以為他早就給斬首示眾了呢。」

「怎麼，你也認識此人？」鳳舞好奇地問。

天狼點點頭：「當年我還是李滄行的時候，曾在京師見到這藍道行在鬧市玩闖吊千斤的把戲，與人作賭，後來遭暗算傷了人命，被捕拿下獄，想不到他居然進了宮。」

鳳舞啐了一口：「好不要臉，大庭廣眾之下，居然做這等有傷風化之事。」

天狼道：「我倒覺得此人是故意要鬧出人命的，為的就是進宮，他知道皇上喜好女色，這種江湖術士多精通房中之術，又會煉製各種紅丸春藥，你爹也是看中了這一點，才會把他進獻給皇上的。」

「總之，楊大人基本上沒有性命之虞，我便把看守他的任務交給了達克林，這才動身來杭州的。」鳳舞接口道。

天狼皺了皺眉頭：「達克林？這傢伙靠得住嗎，我有點擔心。」

鳳舞道：「這點你可以放心，雖然達克林對我爹重用你有點意見，但他畢竟受了我爹的收留之恩，不至於倒向嚴嵩。再說，現在皇上已經下令不許再提審楊大人了，如果楊大人死在詔獄中，第一個倒楣的就是他，衝著這點，他也會保護好楊大人的。」

天狼總算放下心來：「等我辦完在杭州的事，回京後一定要拜訪一下這位楊大人。時候不早了，你早點休息，好好養傷，等我回來。」

鳳舞依依不捨地說：「早去早回！我會為你祈禱的。」

三天後，浙江中部的義烏縣。

天狼一身軍裝，扮作戚繼光的副將，站在義烏縣城的城頭，遠遠地看著城南方向連綿起伏的山脈。

義烏雖然不大，但離現在也有兩千多年的歷史了，秦朝時屬會稽郡，當時縣名叫烏傷，相傳秦朝時有個孝子，名叫顏烏，對父親非常孝順，父親死後，由於所住的地方山石累累，缺乏泥土，於是他每天從十幾里外的平原上負土築墳，連天上的烏鴉都被他的孝心感動，幫著他銜土，結果嘴喙皆傷，從此這個地方就得名為烏傷縣，以紀念這個孝子和這些通靈的烏鴉。

到了西漢末年，王莽篡位之後，此地改名為烏孝縣，到隋唐時期，改名稠州，以其境內的稠山（德勝岩）而得名，最後到唐高祖武德年間，正式更名為義烏，這個稱呼也一直沿用至今。

戚繼光看著遠處的八保山，眉頭緊鎖，從那裡吹來的山風把千萬人的吶喊聲也一併傳了過來，聽起來彷彿是千軍萬馬在奔馳，喊殺聲和慘叫聲連十里之外的縣城都聽得清清楚楚，可見打鬥的激烈。

戚繼光轉頭對站在一邊的義烏縣令華長民道：「華縣令，這次械鬥持續多久了，沒有一點停下來的跡象嗎？」

華縣令乃是一個四十多歲的中年人，白淨面皮，中等身材，山羊鬍子，面相上透著一股難以掩飾的精明，一聽戚繼光的話，連忙上前拱手道：

「回將軍，他們已經打了三個多月了，還是沒有一點罷手的意思，前幾天聽說那永康鹽商施文六又從永康和龍泉一帶招了三千多人過來，和本縣的百姓繼續硬抗呢。」

戚繼光眉頭緊鎖道：「華縣令可知這施文六是何來頭？本縣的義烏百姓又是誰帶頭組織的？」

華長民早有準備，回道：「施文六乃是浙江一帶著名的商人，以前靠販賣私鹽發家，聽說還跑過幾年海運，下過南洋，跟佛郎機人也打過交道，後來朝廷海禁之後，他便不再做海上生意，回永康當了絲綢商人。全浙江一半的生絲收購幾乎都是由他來負責，在杭州城內也有六七家作坊，每年朝廷從咱們浙江省收購的絲綢，有三分之一都是施家作坊裡生產的呢。」

天狼聽了道：「怪不得此人能源源不斷地從外鄉雇人過來打架，只是此人既然做的是絲綢生意，又為何要在這窮鄉僻壤的義烏縣跟這些鄉民過不去呢？」

天狼這次對外公開的身分是戚繼光的副將劉復才，華長民涎著臉回道：

「劉副將所言極是，其實下官一開始也不明白他為何要來我們義烏縣鬧事，後來經下官多方打聽，才知道這施文六幾個月前路過此處時，有個相師跟他說，此地的八保山上有銀礦，施文六派了幾個挖礦行家過來打探，果然挖到了一些銀子，於是他便討得布政使司的命令，從永康縣招募了幾千礦工來這義烏挖礦了。」

「可是這義烏的百姓世代多是靠進山打獵砍柴，八保山一帶住的是陳氏一族，族長陳大成以前當過兵，人十分勇悍，在縣裡當過捕頭，後來辭官回鄉，當了族長。陳大成便帶了二十幾個鄉民去找施文六交涉，要他不要妨礙本地人砍柴打獵，可是施文六仗著自己在杭州有靠山，不僅態度蠻橫，還把陳大成他們抓起來打了一頓，陳大成咽不下這口氣，便糾集了附近十里八鄉的村民，跟施文六的永康礦工們械鬥至今。」

天狼「哼」了聲：「原來如此，華縣令，你是朝廷命官，一方父母，明明是這施文六仗勢欺人，橫行不法，你為何不派縣中的衙役將之拿下呢？」

華長民苦笑道：「戚將軍，劉副將，下官真的是有心無力啊，我義烏縣只有幾十名衙役，哪擋得住這數千如狼似虎、孔武有力的壯漢，再說了，那施文六手眼通天，能從杭州的布政使司討得命令，把整個山都圈起來挖礦，這後臺不是一般的硬啊，下官也曾經向布政使鄭大人、按察使何大人乃至胡總督上過書，可是得到的回覆卻是讓下官靜觀其變，由他們自行解決啊。」

戚繼光點點頭：「總督確實下過這樣的命令，只是現在鬧得太不像話了，才讓我們率軍過來的。」

天狼心中雪亮，**想必是胡宗憲不想明著得罪鄭必昌和何茂才**，這兩人一定是收了施文六的巨額好處，而且施文六控制著全省一半的生絲收購，三分之一的絲綢產量，萬一得罪了他，朝廷每年在東南的賦稅都要出大虧空，所以此人才有恃無恐。只是沒想到義烏的百姓竟然如此剽悍，把他雇來的外鄉礦工打得開不了工，這大概也是大出他意料之外的事。

想到這裡，天狼問道：「華縣令，雙方打到現在，你就算無法抓人，可曾出面調停過？我聽說這場械鬥已經打了三個多月，雙方的死傷都有數千了，這麼大的事情，你也不管嗎？」

華長民腦門上開始冒汗，一邊從懷中掏出手絹擦汗，一邊說道：

「下官曾多次把施文六和陳大成請到縣衙來調停，可是雙方認知差距太大，根本無法談攏，施文六寸步不肯讓，堅持要在八保山開礦，還說他的礦工給打死了兩千多人，他還要出撫恤金，所以以後這銀礦的稅錢也不給縣裡了。至於那個陳大成，則堅持要施文六和他的人全部離開，並且賠償義烏人死傷的錢，雙方每次都是帶了上百人來我的縣衙，有兩次差點在這裡打起來。最近這個月知道反正也談不攏，索性來都不來了，看來非要在這裡鬥個勝負高下才肯甘休。」

戚繼光撫鬚道：「戚某帶兵十餘年，也曾走過不少地方，如此倔強的百姓，倒也是第一次看到，華縣令，雙方知道我們大軍開來的消息嗎？」

華長民回道：「自從昨天接到大軍開拔的消息後，下官就連夜派人通知雙方了，這回有大軍坐鎮，肯定他們會有所收斂的。」

戚繼光眉毛一揚：「既然如此，為何這二人都不來呢，反而聽起來仍在打鬥，這又是為何？」

華長民咽了泡口水，道：「這，或許是山民愚頑，不知將軍天威啊。」

戚繼光板著臉道：「華縣令的說法，本將不敢苟同，施文六跟布政使都說得上話，就是陳大成也是當過兵見過世面的，不可能不知道大軍到此的嚴重性，依我看，**他們不是打紅了眼，要麼就是完全不把我們這支軍隊放在眼裡。**」

華長民擦著頭上的汗，連連稱是。

天狼突然問道：「華縣令，你可知跟施文六說八保山有銀礦的相士是什麼人，此人現在何處？還有，施文六找的那些挖出銀子的礦工，現在還在嗎？」

華長民一愣，搖搖頭道：「下官不知。」

天狼和戚繼光對視一眼，心意相通。

戚繼光對華長民道：「華縣令，我軍初來乍到，現在在城外紮營，還請你繼續請陳大成和施文六來縣衙和談，本將觀察一下他們械鬥的情況，再作定奪。」

華長民示好道：「一切但憑將軍吩咐，下官已在縣衙中備下一桌薄席，為二位將軍接風洗塵，還請二位將軍賞臉，大駕光臨。」

戚繼光擺了擺手，向城下走去：「不用了，本將軍務在身，等解決了此事，一定與華縣令把酒言歡。」

一個時辰後，城外的軍營中，一片忙碌的景象，紹興士兵們正一隊隊地把新從山中砍伐的樹木削成一根根的柵欄與木樁，再釘在營地周圍，營地的內部，立起一頂頂軍帳，中間一頂最大的營帳，高高的旗杆上飄著一面「戚」字大旗，正是戚繼光身處的帥帳。

戚繼光和天狼在帥帳中相對而坐，親兵都被打發到了帳外。

戚繼光道：「天狼，**看來這起事件的源頭，還在那施文六的身上**。你剛才問起那個道士，是不是有什麼想法了？」

天狼道：「不錯，聽那華縣令說完，我只覺得奇怪，如果這裡真的有銀礦，為什麼幾百上千年來都沒有本地人去挖呢，這其中必然有詐！」

戚繼光心中一動：「**你是說這個相士有問題？他是故意挑起這場爭鬥的？**」

天狼點點頭：「當年我在剿滅白蓮教時，就看到白蓮教經常用這種手法，他們會打聽哪些貧苦人家跟本地的豪強惡霸有矛盾衝突，便派人去故意挑事，害得這些貧苦人家家破人亡後，他們再出面教訓那些豪強惡霸，這樣一來，那些貧苦人家感恩戴德之下，自是願意加入白蓮教，更成為死忠信徒，就是讓他們吃下炸藥，把自己煉成毒人，也心甘情願。」

戚繼光第一次聽說白蓮教這樣的手段，動容道：「他們竟有如此手段，只是那白蓮教為何不直接去吸收那些豪強惡霸呢，拉攏一些普通百姓又有什麼用？」

天狼道：「這就是白蓮教的過人之處了，那些豪強惡霸都有自己的產業和勢力，要讓他們進白蓮教當信眾，哪個會願意呢！而且這些人關係人脈錯綜複雜，一不留神就會把他們傳教之事給洩露出去，若是白蓮教只貪圖眼前的利益，跟這些豪強惡霸搭上關係，幫著他們一起欺壓百姓，那也會在底層人中失掉人心，沒有人，這個邪教也無從發展了。」

戚繼光嘆道：「怪不得這白蓮教在山西一帶能折騰起如此大的聲勢，看來的確有獨到之處。天狼，你的意思是，這個道士也是某個組織的人？」

天狼研判道：「我估計八九不離十，施文慶有嚴黨的鄭必昌、何茂才作後盾，一向驕橫跋扈，人又貪婪逐利，一聽到這裡有銀礦的消息，一定會勾結官府，圈山開採，這樣就斷了長年靠山吃飯的義烏山民的生路，勢必會激得當地人跟他們死拼。

「一般情況下，這些義烏人會吃大虧，到時候，這個組織就會趁機拉攏義烏人加入他們，若是能想辦法教訓一下施文六那夥人，那這些純樸的義烏人就更會死心塌地了，就是讓他們殺人放火、扯旗造反也願意啊。

「戚將軍，現在在東南沿海，除了倭寇，還會有誰做這樣的事呢？再說，那個施文六早年下海經商，說不定跟汪直這些老倭寇都認識，**也許就是配合倭寇演戲**，你想，他既然有這麼大的權勢可以買通鄭必昌、何茂才，連胡總督都奈何他不得，在這裡和義烏人打了幾個月了，卻一直不去買通官府調兵彈壓，反而把事情越鬧越大，讓死的人越來越多，不是**有意要挑起兩地百姓間的仇恨嗎？**」

戚繼光聽得連連點頭：「你的分析很有道理，不過事實如何，還得等我們親眼看過再說，現在大軍不宜出動，不然兩邊在械鬥的時候，一旦我的將士們動手殺人，這仇可就結得深了，所以你我還是按原定的計畫易容改扮，先去看清楚狀況再說吧。」

天狼道：「前幾天大軍開拔的時候，我先到永康一帶暗查過了，施文六正在高額懸賞各路江湖人士，永康龍泉一帶的百姓給打死了好幾千，一些膽小的不敢去，只有心黑手狠的黑道綠林才願意跟他來義烏打架，只不過施文六還不敢做得太過頭，不許這些人用刀劍，只讓他們用棍棒扁擔這些農具。衝著五兩銀子一天的報酬，不少一臉橫肉的傢伙加入，依我看，施文六這次新招的人裡，九成都是各處的山賊土匪，龍蛇混雜，我可以想辦法混進其中，一探施文六的底細。」

戚繼光道：「怪不得你連招呼都不打就離開了大軍，我也不便過問，只是你一個人真的可以嗎，要不要我跟你一起去？」

天狼擺擺手：「戚將軍，大軍還需要你坐鎮，而且，那個姓華的縣令雖然一直順著我們的意思說話，但我來之前查過他的底，他的官職也是靠著賄賂嚴黨得來的，這兩年在任上沒少孝敬鄭必昌和何茂才，很可能是嚴黨放在此處的耳目，今天設宴，也是想監視我們，所以你要小心應付姓華的，這兩天我不在時，你要帶兵不時地做做樣子。」

戚繼光聽了道：「可是你不在，那華長民一看就知，到時候必定會心生疑慮，怎麼辦？」

天狼道：「麻煩將軍找一個可信的親兵過來，我把他易容成我的模樣，你讓他少說話，那華長民若是請將軍赴宴，帶上他便是。」

戚繼光哈哈一笑：「這個好辦。」對著帳外叫道：「劉得才，進來一下！」不一會兒，一個二十多歲，濃眉大眼，看起來精明強幹的士兵走了進來，對戚繼光和天狼行禮道：「小的劉得才，見過三位將軍！」

戚繼光對天狼說道：「這劉得才是我從登州衛帶過來的親兵，他家也是世代衛所兵，一直在我們家幫忙做事，絕對可以信得過，人也機靈，你讓他扮作你準沒錯。」

天狼長身而起，對劉得才道：「劉兄弟，有勞你這幾天換一張臉啦！」

兩個時辰後。

八保山南的一片臨時營地裡，幾千名身穿黑衣，面相凶惡，滿臉橫肉的壯漢正稀稀落落地從山外回來，個個垂頭喪氣。

一個三十多歲，臉上帶著兩道刀疤的黑臉漢子罵道：「娘的，想不到這些義烏山民打起架來這麼凶，完全是不顧頭不顧尾的打法，扁擔打到身上真他娘的疼。」

黑臉身邊的一個瘦子也叫道：「老李，你挨一下扁擔算是好的了，我看到飛熊寨的李二癩子，今天直接給人用獵叉在肚子上扎了個大洞，腸子流了一地，只怕是活不成啦。」

走在前面的一個彪形大漢回頭瞪了那瘦子一眼，嚇得瘦子連忙低頭不語。

只聽那大漢罵道：「淨他娘的長他人志氣，滅自己威風，咱們可是黑虎寨出來的，怕過誰啊，成天過的就是刀頭舔血的日子，你們幾個難道沒見過死人嗎？」

後面幾個嘍囉連忙點頭哈腰，臉上掛著諂笑，道：「三當家說得是，三當家說得是！」

那彪形大漢「哼」了聲，自言自語道：「這東家也真是的，不讓咱們用稱手的刀劍，非要咱們跟那些窮鬼一樣，拿著扁擔木棒去打架，娘的，老子又不像江湖上的高手會什麼內功，這一棒子過去，根本打不死人啊，真是太吃虧了。」

最先說話的那個黑臉漢子忙應道：「就是就是，三當家說得對，咱們兄弟都使慣了刀槍長矛，現在換成了棍子，實在是不稱手啊，你們看，今天我這棍子都打斷啦。」他說著拿起手中的半截斷棍。

三當家不耐煩地回道：「二狗子，你以為就你的棍子打斷了嗎？娘的，老子今天都打斷五根了，真他娘的邪了門，你說這些義烏人，一個個身子骨硬得很，骨頭都打斷了，還抱著老子的腿在咬，要不是小劉子眼急手快勒死了那婆娘，估計老子腿上這塊肉都給那婆娘咬下來啦。」

眾人都哈哈大笑起來。

三當家突然想到了什麼，對走在隊伍最後面的一個高個子吼道：「小劉子，你他娘的在後面磨磨蹭蹭的幹什麼啊，不就殺了個瘋婆子嗎，又不是沒殺過人！快點回營，還有酒肉在等著咱們呢，去晚了啥都沒啦。」

那名叫小劉子的高個子一直心事重重地走在後面，魂不守舍的，聽到三當家這一聲吼後，正要說話，身邊草叢裡突然響起了幾聲蛤蟆的叫聲，他的臉色一下子變得煞白，捂住肚子說道：「三當家，小的……小的內急，先方便一下，去去就來。」

三當家罵道：「就你小子的事多，滾滾滾，一會兒咱們可不留東西給你吃。」

小劉子匆匆走向一邊的樹林，只聽那蛤蟆的叫聲忽遠忽近，他跟著那叫聲一直走下去，進入密林深處，那蛤蟆的叫聲突然停了下來，前面一棵兩人合抱粗的松樹背後，傳來一個冷冷的聲音：「你今天居然還沒死啊，運氣不錯，還出手殺了人，嘿嘿，我真是小看了你啊。」

小劉子兩腿一軟，一下子跪倒在地，不停地磕起頭來：「大俠饒命，大俠饒命，小的今天殺人乃是迫不得已啊，我真的只是想把她從三當家的腿上拉開，沒想到拉著拉著就勒死了！」

一個同樣的瘦高個子從松樹後轉了出來，令人驚奇的是，此人的身形相貌和這小劉子一般無二，站在一起幾乎像是一個模子刻出來的。

小劉子驚得張大了嘴，牙齒打戰地道：「大……大爺，你…你這是……」後出來的瘦高個子不是別人，正是易容後的天狼。

這小劉子乃是閩北黑虎寨的一個嘍囉，前天隨著山寨的數十名匪徒一起被那施文六招募，跟著那個三當家結隊來到義烏，因賊性難改，夜裡趁眾人熟睡時偷偷溜出來，去附近的一個小廟搶劫，結果被暗中觀察的天狼盯上，出手制住，並且逼他服下一顆藥丸，哄騙他這是七步斷腸散，若是三天不服解藥，勢必肚破腸流而亡。

當時天狼詐稱自己是官差，說看到施文六招了不少江湖中人和綠林匪徒，要從中尋找某個逃亡已久的大盜，便和小劉子約定了碰頭的時間和暗號。

天狼冷笑道：「怎麼，是不是怕我扮成你的模樣，會殺了你？」

小劉子哭求道：「大爺，您行行好，小的上有八十老母，下有三歲小兒，全家都等著我養活啊，你這一刀下去，殺的可不止是我一條命，而是六七條命啊！」

天狼對這種求饒的話聽得耳朵都起繭了，不耐煩地說：「好了好了，別跟老子在這裡裝可憐，真要殺你，我剛才就下手了，還用得著這樣！這個先拿去吧。」

手指一彈，小劉子還沒來得及說話，一顆藥丸就徑直飛進了小劉子的嘴裡。

小劉子嚇得魂飛魄散，磕頭如搗蒜：「大爺，求求您饒小的一命啊，小的就是做牛做馬，也要回報您的恩情！」

天狼冷冷地說道：「剛才就說了，要取你命，直接出手就是，還用得著費這事！老子言而有信，**你跟我合作，我就給你解藥**，不過你記好了，這解藥只夠管五天的，你現在就給我滾，滾到隔壁金華縣的縣城裡，有一家龍騰客棧，我在二樓的甲字三號房給你訂了一個房間，你在那裡等我，我辦完事，自然會給你剩下的解藥。」

第二章

義烏倭影

天狼道：「你們這些人中間，有沒有混進倭寇？」
小劉子臉色一下子變得煞白，「大爺，你這是什麼意思……
我們雖然是綠林好漢，但也不至於跟倭寇扯上關係啊，
通倭可是…要滅九族的啊！」

小劉子心中一塊石頭落了地，撫著胸口，眼淚都快要流下來了：「多謝大人不殺之恩，多謝大人不殺之恩！」

天狼喝阻道：「老子現在沒空跟你多囉嗦，只問你幾句話，答錯半個字，這就是你的下場！」

他說著手一揮，大松樹上頓時出現一個深達三寸的爪印，粗壯的樹體也是一陣枝搖葉晃，上面的松果如雨般紛紛墜下。

小劉子何時見過這等神奇的武功，嚇得舌頭都要打結了。

只聽天狼問道：「這幾天你們和義烏人每天械鬥，情況如何？」

小劉子連忙說道：「大爺，這些義烏蠻子實在厲害，我當了這麼多年山賊，打劫慣了百姓，他們往往一見我們的模樣，就嚇得跪地求饒，可這些義烏蠻子，幾十個村鎮幾乎是全部出動，男女老少一起上，有些人骨頭給打斷了都不肯撤下去，那陣仗太可怕了，白花花一大片都是披麻戴孝的，個個眼珠子發紅，就差吃人了！」

天狼譏刺道：「你們不是山賊土匪麼，我看你們這幫人都是些孔武有力的惡漢，怎麼連這些老百姓都打不過？」

小劉子搖搖頭：「三當家說了，施爺不讓我們用刀，只讓用棍棒扁擔，我們使慣了鐵傢伙，一下子改用木頭玩意，實在是不趁手。」

說到這裡，他突然打了自己一記耳光，半邊臉登時腫得老高，澄清道：「不不不，大爺，小的剛才都是放屁，小的這些年誤入歧途，跟那幫山賊土匪們學壞了，從今以後，小的一定會做個良民，再也不動刀動槍，打打殺殺了。」

天狼眼中殺機一閃而沒，他本來想放這山賊一馬，可是這傢伙的本心卻是虎狼一般，在自己面前跪地求饒，一轉眼到了弱者的面前就變得心狠手辣，此人留在世上，絕對是個禍害。但天狼還有問題要問，暫且饒他一命。

「你殺不殺別人我不關心，我只問你最後兩個問題，第一，前天你跟我說的有關你們這幫土匪的事是否屬實？我再複述一遍，要是有隱瞞不報的，嘿嘿，我會讓你親眼看到自己的肚子是怎麼爛掉的。」

小劉子發誓道：「大爺，小人說的句句屬實啊，我們是閩北仙霞山黑虎寨下來的，大寨主李天剛，二寨主劉洋，三寨主顧全虎，上次我們三當家的聽到施文六在浙南閩北一帶重金招人，所以帶了五十四個兄弟下山助陣，約定每人每天是五兩銀子。」

天狼眼中寒芒一閃：「現在你們還剩下多少人？」

小劉子說道：「今天打完後，加起來死了七個，傷了二十二個，還能打的，加我還有十五個。」

天狼心中一驚：「少了這麼多？」

小劉子嘆了口氣：「大爺你是沒見到，那些義烏人一個個凶神惡煞一般，打紅了眼，人是越打越多，這回施爺招來的三千多好漢，現在還能打的已經不到一半了，昨天夜裡他離開大營，應該是又去招人啦。我們三當家也給大寨主帶了信，讓寨裡再出個幾百兄弟來給咱們報仇！」

天狼道：「這梁子還真是越結越大了，那這幾天你們傷了多少義烏人？」

小劉子想了想，道：「總有個千八百的吧，今天上午的打鬥，已經有些別的寨子的人開始動刀了，傷了他們不少人，若不是用了殺人的傢伙，嚇得義烏人不敢追擊，我今天說不定就得交代在八保山啦。」

天狼點點頭：「最後一個問題，**你們這些人中間，有沒有混進倭寇？**」

小劉子臉色一下子變得煞白，人也結巴起來：「大爺，你這是什麼意思……我們……我們雖然是綠林好漢，但，但也不至於跟倭寇扯上關係啊，通倭可是要滅九族的啊！」

天狼沉聲一吼：「老子沒心情跟你開玩笑，快說，你這些天有沒有見到過一些打扮裝束還有習俗和中原人明顯不一樣的傢伙？另外，打架的時候淨是出殺招傷人？」

小劉子歪著腦袋，仔細地想了想，突然雙眼一亮：「大爺，你還別說，我們這幫兄弟裡雖然沒有這樣的人，可是我今天看到隔壁一些招來的江湖人士中，好像還真有你說的這種人呢，有兩三個用的是棍棒，可跟我們拿的方式不一樣，很像是倭寇拿長刀時的那種握法，這些人出手也十分陰險，專向著人的腦袋和脖子這種要命的地方招呼，後來棍棒打斷後，我還看到有兩個傢伙從懷裡掏出像短刀一樣的匕首劃來劃去呢。」

天狼心中一動，倭寇的東洋刀法往往是長短刀並用，雖然短刀看起來長度和匕首差不多，但用法完全不一樣，不像匕首那樣以捅和刺為主，而是變化多端，多在近身格鬥時橫行劃過，攻擊對手的胸腹，或者是與對方的長刀重劍相擊，趁勢削斷對方的姆指，跟匕首短劍那種以突刺為主的路子完全不一樣，雖然自己沒有親眼見識，但聽小劉子所說，那些人用的分明就是東洋刀法，是扮成百姓的真倭寇無疑。

看來**自己的擔心果然是對的，這施文六一定是和倭寇暗中勾結，一方面挑起民間爭鬥，激起民怨，另一方面指使倭寇在其中暗下殺手**，讓兩地的百姓之間仇恨越結越深，鬧得不可收拾的時候，再來拉人下海當倭寇，就是駕輕就熟的事了。

天狼心中主意既定，對小劉子道：「你可看清楚了，那些人是哪個山寨的？」

小劉子搖搖頭：「他們哪個山寨的都不是，這回施大爺招人，給了浙江和福建兩省不少綠林山寨好處，我們這些寨子，多是巫山派的屬下，也不能收了錢以後就全寨出動，只能暗中派幾十個人下山，每個寨子都是自己人抱團打架，也好有個照應，除此之外，施大爺還招了不少江湖上的獨行高手，這些人是單獨編成一隊的，施大爺派了他的保鏢護衛來統領這些人，我看那幾個人有點眼熟，好像施大爺來我們山寨招人的時候，這幾個人都是他的護衛呢。」

天狼心中有數，對小劉子道：「好了，你可以走了！記住，在龍騰客棧等我，五天內我會來找你的。」

小劉子大喜過望，突然，神色又變得有些猶豫起來。

天狼問：「你還有什麼事嗎？」

小劉子囁嚅著道：「大爺，這解藥只管五天，您老雖然英明神武，可是萬一出個意外，不能及時回來，那小的可就死定了，看在小的將知道的事全說的份上，您還是賞我全部解藥好嗎？小的指天發誓，若是對大爺有任何不忠和背叛，管教我天打雷劈，不得好死。」

天狼微微一笑，從懷裡摸出一顆龍眼大的丹藥，扔給小劉子：「好吧，看在你忠心的份上，這解藥全給你了，快點給我消失，以後做個好人，別再當山賊了。」

小劉子歡天喜地地把那藥丸一口吞下，衝著天狼磕了個頭，轉身就向後面奔去，耳邊卻傳來天狼的聲音：「金華可不是這個方向。」

小劉子一愣，暗叫糟糕，自己剛才得意忘形，一不留神往閩北山寨的方向走去了，他正想打個哈哈解釋一下，剛一回頭，只看到一隻閃著紅光的爪子罩住自己的面門，驚愕的表情還留在臉上，掌心紅色氣流的波動，則是他在這個世上最後的記憶。

天狼掌勁一吐，小劉子那顆腦袋，就像是被敲碎的西瓜一樣，一下子炸得紅白之物迸射，又被天狼強悍的內力一下子蒸發得無影無蹤，空氣中騰起一陣紅霧，散發著濃濃的血腥味。

天狼冷笑一聲，道：「你下輩子再做個好人吧。」

他眼中紅光一閃，右手揮出，一個紅色的光波球從掌心飛到地上，「轟」地一聲，在地上炸出一個丈餘見方，深達半尺的大坑，天狼右腳一踢，將小劉子的屍身踢飛進坑裡，再一出手，坑邊給炸翻的泥土紛紛落下，把坑洞蓋得嚴嚴實實，和林中到處都是落葉松果的地方一樣，根本看不出此處有任何區別。

天狼心中暗道，小劉子，你作惡多端，即使受我警告後仍然死性不改，就讓你與這義烏的草木同朽，滋養這一方大地，也算是為你這生的罪惡贖罪了。

天狼做完這一切之後，便發足狂奔，在林中幾個起落，人影便消失不見。

半個時辰之後，八保山南的一片臨時營地裡，到處都是喝醉的粗魯漢子們大笑或者怒罵的聲音，間或還有不少女人放蕩的笑聲，空氣中瀰漫著濃烈的酒氣和烤肉的味道，還有三流妓女身上那種中人欲嘔的劣質脂粉味，和男人身上的汗味腳氣混在一起，發出令人掩鼻的臭味。

易容成小劉子的天狼雖然不修邊幅，但一進這個營地，也忍不住皺了皺眉頭。

一個全身黑衣的大漢走了過來，罵道：「小劉子，你他娘的一泡尿能撒半個時辰？搞什麼名堂。」

只見一個眉心有顆肉瘤，三十歲上下的黑臉凶漢正衝著天狼嚷嚷著。

他曾經向小劉子詳細打聽過這幫山賊每個人的體貌特徵，知道此人名叫龐虎，是三當家顧全虎的遠房親戚，一向跟小劉子不太對盤，兩人常在顧全虎面前爭寵。

天狼冷冷說道：「龐虎，我去的時候說了是方便，又沒說是撒尿，今天我殺了個女人，晦氣得緊，加上早晨吃的稀粥饅頭有點鬧肚子，所以才多用了點時間，不可以嗎？我不在，正好省下來那份酒肉便宜了你們，你小子還有啥好說的。」

龐虎討了個沒趣，氣焰下去了一些，仍然嗡聲道：「小劉子，你別跟老子在這裡強辯，老子可不吃你這套花言巧語，三當家有事找你，到處找不到你，這才發了火讓大家四處尋你，就是怕你小子舊病復發，一個人跑去打秋風了。」

天狼心中暗道：原來這小劉子吃獨食是有傳統的，看來那天還不是一時興起跑去私自打劫，而是犯了老毛病，自己殺這傢伙還真沒殺錯，嘴上卻說道：「打你娘個蛋的秋風啊，這鬼地方窮得叮噹響，那些山民有多難纏，大家又不是沒見識過，打劫這裡的窮鬼，是腦子進了水嗎。」

龐虎哈哈一笑：「好了，不和你這小子胡扯了，三當家找你呢，快隨我過去吧。酒肉可以吃不到，事可是不能不辦。」

天狼點點頭，跟在龐虎後面，一路上，只見圍著火堆吃肉喝酒的山賊土匪們到處都是，還有不少人摟著那些花枝招展的妓女們進出小帳篷，弄得地動山搖，淫聲浪語不絕於耳，可是小劉子所說的那幾個扮成土匪的倭寇卻是一個也沒見到。

大約走了兩百多步，來到一處營地，只見十餘個土匪圍著一個火堆，火堆上架著的一口大鍋裡，只剩下小半鍋的湯了，每個土匪的身前，都放著兩三個空酒罈，人人都是一身酒氣，更有幾個傢伙赤著膊，歪倒在地上，呼呼大睡起來。

白天走在隊伍前面的李二狗，平素和小劉子關係不錯，一看到天狼，就嚷道：「小劉子，你小子居然沒死，剛才大夥兒還在說，是不是你小子又管不住下面那話兒，跑去找女人，給義烏蠻子們打死了呢。」

此言一出，幾個還沒喝醉的山賊們全都哈哈大笑起來。

天狼衝到那口鍋前，用勺子攪了兩下，見裡面只剩兩塊不大的肉骨頭，恨恨地罵道：「他娘的，老子不過就拉了泡屎，肉就給你們這幫傢伙吃光了。」

李二狗從身後拿出一小罈酒，扔給天狼：「得了，要不是我幫你留了點東西，你連兩根骨頭和一罈酒都別想分到，先去見三當家吧，這酒肉會給你留著的，剛才施大爺派人來找三當家，好像有急事。」

天狼微微一愣：「施大爺？他不是昨天晚上回去招新人手了嗎，這麼快就回來啦？」

李二狗說：「是的，一開始我們也納悶，後來三當家出來，跟我們吃了點東西，說施大爺這回直接招了幾百個有功夫的人，明天就要那幫窮棒子們好看，還有，施大爺也說了，跟杭州的官都打好了招呼，明天全都用真傢伙，放手去砍。娘的，我倒想看看那幫窮棒子的腦袋有沒有爺爺的刀快。」

天狼心猛的一沉，沒想到事情竟然會急轉直下，**那施文六居然敢冒天下之大不韙，直接讓這幫黑道土匪用刀劍來砍百姓**，一眼望去，果然看到遠處的大營後有一些大車開始進入，上面雖然蓋了茅草，可是刀劍相撞的聲音卻聽得清清楚楚。

天狼心中雖急，臉上卻不動聲色，哈哈笑道：「太他娘的解氣了，這打架砍人不讓用傢伙，那還打個球勁啊。對了，李二哥，你可知道三當家的找我做啥呀？」

龐虎冷冷地道：「叫你去，你小子就快去，在這裡磨嘰個屁啊！李二狗，三當家讓小劉子回來後就過去，你卻叫他在這裡喝酒吃肉，難不成你比三當家還大？」

李二狗一向跟小劉子交好，看這龐虎不順眼，兩人平時就多有摩擦，在山寨的時候還打過架，這會兒李二狗喝得醉了七八分，這幾天打架又存了一肚子的氣，借著酒壯膽，罵道：「姓龐的，你他娘的什麼東西，老子上山寨的時候，你還不知道在哪個雞窩裡種田呢，少仗著你跟三當家是親戚，就在這裡人五人六的，老子就叫小劉子在這裡吃肉了，關你屁事啊！」

龐虎今天為了給顧全虎拍馬屁，連酒肉都不吃了，四處去找小劉子，其他人都是做做樣子，轉悠一會兒就回來喝酒吃肉了，他卻在營門口守到現在，這會兒小劉子有人給留了酒肉，自己卻是連根毛都沒得吃，本來心裡就窩了一肚子火，給李二狗這樣一罵，瞬間暴走，飛起一腳，把那口鍋踢到了火裡。

剩下的湯和兩根骨頭一下子掉到火裡，濺得火星和湯水四處飛射，把火堆邊的嘍囉都燙到了，連那些喝醉的人也被弄醒，一邊哎喲叫著，一邊從地上跳起身。

李二狗離火堆最近，被濺得也最厲害，他的褲腳挽到膝蓋那裡，毛茸茸的小腿完全露在外面，這下子給熱湯濺到，直接起了幾個大水泡，痛得他齜牙咧嘴，這下也不管不顧了，直接把手上的那個酒罈子狠狠地擲了出去，龐虎躲閃不及，正中額角，登時起了一個鵝蛋大的包。

兩個傢伙嘴裡連聲怪叫，撲上前去扭打到一起，在地上滾來滾去。

龐虎平時仗著自己和顧全虎是親戚，對山賊們多有不敬，人緣極差，這下又是主動惹事，嘍囉們見李二狗幫他們出了氣，沒一個上前勸架的，更沒有人幫龐虎，只在一邊圍觀，反倒是一個個趁著龐虎和李二狗滾到自己面前時，趁機下黑腳，狠狠地踢龐虎幾下。

幾個回合下來，龐虎被打得鼻青臉腫，被李二狗壓在身下，只有招架之功，全無還手之力了。

顧全虎聽到外面有打鬥的聲音，鑽出營帳，見狀先是一愣，轉而勃然大怒，吼道：「都他娘的想造反了是不是，給老子住手！」

顧全虎嗓門很大，也練過一點內功，眾人的耳朵就像打了一個炸雷，立即不約而同地停止了動作，在地上扭打的兩個傢伙也灰頭土臉地站起了身，一邊揉著自己腫脹的臉，擦著鼻孔和嘴角邊流著的鮮血，鼻子裡噴著熱氣，瞪著牛眼，惡狠狠地盯著對方，看這架式，隨時隨地還會撲上去再打一場。

顧全氣呼呼地說道：「都他娘的怎麼回事，吃撐了是不是！」

龐虎指著李二狗告狀道：「三當家，我把小劉子找了回來，這李二狗仗著資格老，強行把人攔下來喝酒吃肉，我說您有急事找小劉子，跟他理論了兩句，這傢伙就罵罵咧咧的，還動手打人，您可要給小的做主啊。」

顧全虎的眼睛轉向李二狗：「是這樣嗎？」

李二狗矢口否認道：「三當家，你可別聽信這小子的一面之詞啊，龐虎一向仗著和您的關係，在兄弟們面前沒大沒小的，對咱們這些老弟兄從來沒有一點尊敬，再說了，您也沒說要小劉子不吃飯就去見您，我看小劉子沒吃沒喝，給他留了一點吃的，讓他吃完再去向您報到，也用不了多久的事，可這姓龐的竟一腳把鍋給踢了，害得大家都沒得吃，還把我們都燙到了，您看！」

李二狗說著，把小腿上兩個燙出來的水泡給顧全虎看，其他的嘍囉也紛紛附和，把傷處露了出來。

顧全虎眉頭皺了皺，他雖然一向對龐虎有所偏袒，但也知道眾怒難犯，這李二狗算是山寨裡的資深嘍囉，又是大寨主的親信，如果做得太過分，回去也不好交差，於是臉一沉，對龐虎罵道：「老子叫你看到小劉子就領來，又沒叫你不讓人吃飯，現在可好，攪得大家都吃不了飯。從現在開始到明天早晨，你一個人放哨，聽到沒有！」

龐虎本來還想要辯解，可一撞上顧全虎那凶狠的眼神，便把到嘴邊的話給咽了回去，只能行禮稱是。

顧全虎的眼光接著落到天狼的身上，道：「好了，反正你也沒得吃了，先過來談事吧。」言罷轉身走進帳篷。

天狼看著垂頭喪氣的龐虎，嘴角露出一絲冷笑，對李二狗抱拳道：「李二哥，今天真是多謝你啦，只是連累二哥受苦了，我真是過意不去。」

李二狗向地上吐了口帶血的唾沫，哈哈一笑，拍了拍天狼的肩膀，說道：「自家兄弟這麼客氣做啥，反正我也早看那傢伙不順眼了，這回正好教訓他一次，讓他小子以後別這麼狂。對了，三當家好像今天心情不太好，一會兒你過去的時候說話注意點。」

天狼點點頭，走進顧全虎的大帳。

一進去，首先映入眼簾的，除了盤腿坐在一張馬扎上的顧全虎以外，他身邊還站著兩個抱劍而立的人，穿著上好的絲綢衣服，與顧全虎這幫山賊的黑衣打扮完全不一樣。

其中一人臉上有一道長長的刀疤，絡腮鬍，目光凶狠，天狼想起來，此人正是前月在南京城中碰到的徐海一行中的一個護衛，在蘭貴坊前還出手攔過自己。

天狼馬上想到李二狗說的，施文六去了一天不到就帶了幾百人回來，看起來這些人都是貨真價實的倭寇浪人了，準備明天大開殺戒。

天狼若無其事地換了副嘻皮笑臉的表情，對顧全虎行禮道：「三當家的，小的今天內急花的時間長了點，讓您久等啦！」

顧全虎不耐煩地擺手道：「就你小子屁事多，老子懶得跟你多囉嗦，這二位是施大爺特地派來的護衛高手，明天要隨我們黑虎寨一起行動。還有，明天我們跟那些義烏人打的時候，用真傢伙，東西都運來了，一會兒你帶兩個兄弟過去領，問一下大家都要啥兵器，撿稱手的拿，人手一把，聽到了沒？」

天狼連連點頭稱是。

顧全虎的興致不太高，全無外面李二狗他們說到此事時那種摩拳擦掌的興奮勁，他和天狼說完，轉而對那兩個倭寇刀手說道：「二位請先回吧，明天還要多仰仗你們二位的本事啦。」

那個疤臉大鬍子倭寇點點頭，也不看天狼一眼，便和身邊的同伴走出了帳外。

天狼知道顧全虎把這兩人打發走，想必是有事要和自己說，等二人的腳步聲遠去後，便小聲說道：「三當家，您還有什麼事要吩咐的嗎？」

顧全虎鐵青著問：「你他娘的是不是又去打秋風或者是玩女人了？老子這裡正要你出主意的時候，人影都不見一個！」

天狼滿臉堆笑道：「三當家，你看這附近的人又窮又凶，我哪有這心思啊，真的是鬧肚子，才多耽擱了些時間，連酒肉都沒吃到。」

顧全虎沒心思聽天狼抱怨，壓低聲音道：「你可知道剛才這兩個是什麼人嗎？」

天狼裝模作樣地抓了抓頭：「不是施大爺給咱找來的幫手嗎？」

顧全虎狠狠地吐了口唾沫到地上：「幫個屁的手，是貨真價實的東洋真倭子。」

天狼佯作大驚：「啊，不會吧，通倭可是滅族的大罪啊，施大爺不至於昏了頭找倭寇來幫忙吧。」

顧全虎小聲罵道：「娘的，你聲音小點，給別人聽到是不想要腦袋了嗎！」

天狼連忙降低聲音：「三當家，這可不能亂說啊，小的雖然覺得這些人有點奇怪，拿的刀和江湖上的那些刀客不太一樣，長得也凶，可不代表就是倭寇啊，再說，浙江福建一帶不是有許多沿海漁民也愛扮成倭寇嗎，也許這幾個是西貝貨呢。」

顧全虎搖搖頭：「這兩個是真的，他們講的是東洋話，那個為首的會說漢話，另一個完全不會，而且，他們也承認了自己是東洋刀客，來幫姓施的。」

天狼「啊」了一聲，這回他倒是真的有些意外了，**這些東洋人對自己的身分一點也不隱瞞，還主動告知顧全虎，不知道打的是什麼主意。**

天狼正在暗想東洋人和施文六的動機，卻聽到顧全虎說道：

「小劉子，你的腦子靈光，我們雖然是綠林，做的是殺人放火的事，但在大節上還沒有出過岔子，大寨主前年跟著總瓢把子到北邊去殺蒙古韃子，命都差點沒了，那傷養現在現在還沒復原，可仍然是無怨無悔，我們本來是收了錢過來打打山裡人的，可沒想到現在姓施的居然勾結倭寇，小劉子，這事你怎麼看？」

天狼沉吟道：「三當家，你是不是不想跟這些倭寇一起殺人，想抽身離開？」

顧全虎點點頭：「不錯，娘的，這次我看各寨的頭領們都給這姓施的坑了，大家都是血性漢子，不能做這種出賣祖宗的事，你幫我想想，有什麼辦法可以串聯其他寨的頭領，一起宰了這些倭寇。」

天狼心中對這顧全虎產生了幾分敬意，**這些綠林土匪雖然無惡不作，但是在國家大義上倒還是有自己的原則和立場，不愧是血性漢子**，他決定在這事上幫顧全虎他們一回。

天狼搖搖頭：「三當家，小的以為此事不妥。」

顧全虎臉色一變，直接從馬扎上蹦了起來，一把抓住天狼的領口：「什麼！你小子也想當漢奸是不是，信不信老子現在就先宰了你！」

天狼一運氣，讓臉外的人皮面具上泛起了紅暈，裝著好像透不過氣來的樣子，抓著顧全虎的手，吃力地說道：「三，三當家，你，你先放手，聽，聽我說啊。」

顧全虎恨恨地鬆開了手，罵道：「你小子敢再說一個讓老子和兄弟們當漢奸的字，老子現在就砍了你。」

天狼猛搖手道：「咱們當然不能做那種沒臉沒皮的事啦，不然死了以後沒臉見祖宗的，只不過三當家所想的，那些倭寇未必想不到，我們若是貿然行事，只怕不僅不能成事，反而會先害了自己人。」

顧全虎的臉色稍稍緩和了些，指著面前的一張馬扎說道：「你坐下來慢慢說。」

天狼謝過了顧全虎，在他面前坐下，低聲道：「三當家，現在的情況已經很清楚了，這回施文六只帶了我們各山寨綠林三千多人過來和義烏人械鬥，又不讓我們用傢伙，打了幾天下來死得死，傷得傷，現在只剩下不到一半的人還能繼續打了，他這應該是早就計畫好的，幾百個倭寇啊，哪可能一天就找來。」

顧全虎瞇著眼道：「娘的，聽你小子這麼一說，還真他娘的是這麼回事，這傢伙一定是早有預謀，老早就和倭寇勾結了，沒準一開始那個銀礦就是個騙局。」

天狼加油添醋地說：「十有八九是這樣，他先是讓這附近的百姓上陣，打幾個月打不過了，再把我們這些綠林兄弟叫來繼續打，現在我們折了一半的兄弟，明顯打不過了，他又把早早準備好的倭寇給招來，每個寨子只要派去幾個，就能控制住了，畢竟這些倭寇都會武功，比起咱們空有一身力氣的兄弟們要強多了，就像咱們，現在只剩不到二十個人，來兩三個就足已打敗我們了。」

顧全虎默然無語，久久才嘆了口氣：「你說得對，要換了前幾天，我們有五十多個人，說什麼也會和這些倭寇拼一下，可現在我們人那麼少，根本打不過，所以我才要你想想辦法，看能不能跟別的寨子聯絡一下，大家人多力量大，到時候手裡有了傢伙，先幹死這幫倭寇再說。」

天狼趕忙道：「不可，三當家的，千萬不能這樣蠻幹，弟兄們那些三腳貓的功夫，打劫百姓和商隊還行，碰到這些成天刀頭舔血的真倭子，就我們這些人，那是送死，還得想想別的辦法。再說，這人多眼雜的，別的寨子也未必跟咱們一條心，小範圍的串聯沒啥用，大範圍的串聯又怕會洩密。」

顧全虎的性子一向急躁，罵罵咧咧道：「你小子也不出點有用的主意，老子叫你來，是要你幫忙想辦法的，可你小子這樣說來說去，反而說得老子更沒主意了，那怎麼辦，到時候真當漢奸嗎？要當漢奸你當去，老子就是拼了命不要，也絕不做漢奸。」

天狼笑道：「三當家，你別急嘛，其實今天小的在樹林裡方便的時候，聽到有人在說，官府已經派兵到義烏了，就是想要制止這場械鬥的，只是為了防止激化矛盾，軍隊暫時駐紮在縣城外，三當家的，若是咱們把這裡有倭寇的消息告訴帶兵的，讓他們來抓人，就省了咱們的事啦。」

顧全虎哈哈大笑，猛的一拍天狼，說道：「哈哈，我就知道你小子有辦法。」他突然想到了什麼事，臉色一沉道：

「不行，咱們可是綠林，是匪，從古到今都是跟官軍誓不兩立的，咱山寨也曾經被官軍剿過，怎麼能靠官軍呢，何況那些官軍全都是腐朽透頂，前幾年，我聽說幾十個倭寇一路殺到南京城下，嚇得城裡數萬守軍都不敢出戰，哼！這些兵也就只會欺負小老百姓，連咱們都未必打得過，能指望他們對付這些真倭寇嗎？

「還有，姓施的跟城裡的大官有勾結，你看，義烏死了好幾千人了，官府都不過問，可見這小子沒有吹牛，**你怎麼知道這官軍是不是來幫他忙的呢？**」

天狼道：「三當家的，我是聽幾個來傳信的衙役們說的，那幾個衙役不知道我在一邊拉屎，說的應該是真話，這次的官軍好像是浙直總督直接派來的，帶兵的那個將官好像叫戚什麼光來著，聽說是從山東登州衛調過來的大將，蒙古人前年打京師的時候，這人守住了京城，似乎有兩把刷子呢，手下的兵也是新招募和訓練的，專門就是為了和倭寇打仗，聽起來比別的官軍衛所兵要靠譜。」

顧全虎還是不放心：「不行，我不能把弟兄們的生死交到官軍的手中，小劉子，你還有別的什麼辦法沒？」

天狼知道顧全虎當了多年的土匪，基本上對朝廷中人，尤其對官兵是極不信任的，自己一時半會兒很難說服他，於是想了想道：「這辦法嘛，我看不如雙管齊下，串聯其他寨子的人是死路一條，這點剛才小的分析過了，實在不行的話，**就一邊去找官軍，一邊在兵刃上做做手腳。**」

顧全虎雙眼一亮：「怎麼個做手腳？」

天狼獻計道：「他們派了真倭子肯定是押陣的，我們若是不殺義烏人，這些倭寇就會對我們下手，咱們的人不會武功，就是手裡有刀有劍也打不過那些真倭子，所以我們得先想辦法保全自己，把手上的刀劍弄脆弄軟，打的時候把刀劍打斷，這樣我們沒了武器後逃跑，倭子總不能怪我們了吧。」

顧全虎瞪大了眼睛：「這樣也行？」

天狼「嘿嘿」一笑：「三當家的，您可別忘了，小的在山寨裡可是做鐵匠活兒的，要我打出寶刀不容易，可是要把尋常刀劍弄脆弄折，那可不是太難的事。」

顧全虎點點頭：「要說這些義烏村民確實可惡，這些天傷了我們這麼多兄弟，殺了他們也是應該，可是咱們中國人的事輪不到倭寇來插手，不管怎麼說，這回先擺平了倭子，以後再回山寨招人血洗義烏，給咱兄弟們報仇。」

天狼忙不迭地說道：「三當家英明，小的這就去領那刀劍回來，然後做些手腳，到了晚上天黑的時候，小的找機會混進城裡，跟軍營裡的人接上頭，如果小的有命能回來，那就是一切談妥，要是回不來，三當家的就想辦法把咱寨子裡的兄弟帶回去。」

顧全虎也有些感動了，拍了拍天狼的肩膀，說道：「你小子平時貪財好色，怕死得緊，想不到這回也能英雄一把，是我姓顧的以前小看你了，就照你說的辦吧。還有，剛才的那個倭寇說了，明天由我們寨、飛熊寨、野狼堡、柳家莊、豹頭山這幾家福建的寨子打先鋒，那些刀劍也是優先撥給咱們這些寨子，娘的，這些倭子是想等我們福建的好漢拼光了，最後只剩下浙江人跟他們合作，老子早就看出來啦。」

天狼巴結地拱手道：「三當家的英明。」

離開顧全虎的營帳後，天狼就去了倭寇們停放大車的地方，只見二十多個小眼矮個的倭寇懷中抱刀，站在大車的周圍，雖然不說話，但空氣中隱藏著沉重的殺意。

天狼已經和這些倭寇打過不少交道了，知道這些人沉默寡言的外表下，出手卻是絕不容情，往往刀光一閃，就能把人生生地砍成兩段，以這些山賊嘍囉們的本事，在這些人面前只能是送菜的份。

天狼看到那個絡腮鬍子的疤臉倭寇就站在大車前，一張黑臉陰沉著，說不定徐海等倭寇頭子就藏身附近。

天狼強忍著要把這些倭寇立斃掌下的衝動，換了一副笑臉：「大爺，小的是黑虎寨的，我們三當家的叫我來拿兵器。」

那疤臉倭寇操著不算流利的漢語，沉聲道：「你們十幾個寨子，怎麼只有你一個人來，是不是你們不想跟我們東洋武士合作了？」

天狼心中暗道，看來別的寨子也跟黑虎寨一樣，不想當漢奸，嘴上卻說道：「大爺，你們東洋武士的赫赫威名，我們中原無人不知啊，我們都願意為大爺效犬馬之勞，別的寨子現在這會兒應該是在商量戰術打法呢，這幾天我們手上沒鐵傢伙，折損的兄弟很多，今天有了這批刀劍，就不怕這幫狗日的啦。」

疤臉倭寇滿意地點了點頭：「索嘎，你，識時務的，把你們寨的刀劍拿走，再叫其他寨子的人早點過來領。」

天狼示好道：「大爺，這樣好了，反正我們也就二十幾個寨子，我的腿腳快，多跑幾趟，把別的寨子的刀劍送過去就是。我看這些刀劍還有多的，到時候大爺把剩下來的刀劍多分我們一些，好不好？」

那疤臉倭寇一聽，哈哈大笑：「你們中原人就是喜歡貪小便宜，不過這樣也好，省得我們一家家的分了，那就按你說的，這裡五十把刀劍一捆，你們福建的山寨一共有十七家，一家一捆，最後三捆都歸你們黑虎寨了。」

天狼聽了，又問道：「那浙江的山寨呢？」

疤臉倭寇臉色一變，喝斥道：「這不關你的事，把你要領的刀劍帶走就是。」

天狼不敢再問，見那些刀劍都沒有鞘，用粗麻繩捆得一捆一捆的，下面鋪著茅草，看車的倭寇們把一捆捆的刀劍用茅草捲起來，在外面用粗麻繩捆了，打上結，天狼就背起一捆，向自己的營地走去。

他裝作沒有武功的樣子，背上這幾十斤的刀劍，走起路來深一腳淺一腳的，那疤臉倭寇看了他的樣子，不屑地勾了勾嘴角。

天狼走得離倭寇們遠一點後，背上暗用潛力，這些尋常的刀劍在他的內力作用下，可以輕易地一掙便斷，可他卻用了巧力，以潛勁暗傷了刀劍之身，使這些刀身變脆，看上去仍然寒光閃閃，可是明天哪怕是和木棒相交，也是一打就斷。

天狼並不清楚這些山賊們明天會用這些刀劍返身和倭寇搏鬥，還是在倭寇的威逼下去殺那些百姓，但他不想這些山賊有任何傷害百姓的可能，畢竟這幾天下來，他們也死了不少人，而且賊性難改，自己的做法，應該是最穩妥的一種。

天狼把這捆刀劍搬回了黑虎寨山賊們聚居的地方，向地下一扔，二話不說，又回去大車那裡領新的刀劍，一個寨一個寨的送過去，多數山賊們看到他這麼賣力地背來背去，不僅毫不感激，還有些人在他背後暗地裡吐唾沫，顯然是不齒他這種漢奸行徑，天狼也只當沒看見，忙活了兩三個時辰，一直到天色全黑，才算是折騰完。

那個疤臉倭寇在天狼背起最後一捆刀劍的時候，對天狼道：「你的，忠心大大的，我們會報告給施行首，你們黑虎寨，這次最聽話，我也會報告的。」

天狼笑了笑，沒有說話，扛起刀劍就向回走，心裡卻開始盤算起接下來的打算。

兩個時辰後，戚繼光的大營裡，空蕩蕩的中軍營帳中，一身夜行衣打扮，黑布包頭蒙面，只露出兩隻炯炯有神的眼睛的天狼，正和戚繼光相對而坐。

帳中搖曳的燈光隨著天狼的敘述而忽明忽暗，戚繼光臉上的表情也在燈光的投影下陰晴不定。

天狼說完自己的見聞之後，道：「戚將軍，明天還要多麻煩你出力了。」

戚繼光道：「這是應該的，有倭寇出現，事情就嚴重了，你真的確定這次的倭寇就是上次你在南京城裡見到的嗎？胡部堂真的允許這些倭寇上岸談判？」

天狼知道胡宗憲沒把剿倭的計畫跟戚繼光全盤托出，點點頭：「是的，除了為首的疤臉外，還有十幾個都是在南京見過的，絕對錯不了，只是徐海和毛海峰這兩個頭目一直沒有出現。戚將軍，現在軍隊的情況你也知道，新兵暫時難堪大用，要訓練出可與倭寇一戰的軍隊，需要一兩年時間，光靠狼土兵是很難盡滅倭寇的，加上朝中奸臣當道，這種情況下難以和倭寇作最後的了斷，**只能用拖字訣，和倭寇先假裝和談，以減少他們對沿海的攻擊，爭取時間。**」

戚繼光質疑道：「可是這些倭寇前腳談判，後腳不就是在這裡做壞事了嗎？胡部堂這樣做，會給御史抓到彈劾上奏的把柄啊。」

天狼的心猛一沉，戚繼光的話提醒了他，他想了想道：「不錯，這些倭寇在見過胡部堂後，又在南京城秘會嚴世蕃，**沒準這就是嚴世蕃設下的一條毒計，派**

倭寇在這裡攪事，然後把此事公之於眾，到時候犧牲幾個浪人手下，把胡部堂跟倭寇私下談判的事抖出來，那些清流派的官員一定會大做文章的，皇帝只會拿胡部堂當替罪羊。」

戚繼光嘆了口氣：「天狼，你有所不知，胡部堂這幾年雖然沒怎麼管那嚴黨成員鄭必昌和何茂才，但每年也必須要保證最基本的抗倭經費，皇上從浙江要的又多，這些個貪官汙吏不敢動皇上的賦稅，就打起了平倭軍費的主意，就是我這招募新兵的費用，也是胡部堂費了許多周折，虎口奪食，從這些人嘴裡搶下來的，他們才是最恨胡部堂的人，那個施文六既然一直跟姓鄭的和姓何的有勾結，很可能這事就是這兩個殺千刀主使的。」

天狼眼中光芒一閃：「所以**明天的當務之急，要拿下那施文六，而且一定要捉賊拿贓，把那幾個倭寇也要生擒活捉，逼他們交代和施文六的關係，萬萬不可讓他們把髒水潑到胡部堂的身上。**」

戚繼光思索道：「天狼，你有沒有什麼好的計畫，明天能在這麼複雜的情況下一舉拿下施文六，既不傷到義烏的百姓，更要把那些倭寇拿下。」

天狼想了想，道：「我覺得事情的關鍵在於義烏百姓，雖然我在刀劍上做了手腳，但若是倭寇頂到前面，或者晚上有人換刀的話，明天打起來出了人命，義烏人可能會情緒失控，若是人群都擠在一起混戰的話，那些倭寇就會混水摸魚，大開殺戒了，這種情況是我們要極力避免的，戚將軍，今晚我會夜會一下那個陳大成，還需要借你的手下一用。」

戚繼光一口允諾。

一個時辰之後，義烏縣八保山山北的陳家村。

村外一處十餘丈高的小坡下面，圍滿了黑壓壓的人群，上自白髮蒼蒼的老者，下到只有十歲出頭的兒童，一個個都拿著鋤頭，拄著扁擔，把小坡下面擠得是水泄不通。

小坡上的一處祠堂裡，燈火通明，二十多個人正圍坐在一塊沙盤面前，一個年約三十，黑皮膚，寬肩膀，孔武有力的壯漢拿著木棍，在沙盤上不停地比劃著。

壯漢身上只套了件白布褂，壯碩的肌肉在燈光的照耀下，一道道傷痕看著很是觸目驚心，可他卻像沒事人似的，隨著手上的動作，上臂發達的肌肉像饅頭一樣不停地起伏，展現著一種陽剛的魅力。

這壯漢濃眉大眼，一臉英氣逼人，正是曾經當過軍官，退役後又在本縣當過捕頭的陳氏一族族長陳大成，這次事件的起因，正是因為陳大成帶人與施文六交涉的時候，被那施文六不問青紅皂白地抓起來毒打一頓，而他身上鞭傷的血痂尚在，也向所有人昭示著自己所遭遇的不平和冤屈。

由於陳大成見過世面，當過軍官和捕頭，有一定的指揮才能，因此在義烏是一呼百應的帶頭大哥，連月來，他把從義烏各地趕來助戰的鄉親們，按軍隊的編制進行了簡單的編組，輪番上陣，甚至還教導他們不少埋伏、反擊的戰術，加上義烏人熟悉地形，因此在和施文六從外鄉招來的人的械鬥中，漸漸占據上風，陳大成的威望也隨著不斷的勝利而得到了空前的加強。

這會兒陳大成正跟二十多個鄉的里正和保長們商量著明天的戰術，一開始，他讓大家七嘴八舌地發表自己的意見，現在到了總結和分派命令的階段，陳家祠堂則在這幾個月成了義烏人作戰的臨時指揮部。

陳大成正說得入神的時候，突然覺得眼前一花，不知什麼時候，面前出現一個全身裹著黑衣的人，在夏日的黑夜裡，彷彿幽靈一般，透在外面的一雙眼睛，則如同星空中的寒星，一動不動地盯著自己。

陳大成身邊的那些鄉長們嚇得高呼「有刺客」、「保護陳族長」，捨身擋在陳大成的面前，其他人也紛紛形成人牆，護住陳大成。

第三章

將計就計

天狼道：「這就是倭寇手段毒辣之處，
他們嫌胡部堂整軍備戰礙了他們的事，想要激起民變，
讓胡部堂被撤職查辦，所以設了這麼一個局，
有幾百個倭寇已經進了施文六的營地了，
所以我希望你能配合我們，將計就計。」

來人正是天狼，他擺擺手，沉聲道：「陳族長，在下此來，並沒有惡意。」

陳大成排開擋在自己面前的人，就在這一會兒，已經湧進來百餘條精壯的漢子，把祠堂的門口堵得嚴嚴實實。

眾人手中的火把讓這塊小小的區域亮堂了許多，此起彼伏的「抓刺客」聲配合著急促的鑼聲與梆子聲，吵得本來寧靜的鄉村裡炸開了鍋，混合了狗叫和雞鳴，沸反盈天。

陳大成仔細打量了天狼兩眼，對門口的百姓們說道：「你們先退下吧。保持安靜。」

為首的幾個彪悍後生道：「大哥，不行啊，這人來歷不明，又這副打扮，不知怎麼的突然來這裡，只怕不懷好意。」

陳大成老神在在地道：「他的武功很高，要想取我的命，剛才就可以出手了，既然主動現身，又說沒有惡意，應該不至於是對面派來的。朋友，你有什麼話，但說無妨，如果你的事堂堂正正的話，這裡都是我們義烏的鄉親，沒有什麼好隱瞞的。」

天狼從懷中摸出胡宗憲給的權杖，扔給陳大成：「陳族長，你看看這個。」

陳大成伸手一接，就著火光一看，權杖正面刻著「浙直總督」四個大字，讓他明白了來人的身分。

陳大成把權杖還給天狼：「失敬了，原來是那位大人派來的，只是閣下既然是公門中人，為何要這樣藏頭露尾的，不以真面目示人呢？」

有幾個人叫了起來：「大哥，這人是官府派來的嗎，官府裡沒有好人，咱們可不能上他們的當啊。」

「就是，若不是官府偏袒，那個姓施的無良商人哪來這麼大膽子，大哥，我看這傢伙就是給姓施的當說客，咱們可千萬不能聽他的！」

天狼眼中精光一閃：「在下和普通的官府並非一路，陳兄應該清楚，之所以這樣來見你，是有不得已的苦衷，陳兄，這裡人多耳雜，還請借一步說話。」

陳大成沉吟了一下，道：「衝著那位大人，我就信你一次。兄弟們，還請少安勿躁，我跟此人說幾句話就回來，你們放心吧。」

陳大成作了一個請的手勢，大踏步地進了擺放著陳氏列祖列宗牌位的那間堂屋，天狼跟在陳大成的後面也走了進去。

進去後，陳大成面對著天狼，冷冷地說道：「朋友，我是給胡總督一個面子，有什麼話你就直說吧，不過，要是想給姓施的當說客，就免開尊口吧，我姓陳的就是做了鬼，也不會向他低頭屈服的。」

天狼道：「陳大成，你也是當過捕快的人，應該知道胡部堂跟那些貪官汙吏不是一路人，他怎麼會給施文六撐腰呢。」

陳大成「哼」了聲：「**我現在誰都不信，官官相護，這種事我見多了**，若是胡宗憲真的是好官，為什麼這事出了快四個月了都不來解決，一直到今天才派兵過來，可大軍來了又不去捉那些壞人，還要你這樣鬼鬼祟祟的來找我。」

天狼從懷裡摸出自己的錦衣衛金牌，遞給陳大成：「你先看看這個吧。」

陳大成臉上閃過一絲疑慮，拿過金牌一看，雙眼一下子瞪大了，多看了天狼兩眼：「你是錦衣衛？還是副總指揮？」

天狼點點頭：「不錯，我是錦衣衛副總指揮，代號天狼，陳大成，你現在應該明白我的誠意了吧。」

陳大成興奮地說：「**我聽說錦衣衛裡有個叫天狼的人，蒙古入侵的時候曾經蕩平白蓮教，還夜入蒙古大營刺殺俺答汗，難道就是你？**」

天狼沒料到自己的大名居然連這窮鄉僻壤的陳大成都知道，心中有幾分得意：「正是在下，怎麼陳兄弟也知道此事？」

陳大成哈哈一笑：「那還是去年我在當捕頭時候的事呢，若是你天狼，就衝著你不顧性命刺殺蒙古大汗這一點，我姓陳的就信你這回，說吧，這回你來找我做什麼？」

天狼沒想到談話比原來順利這麼多，心中暗喜，點點頭：「你應該知道我們錦衣衛是幹什麼的吧？非謀逆或者通敵大案，我們是不會出動的，我就是為了此事而來。」

陳大成一愣，怒氣上臉：「怎麼，朝廷認為我們是在聚眾謀反？」

天狼趕忙道：「不，我來是為了通倭的事。據我所掌握的情報，施文六有重大的通倭嫌疑，今天他又招了人回來，但這回不再是附近的百姓，也不是土匪山賊，而是正宗的東洋倭寇。」

陳大成驚呼道：「這狗賊還真的通倭?!天狼大人，你既然掌握了他通倭的證據，何不出動軍隊把他拿下？來找我又有何用？我們這裡只有不會武功，也沒有訓練過的普通百姓，就是想幫你抓倭寇也無能為力啊，你的武功這麼高，在蒙古大營裡都能來去自如，還收拾不了幾個倭寇嗎？」

天狼微微一笑：「倭寇的事情很複雜，若不是內外勾結，他們也不可能有現在的聲勢。」

陳大成聞言道：「**內外勾結？你是說官府有人跟倭寇串通一氣？**」

天狼點點頭：「陳義士，為了表示我的誠意，我不妨向你透露一些消息，這倭寇表面上看殺人放火，攻擊城鎮，實際上，他們想要的是**逼我朝開海禁，跟他們做生意，只要做生意，就有油水可賺，所以上自朝廷，下到地方官，都有一些敗類暗中和倭寇互通款曲，這也是我軍與倭寇作戰屢戰屢敗的原因**，胡部堂正是因為看透了這一點，所以才從外省調來名將，如戚將軍、俞將軍編練新兵，這次戚繼光戚將軍帶來的，就是新練的軍士。」

陳大成聽了，以右拳擊左掌振奮地說：「朝廷早該這樣做了，天狼大人，我跟你說實話吧，當年我在軍中也做到了總旗，手下有幾十號弟兄，可就是因為軍隊腐敗，想要升百戶非得走門路遞銀子，所以我才憤而脫下軍裝回到鄉里，本來前任縣令看我有一身武藝，在地方上也混得開，因此提拔我當了捕頭，可後來來的那個姓華的狗官，一上任就貪贓枉法，我不願意跟他同流合汙，這才辭了職務回鄉，眼不見為淨，結果還是沒躲過去。」

天狼取下面巾，露出易容後的臉：「陳壯士，這張臉也不是我的本來面目，執行任務需要易容改扮，這點還請見諒，不過我在東南的時候，都是用這張臉。」

陳大成雖然不知道易容術，聽了點點頭：「天狼大人，戚將軍的新兵既然編成了，你來是要我們當嚮導吧，沒問題，這裡的路我很熟，現在就可以帶你去姓施的手下所在的那個營地。」

天狼擺擺手：「不，陳壯士，你聽我說完，朝廷現在北邊在和蒙古打仗，財政收入全靠東南，所以不得已，胡部堂暫時不能在這裡把通倭的官員都抓起來，不然這些人會抱團使壞，讓朝廷收不上稅，胡部堂自己也待不下去了。」

陳大成也見過一些軍中和官場的事，恨恨地嘆了口氣：「這些狗官，總有一天不得好死！」

天狼道：「施文六背後就是這些狗官，他的心腸壞得很，明天讓倭寇拿著刀劍在後面，給那些招來的散兵游勇們發真刀真槍，跟你們打混戰的時候，這些倭寇再從中拿刀砍人，所以明天你們一定會傷亡慘重，又不知內情，只會恨上那些山賊強盜，官府是不會管你們冤屈的，到時候這些倭寇出面，假惺惺地幫你們殺幾個為首的山賊，然後引誘你們去投入倭寇，陳壯士，你說若是這樣，你會不會跟著倭寇走？」

陳大成從來沒有想過這個問題，被這樣一問，有些不知所措，道：「咱們義烏人認死理，誰對咱們好，咱就對誰好，天王老子的帳都不買，若是真像你說的，那至少有幾千鄉親會跟著倭寇走的，就是我自己都說不準會不會走，上了賊船就下不來咧。」

天狼道：「**這就是倭寇手段毒辣之處，他們嫌胡部堂整軍備戰礙了他們的事，想要激起民變，讓胡部堂被撤職查辦，所以設了這麼一個局**，我追蹤幾個倭寇首領，一路到此，發現有幾百個倭寇在今天已經進了施文六的營地了，所以我希望你能配合我們，將計就計。」

陳大成挺直腰，拍拍胸脯：「天狼大人，不用多說了，咱先代表義烏縣的百姓謝謝你的大恩大德，要我們做什麼，你就說吧，即使刀山火海，我陳大成也不會皺一下眉頭。」

天狼微微一笑：「那就有勞陳壯士了。」

第二天一早，顧全虎被一陣急促的聲音吵醒：「三當家的，快醒醒，快醒醒啊。」

他感覺自己的腦袋好暈好沉，一睜眼，只覺得一陣白光刺眼得緊，吃力地起了身，渾身肌肉酸痛不已，自語道：「娘的，才喝了半罈酒，怎麼就醉成這樣了。現在是啥時辰啦？」

抬頭一看，搖醒自己的正是小劉子，臉沉了下來，抓住小劉子的前襟罵道：「他娘的，你小子昨天晚上死哪裡快活去啦，老子等了你一夜。」

扮成小劉子的天狼臉上掛著笑，連聲道：「三當家，您老人家只是在這裡等了小的一夜，小的可是在外面跑了一整夜啊，連眼皮都沒合，你看，我這眼睛還是紅的呢。」他說著，翻了一下眼皮，確實滿眼的血絲，倒不全是他用內力擠出來的。

顧全虎看了眼帳外，壓低聲音，小聲問道：「昨天的事進行的如何，官軍那裡怎麼說？」

天狼道：「官軍聽說有倭寇，一下子就緊張起來，本來依我的意思，是連夜過來突襲，可是帶兵的那個戚將軍卻說這事情沒這麼簡單，一定要當場捉個正著，連夜突襲只怕這些狡猾的倭寇會逃跑，那施文六又跟上面的官有勾結，不是鐵證如山治不了他的罪，就連那戚將軍也要吃瓜落兒的。」

顧全虎的眉頭皺了皺：「真他娘的麻煩，那現在怎麼辦，我們還按原計劃跟義烏人打嗎？現在我們的刀劍可是一打就斷的，昨晚我也一直在想這事，若是我們動了刀劍，義烏人下手也一定是出重手，到時候我們的刀一打就斷，變成赤手空拳了，不是任人宰割嗎？再說了，只有我們一家寨子沒刀劍，其他的寨子都是真刀真槍，最後吃虧的還是咱們。」

天狼安撫道：「你放心好了，戚將軍已經和那些義烏人打好了招呼，明天會讓官軍假扮成義烏人頂在最前面，跟我們都是做做樣子，等到那些真倭子真的按捺不住，上前動手後，再把他們拿下，這就人贓並獲啦！」

顧全虎聽得目瞪口呆：「好你個小子，怎麼跟那些義烏人也搭上關係了？」

天狼「嘿嘿」一笑：「三當家，昨天小的去官軍大營的時候，那個義烏人首領陳大成剛好也在，戚將軍作中間人，讓小的和那陳大成談了一會兒，由於情況緊急，小的來不及向三當家請示就擅作主張，跟那些義烏人講和啦。」

顧全虎先是一驚，轉而怒容滿面：「好你個小子，居然敢代表老子去跟義烏人講和，義烏人打死打傷我們這麼多人，誰他娘的跟他們講和啊！」

天狼摸著頭道：「三當家，這不是**權宜之計**嘛，現在我們的主要麻煩是倭寇，而不是義烏人，等解決了這件事，咱們回山寨招人，血洗這裡也沒問題啊，可是現在得先對付了那些倭寇才行。再說，當時戚將軍也是跟義烏人在談判，若是我不應承下來，只怕今天官軍連我們一起打呢，留得青山在，不怕沒柴燒啊，三當家。」

顧全虎擺了擺手：「算了算了，回去後再跟你小子算帳，後來你們怎麼談的？」

天狼神秘兮兮地說道：「戚將軍今天會派出他的兵假扮成那些義烏百姓，

站在最前面，我們今天跟他們就是做做樣子，刀劍打斷了以後，他們不會上來追擊，我們就逃回來，換那些倭寇上，等倭寇一上，戚將軍的伏兵就會盡出，到時候把他們一網打盡。」

顧全虎哈哈大笑起來，拍了拍天狼的肩膀：「還是你小子靠譜。」但他忽然想到了什麼，擔心道：「那些官軍打得過倭寇嗎？這次可是來了兩百多個真倭子啊，別到時候打蛇不成反被咬。」

天狼眼中閃過狡黠的光芒：「三當家的，您就瞧吧，這批官軍是戚將軍專門訓練來對付倭寇的，比那些尋常的衛所兵強得多，而且為防萬一，他們也武裝了義烏的鄉巴佬，倭寇跟這些義烏蠻子打，未必能占到便宜的。」

顧全虎滿意地說：「行，這回要是你小子能幫我們過了這一關，回去見到大寨主後，我幫你請功！」

半個時辰後，臨時營地裡的山賊土匪們全部集合了起來，按山寨為單位，幾十人一堆地聚在一起，而那些臨時配給各山寨的倭寇刀客們，這會兒也都站到了各自的隊伍前面，一副趾高氣揚，不可一世的態度。

山賊們都在心裡面問候這些東洋人的祖宗十八代，但表面上低著頭，不敢說話。

施文六今天心情很好，站在一個半人高的小土包上，他穿著一身上好的金色綢緞衣服，上面繡滿了銅錢，頭戴逍遙巾，一張無鬚的胖臉上，兩隻眼睛給肥肉擠得眯成了兩條線，他臃腫的體型活像個大水桶，「腦滿腸肥」這四個字是對這傢伙最好的形容。

只聽施文六拿了個喇叭，有點娘娘腔的聲音在山谷中迴蕩著：

「弟兄們，今天就是咱們報仇的時候了，也是咱們跟那些義烏蠻子決一死戰的時候，傢伙都已經發給大家了，而且有東洋朋友助陣，大家放心，施某早就和官府打好招呼了，大家就放手殺吧，今天每人發給二十兩銀子，打趴義烏蠻子後，這裡開出了銀礦，每個寨子都有份！」

施文六說完，手一揮，身後二十多個壯漢護衛抬上來十幾個大箱子，當眾當開，全是銀閃閃的銀元寶，個個都是足十兩重，亮瞎了眾人的眼睛，那些原本低著頭的山賊也全都盯著銀子，彷彿像見了魚的貓，更有些人已經不自覺地咽起口水了。

施文六見眾山賊這副德性，嘴角勾起一絲難以察覺的冷笑，繼續說道：「今天就按昨天所安排的，十七家寨子打先鋒，義烏人不知道我們今天有真傢伙，殺他幾十個肯定就垮了，大家努力去殺，傷者亡者，我施文六全都包下來！」

不待施文六說完，不少山賊已經把手上的刀劍晃動了起來，雙眼通紅，吼著：「殺，殺，殺！」

人群中的天狼看著這些山賊們，心中暗想：這些土匪的本性還是暴露了出來，雖然不喜歡倭寇，但是在白花花的銀子面前，沒有什麼事是不能做的。

施文六說完，一揮手，臺下的倭寇們向其行了個鞠躬禮，然後和各寨的寨主頭領們帶著山賊們一起向著北邊走去，千餘人黑壓壓的一大片，手中拿著明晃晃的刀劍，殺氣沖天。

走出山谷，翻過一個小山嶺，就到了昨天的戰場了。

這是兩座山嶺間的一片平原地帶，也是這幾個月來雙方械鬥的主要場所，不少草叢中的石頭和土塊都是血跡斑斑，更有些血漬已經成了黑色，空氣中瀰漫著一股淡淡的血腥味，刺激著男性荷爾蒙的加速分泌，就連天狼也莫名地騰起一種想放手大殺的衝動。

對面山嶺上，密密麻麻地站著拿著鋤頭、扁擔和獵叉的義烏人，看過去漫山遍野，足有一兩萬人，聲勢比昨天更大，估計陳大成也知道今天一戰的關鍵，到處串聯，因而來了這麼多人。

山民們喧囂的聲勢震得隔了三里外的山賊們耳朵都嗡嗡作響，剛才還殺意滿滿的山賊，這時候都臉色發白，恐懼的陰雲重上心頭，更是有些眼尖的傢伙暗暗打起退堂鼓，留意退路了。

各山寨的首領們一看手下有些氣弱，吼道：「他娘的，這幫泥腿子只有棍棒扁擔，咱們手上可是明晃晃的傢伙，都聽好了，給老子衝，衝上去殺掉幾十個，這些泥腿子就會嚇慫了，到時候踩死的比我們殺的還要多，衝啊！」

幾個凶悍的寨主抽出大刀，率先向前衝了出去，手下的嘍囉們看著老大先衝了，也都膽氣復壯，跟著殺了過去。

顧全虎也裝模作樣的拔出刀，帶著手下們向前跑著，速度並不快，聲音卻叫得很高很響，顯得氣勢很足的樣子。

天狼跟在人群裡向前慢慢跑，眼角的餘光落在後面那些倭寇身上，兩百多個打扮成山賊的倭寇，不緊不慢地跟在這些亂哄哄的山賊身後，既是後援，更是督戰。

對面山嶺上的人海也開始湧動，天狼遠遠地看到陳大成一揮手，黑壓壓的幾千人吶喊著衝了下來，高舉著扁擔和鋤頭，跑在最前面的幾百人，手裡拿的卻是清一色的獵叉，動作整齊劃一，雖然一個個穿著草鞋布衣，膚色卻不像一般莊稼漢那樣黝黑，不少人甚至可稱得上白淨，顯然是戚繼光派來打頭陣的紹興兵。

很快，雙方的先頭部隊撞到了一起，一陣刀槍相交，此起彼伏的「叮叮噹噹」一聲，天狼心中冷笑，原來是那些山賊們用大力欲砍殺對面的對手，卻不知道手上的刀劍早已被自己用內力震斷，今天一砍才現了原形，只一個回合，手上的傢伙竟只剩下刀柄，不少人愣在當場。

可是對面那些打扮成獵戶的軍士們卻不準備給自己的對手任何喘息的機會，揮叉格斷這些刀劍後，便直刺對手，一下子就刺倒了數十名山賊，連衝在最前面的三個山寨頭子也直接撲地不起，山賊們如夢初醒，再也顧不得那白花花的二十兩銀子了，紛紛掉頭就跑，這一套，他們這幾天已經練得非常熟練了。

顧全虎昨天和自己的手下們都打過了招呼，這回一看前面的人逃跑，發一聲喊：「哎喲媽呀！」也都齊齊地掉轉身子向後逃跑，那個龐虎本來就拖在最後，這下子變成了逃在最前面的一個。

還沒跑出兩步，龐虎眼前只見白光一閃，那個疤臉倭寇的臉在他眼前一閃而沒，他心中一驚，突然感覺到腹部一陣劇痛，低頭一看，自己的肚子不知道何時被劃了一道口子，鮮血跟著腸子一起流了出來，他的腦子還沒來得及想出原因，人便倒到地上，氣絕身亡。

疤臉倭寇半矮著身子，高高舉起的倭刀上，鮮血順著刀尖向下滴淌，這一下天狼看得很清楚，此人正是用的東洋薩摩氏的切斬法，從下向上斜著一劈，如果是上泉信之這樣的高手，現在的龐虎就直接給砍成兩段了。

疤臉倭寇臉上的刀疤在扭曲跳動著，龐虎的血濺上了他的臉，這副如厲鬼般的模樣嚇得正在逃跑的人們一下子收住了腳步，只聽到疤臉厲聲吼道：「八格牙路，全都回去戰鬥！」

天狼眼中紅芒一閃，身體骨架突然一陣劈啪作響，周圍的人驚異地發現原來瘦高個子的小劉子突然變成了一個虎背熊腰的壯碩大漢，還沒等他們回過神來，只見天狼的身形在他們眼前一閃而沒，直奔著那疤臉倭寇而去。

疤臉眼中一道迅速的紅光撲來，這速度和氣勢讓他連背上的寒毛都站了起來，在龐虎面前，他是可以主宰一切的神，可是在此人的面前，他不過是別人腳下的螻蟻而已。

可是疤臉倭寇畢竟是縱橫東洋多年的成名劍士，身經百戰，雖被突襲，但在瞬間便找到了應對之法，東洋刀法霸道凶狠，他大吼一聲，向前衝出三步，周身騰起一陣青氣，手中的刀也響起一陣龍吟之聲，他高舉著刀，從頭上使力向左下斜劈。

這正是此人的絕招，名叫**迎風一刀斬**，日本的劍士比拼，絕少花架子，基本上是出手一招就決生死，與中原以切磋為主的武技完全不一樣，而這一招更是一向以凶悍見長的薩摩劍士的劍法精華所在。

如果你的武功不是高出他一大截，勢必要格擋，他這樣迎頭一刀斬下，全部的氣力都在這一刀上，居高臨下，占了絕對優勢，有不少人生生被擊斷武器，或者是兵刃被彈起，砍中自己的腦門而亡。

天狼當年與柳生雄霸在谷底一年，對東洋各劍術流派的武功和精華早已瞭若指掌，爛熟於心，他的速度和內力又比疤臉倭寇強出許多，破敵之法早已成竹於胸。

只見天狼雙目紅光一閃，腳下運起幻影無形的步法，比起剛才氣勢十足的天狼步，速度更加快許多，疤臉眼前一下子失掉了天狼的身影，只感覺到一股熱乎乎的東西噴湧而出。

他嘴裡喃喃地道：「好快的刀！」身子一軟，肚子上的血口子越來越大，五臟六腑流了一地。

裹在紅光中的天狼伸手一抓，倭寇腦袋上的黑布掉落下來，露出腦袋，天狼抓著他頭上的髮髻，周身紅氣暴起，這顆腦袋竟然被他擰了下來，提在手中，其他倭寇都被他的氣勢所震懾，不敢上前一步。

天狼吼道：「中國人不打中國人！我乃胡總督特使，特來平定倭寇，只拿倭寇及首惡施文六，識相的快點閃開！」

顧全虎張著的嘴能塞下一個饅頭，**他怎麼也想不明白為什麼小劉子突然變了一個人，而且一招就把這麼厲害的倭寇給幹掉了。**

李二狗先反應了過來，拉著顧全虎就向著旁邊逃跑：「三當家，風緊，扯呼！」

山賊們也紛紛回過了神，跟著李二狗等人向旁邊逃跑，擋在倭寇和義烏「百姓」中間的山賊一下子跑了個乾淨。

那些紹興兵們一向是慢速追擊的，剛才被山賊們擋在前面，也不知道發生了何事，看他們一下子站定，還以為要返身死戰呢，本能地也都收住了腳步，直到山賊們跑了個乾淨後，才看到一個魁梧高大的漢子，舉著一個倭寇人頭，傲然而立，在他的面前，是兩百多名抽出刀，扯下面巾，面目猙獰的倭寇。

倭寇中不知是誰發了聲喊，懂倭語的天狼聽得真切，分明是在叫：「一起上，宰了這小子！」於是這些椎髻赤腳的倭寇們，揮舞著大刀，百餘人的刀風彙集在一起，捲起一陣可怕的刀浪，向天狼呼嘯而來。

紹興兵和小股的倭寇打過幾次，即使碰到幾十個真假相雜的倭寇，比現在氣勢弱上許多的突擊也都是避戰而走，這次看到這麼多倭寇刀手們如狼似虎地上來拼命，更是不敢力敵，倭寇們還離著五十多步時，他們就齊刷刷地掉頭逃跑了。

天狼萬萬沒有料到戚繼光練出來的新軍居然是這個樣子，面對兩百多倭寇居然掉頭就跑，急得大叫：「回來，別跑啊，回來殺倭寇啊！」可是他的話反而讓那些紹興兵們跑得更快，不少人連手中的獵叉都扔掉了。

陳大成帶領的義烏百姓們本來拖在後面，離這些官軍有一百步左右的距離，這下子看他們逃了，也一時愣在原地，身邊兩個漢子拉了拉他：「大哥，官軍跑了，咱們怎麼辦？」

陳大成看了眼在前面和上百名倭寇殺成一團的天狼，吼道：「弟兄們，你們看人家一個人也沒縮，官軍跑他們的，咱們義烏人可不能當縮頭烏龜，不怕死的，跟我上！」

他一邊吼道，一邊從地上抄起一根官兵丟下的鋼叉，向前衝了過去，身後的義烏人一看陳大成一馬當先衝了上去，也紛紛拿起地上的獵叉，爭先恐後地向前。

天狼的周身已經罩在一團紅色的氣團之中，雙眼血紅，手中的天狼刀如同燒紅的烙鐵一般，他的身邊倒下了十餘個倭寇，個個給他打得面目全非，可是剩下的倭寇仍然把他裡三層外三層地包圍著。

這些凶悍的東洋刀客們確實和他以前見到的中原武人們不一樣，同伴的身亡不僅沒有讓他們退縮，反而讓這些狂徒一個個哇哇怪叫，前仆後繼地攻上。

天狼的衣服也給劃破了三道口子，雖然他的武功高過這些倭寇刀客，但同時被六七個人攻擊，而且這些人往往用的都是同歸於盡的搏命打法，讓天狼也暗暗咋舌。

正面三個倭寇怪叫著向天狼攻了過來，一人抽刀橫斬天狼的腰部，一人打著滾，斬向天狼的右腳，當中一人則是跟剛才的疤臉一樣，迎頭一刀，自右上到左下劈下，這三人都算得上一流高手，所攻之處都是天狼所必救。

天狼感覺到身後刀氣凜然，兩把倭刀疾攻自己的後背，也封住了退路，明顯是配合正面三人的舉動。

天狼眼中紅光一閃，一咬牙，不退反進，身形凌空飛起，向前一撲，左手打出一招紅色的天狼破軍，光波擊中左邊倭寇的中門，他狂吐著鮮血，人向後飛去。

天狼的右腳在空中一個彈腿，在右邊那個倭寇還沒有起身的時候，正中他的腦袋，這一腿力量何止千斤，那個倭寇連叫都沒來得及叫一聲，腦袋就像一個給打飛的南瓜，從脖子上飛了出去，正中中間倭寇刀客向下橫劈的倭刀。

這一下天狼拿捏得分毫不差，這三名倭寇刀手可算是一流高手，幾乎是同時刀落，可就是差了這一點微小的時間差，讓天狼抓到了破綻，那個人頭飛出，打到倭寇向下劈的倭刀上，就像一個被打碎的雞蛋，在空中被切得粉碎，紅色的血和白色的腦漿濺得他一臉都是，本來氣勢如虹的一刀，不可避免地略微一滯，速度稍稍慢了一點。

趁著這轉眼即逝的功夫，天狼左手的斬龍刀向上一揮，烙鐵般紅色的刀身正擊中那倭刀的刀鋒，直接把這把精鋼打造，足可削鐵如泥的鋒利倭刀削成兩半，斷掉的那截刀尖，帶著冷冷的死意，穿過天狼的護體天狼勁，劃過天狼的右肩頭，在上面留下一道淺淺的血痕，若非十三太保橫練的功夫護體，換了一年前，這下早已經讓天狼血流如注了。

天狼的斬龍刀斬斷倭刀後，去勢未盡，招數用老之前，空中一轉，直斬那倭寇的脖頸處。

這要是一般人早就閃身急退了，可這倭寇凶悍之極，不閃不避，拿著半截斷刀，向著天狼的小腹扎去。

天狼對此人的反擊有些意外，雖然知道倭寇凶悍，卻不料此人完全不惜性命，大概是因為身邊兩個同伴慘死，兔死狐悲，拼了命也要報仇的原故吧。

天狼右手作爪狀疾出，趕在那把刀扎到自己之前，一把抓住那倭寇的脖子，右手姆指一下子按中他頸部的酸穴，這下倭寇面如死灰，手中的斷刀無力地掉到地下，他的嘴裡卻不甘地叫道：「我殺！」

天狼懶得跟他廢話，百十來斤的壯漢在他手中就像嬰兒一樣，憑空提起，一個大旋轉，轉到後面，此時那兩把第一擊劈了個空的倭刀，正好第一下又攻近了天狼的後心，只是這一回，天狼正面壓力完全消失，可以從容地用這名倭寇來應對他同伴的刀鋒了。

「嘶」的兩聲，這倭寇的背後，被從上到下、從左到右地切開了兩條巨大的口子，鮮血從口中狂噴而出，顯然是不能活了。

天狼右手中掌勁一吐，這個倭寇的屍體直接向後飛出，把那兩個後面偷襲的傢伙撞得仰面而倒，還沒來得及推開身上壓著的屍體，天狼就凌空飛起，重重地踩在屍體上，這一下的萬鈞之力活活地把地下那兩個倒楣鬼壓得骨斷筋折，眼珠子都給擠得爆出眼眶了。

饒是倭寇們凶殘狠辣，悍不畏死，見天狼以這樣迅捷殘忍的方式連殺二十多人，尤其是剛才合擊的這五個人，是這夥倭寇中的高手，居然給天狼幾下子就全部擊斃，剩下的倭寇們在一邊也只是揮刀虛張聲勢，不敢撲上前來了。

趁著這一會兒的間歇期，陳大成率領的義烏鄉民們正好殺到，獵叉棍棒齊下，狠狠地向倭寇招呼過去，雙方的士氣此消彼長，倭寇氣勢下降，義烏鄉民則個個如猛虎下山，人數又占了絕對優勢，很快就形成十幾個人圍攻一個倭寇的局面。

天狼從混戰的人群中一眼望去，只見剛才還站在高坡上的施文六那肥胖的身形這會兒竟然不見了，他的心一沉，這傢伙一定是見勢不妙準備開溜了，再也顧不得這裡的倭寇，雙足一動，直接從打鬥的人群頭頂處飛過，大鳥一般的身形飛出二十多步，落到倭寇的後面。

一個倭寇怪叫著，提刀向天狼衝過來，天狼從懷中摸出一枚鋼鏢擲出，那倭寇只覺眼前一花，腦門上便給鋼鏢生生釘住，頓時倒地身亡。

天狼馬不停蹄地向施文六剛才站的方向奔去，一瞬間的功夫，已經奔上高崗，便見十幾個護衛正擁著一團肉球似的施文六向後沒命地奔逃，只因施文六身形過於肥胖，與其說是跑，不如說是爬。

天狼正要向前追擊，突然感覺到一邊的樹林裡，現出三股強烈的殺氣，他的身形立時不動，握著斬龍刀柄的右手掌心沁出了汗水，因為這次來的三個，都可稱絕頂高手，比起剛才自己所殺的那些倭寇，完全不在一個檔次上，而且既然這些人在此出現，一定是敵非友。

天狼眼睛慢慢地變紅，周身的氣流也漸漸地運轉，正面迎向從林子裡緩步而出的三個人，正是**徐海、毛海峰、上泉信之三個倭寇頭子**！

毛海峰身高九尺，壯如熊羆，比起天狼還要高了半個頭，身板更是寬了一截，虎背胸腰這四個字都無法形容他的強壯，髮如亂草，鬚似鋼針，手裡拿著一柄沉重的金鋼杵，看來這就是他的兵器。

左邊的上泉信之，今天穿了一身紅色的倭甲，露在外面的眼睛透著凶狠與殘忍，一把精光閃閃的倭刀在他的手中發著死亡的氣息。

中間的，正是那看起來儒雅非常，一副貴公子打扮的徐海，和左右兩個殺氣沖天的同伴不同，他的氣場反而是最弱的，只見他負手於背後，也沒見拿著什麼武器，搖頭嘆道：

「天狼，上次在南京我們放了你一馬，為何還要這樣苦苦相逼？」

天狼冷冷說道：「你怎麼會知道我是誰，嚴世蕃告訴你的嗎？」

毛海峰粗渾的嗓子像打雷一樣地吼道：「老徐，跟他廢話啥呀，弄死他，給咱兄弟們報仇！」

上泉信之在一旁說道：「今天說什麼也不能放過他了。」

徐海微微一笑：「不急，還有時間，殺他之前，有些事情還是問清楚的好。」轉而對天狼道：「上次你跟我們進蘭貴坊的時候，我就能感受到你不是平常人，也料到你和你同伴走後一定會跟蹤我們，本想在城外解決你，可中途出了些意外，不過這樣也好，從小閣老那裡，我知道你就是大名鼎鼎的錦衣衛天狼，說實在的，今天的相會，我可是盼望了很久呢。」

天狼笑了起來：「你不會是因為想和我相會，而捨棄掉你的那些手下吧，其實我一直很奇怪，既然你們早就來了，為何一直不出手呢。」

徐海的嘴角勾了勾：「本就是些從東洋招來的浪人刀客，死了也就死了，沒什麼，再說，這回我們的行蹤，尤其是跟小閣老見面的事，也不想太多人知道。能讓這些人消耗掉你這麼多的體力，我們當然更有勝算了。」

天狼冷笑道：「怪不得這些東洋人只能當炮灰，而你徐公子卻可以一路坐到船主的位置，現在在倭寇中僅次於汪直呢。不過我看**你真正想要的，還是借我的手殺掉這些知情者，不讓你們暗會嚴世蕃的事傳到薩摩藩的島津家耳朵裡吧。**」

徐海臉色一變：「你胡說什麼，我們和島津家的事，與你何干？」

天狼一看徐海的樣子，就知道說中了他的心事，哈哈大笑：「徐海，**你以為嚴世蕃會誠心和你們合作嗎？**如果真是這樣的話，他那天就不會把你們支開，和我談話了。」

徐海也冷笑道：「天狼，不用跟我們玩心計，雖然我知道你是在拖延時間，但我還是可以回答你，小閣老後來和我們見了面，而且談得很愉快，我們很確定小閣老跟我們是真心合作。倒是你，陰魂不散地總是找我們麻煩，我只想問你一句，你圖個啥？」

天狼眼中露出堅毅的目光：「圖啥？**圖我中華男兒心中的英雄之氣！**徐海，你也是自幼飽讀詩書，**當知忠義二字**，卻甘願為虎作倀，帶著倭寇來燒殺搶掠自己的同胞，**內心可有一絲良心不安？就不怕死後無顏去面對祖宗嗎？**」

徐海瞳孔收縮了一下，厲聲道：「國家待我不義，我又為何要做大明子民？想我徐海，在明朝的時候也算安分守己，滿腹才華，卻因為求官無道而只能當一個和尚，若非我跟著叔叔出了海，上了船，哪可能有今天的見識和地位?!再說，我們能逼著無道昏君開海禁，做生意，這是有利於沿海萬民的事，雖然手段一時過激，卻是有利於子孫後代的善舉，有何不能面對列祖列宗的！」

天狼反駁道：「善舉？你的祖籍在徽州，自然不擔心有倭寇去燒殺你老家，挖你家祖墳，可是沿海的百姓也是如此嗎？為了貪圖一己的私欲，不惜出賣靈魂，去當島津氏的走狗，你敢說你不知道島津家要的不是錢，而是入主中原？」

徐海心中大驚，上前一步：「這些你又是怎麼知道的？」

天狼心中越來越有數了，哈哈笑道：「徐海，你以為嚴世蕃不知道你們的意圖嗎？他對你們的一舉一動都瞭若指掌，你瞞不過他的，**他之所以肯跟我合作，也是希望我能阻止島津家入侵中原的野心，他確實想要賺錢，卻不想中原易主，給島津氏當奴才！**」

毛海峰一聲怪叫，用東洋話說道：「老徐，囉嗦什麼，做了這傢伙，然後我們趕緊撤了完事！」

徐海手一抬，也用東洋話回道：「不行，事情有變，我得問清楚。」

上泉信之警告道：「徐先生，此人很狡猾，我看他是在挑撥離間，拖延時間。」

這些人用東洋話交流，顯然是以為天狼不通倭語，沒料到天狼早聽了個清清楚楚，臉上卻擺出一副迷茫的表情，喝道：「你們嘀咕什麼！是要準備打了嗎，老子早就等得不耐煩了！」

徐海換回了漢語：「且慢，嚴世蕃跟你說了些什麼？」

天狼冷笑道：「我為什麼要告訴你，你不是想取我性命嗎？」

徐海換了副笑臉：「天狼，我知道你們錦衣衛是不想讓外敵入侵，我們說白了也是這個意思，剛才你不是也說了嗎，我們讓那些東洋刀手送死而不出手救，就是因為我們也不想讓島津氏真的入侵大明，若是戰火連連，民眾流離失所，我們還怎麼做生意賺錢呢？」

天狼裝出意外的表情：「此話當真？」

徐海點點頭：「我要是騙你的話，直接出手殺你就是，還用得著在這裡廢話這麼久嗎？」

天狼回頭看了一眼嶺下，激烈的打鬥還在繼續，只是倭寇刀手們已經被團團圍住，一個個都在作困獸之鬥，敗局已定了。

他對徐海說道：「怎麼，你們還想和我們錦衣衛合作？」

徐海正色道：「不錯，嚴世蕃雖然給我們開的條件不錯，遠比胡宗憲的要優厚，但我總覺得不太可信，那胡宗憲只是想我們不再襲擊沿海城鎮，嚴世蕃卻跟我們說可以勸皇帝開海禁，**天狼，換了我你會信嗎？**」

天狼心中冷笑，**看來徐海一夥和嚴世蕃也是在勾心鬥角**，嚴世蕃不會在第一次就亮明底牌，把自己想要勾結倭寇，以為外援的事盡數透露，而徐海也不知道嚴黨的勢力之大，不知道要維持這麼一個龐大的腐敗官僚集團的運營所需要的巨額成本，更不知道嚴世蕃已經不可救藥的貪婪。

天狼點點頭：「我們錦衣衛也不可能全信嚴世蕃的，他跟我們說，跟你們只是暫時合作，緩兵之計而已，目的是不讓你們在這時候再在東南惹事，這和我們胡部堂的意思差不多，只不過他想通過私下的貿易，自己賺一點罷了。」

徐海聽了道：「我早就知道嚴世蕃不可能這麼大公無私的，天狼，無論是嚴世蕃還是胡宗憲，都願意和我們開海禁通商，就是你們的皇帝，也遲早要開海禁的，**你們錦衣衛只會順著皇帝的意思行事，到時候他要和我們合作做生意，你還攔得了嗎？**」

第四章

雄師勁旅

戚繼光道：「天狼，今天你在戰場上大出風頭，
連我也擊節叫好，能不能麻煩你去勸勸陳大成，
讓他帶著義烏百姓們投軍報國呢？
胡部堂有三千人的名額，足以練出一支雄師勁旅了。」

天狼想到胡宗憲的大計畫，現在不是出手殺死這三個倭首的時候，至少在分化倭寇之前，不能做這種事情。徐海等人的承諾絕不可靠，這回在義烏生事不成，又折損了所有東洋刀手，出於給島津氏一個交代的需要，也會在沿海一帶報復性的攻擊，只有讓汪直和徐海這時候跟廣東海盜打個你死我活，才可能救沿海的民眾於水火之中。

想到這裡，天狼強忍住心中的怒火，表情也舒緩起來：「徐先生真是明白人，我們錦衣衛唯一效忠的，只有皇上而已，現在皇上礙於面子，不能明著開海禁，但胡宗憲的意思和他的想法是最接近的，只要你們不惹事，不再攻擊沿海城鎮，那我們會逐步地放鬆海禁，至少可以私下裡做做生意，胡宗憲也知道你們的生意做得很大，手下要養的人也多，不讓你們吃飯是不行的。」

徐海搖聞言道：「可是無論是胡宗憲還是嚴世蕃，都不敢現在就開禁和我們進行貿易，老實告訴你吧，**這回我們在這裡整這麼一齣，就是給你們一點警告，告訴你們，我們的耐心也是有限的**，不要只說漂亮話，而沒有實質性的作為。這回我們不攻沿海，改在這個窮鄉僻壤做這一票，已經給足你們面子了，若是你們還遲遲不答應我們的條件，我們也只能繼續攻擊沿海城鎮了。」

天狼不受威脅地道：「徐先生好健忘啊，你們若是真的撕破臉，難道跟陳思盼和蕭顯開戰也不需要我們幫助了嗎？」

徐海訝異地說：「怎麼，你連這事也知道了？」

天狼表情變得冷峻：「別忘了，我們是錦衣衛，胡宗憲不敢在這件事上對我們有所隱瞞，此事已經快馬送交京師了，如果皇上同意，那我們就會出兵幫助你們消滅這些廣東海盜，這些海盜在海上搶掠多年，如果你們能消滅他們，所得的財物不比搶些沿海鎮子要好得多？」

上泉信之突然開口道：「不一樣，搶劫沿海村鎮可以擄掠人口，回我東洋販賣，**錢不是我們行事的唯一目的。**」

天狼心中一動，**原來上泉信之的目標和徐海還不一樣，他除了錢，還要人口**，這很有可能是那些日本領主們的意思。於是天狼道：「消滅了海盜之後，有的是俘虜給你們，還缺人口嗎？」

上泉信之嚷道：「不行，那裡沒有女人和小孩，我們要的是這些。」

徐海似乎對上泉信之的舉動不太滿意，用日語打斷了他的話：「上泉君，我們的事回頭再解決，不行的話，我去給你買女人和小孩好了，南洋那裡這種生意很多，打垮了姓陳的，還怕沒得買嗎？」

上泉信之沒有說話，徐海繼續對天狼說道：「那好，我就等你們的消息，記住，不要讓我們等得太久。」說著，三人轉過身準備離開。

天狼心裡一塊石頭落了地，今天以一對三，又無援手，情況是極為不利的，能靠著不戰而屈人之兵已經不易，以後再想辦法對這些倭寇各個擊破。

他突然想到了什麼，開口道：「等一下，那個施文六你們不管了嗎？」

徐海回過身，嘴角勾了勾：「就這傢伙也配和我們合作？若不是嚴世蕃托我們關照他一下，加上我確實對義烏這裡挺感興趣的，我才懶得理會。你若是要捉他，現在還來得及，這胖子跑得慢。」

「你的這些手下也不管了嗎，就不怕他們活下來出賣你們？」

徐海搖搖頭，道：「不會的，這些東洋武士不會把自己活著留給敵人。再說了，你們這些義烏人也不會留活口。」

天狼轉頭看去，只見那兩百多名倭寇現在站著的還不到十個，而且全身是血，背靠著背，義烏的百姓圍著這幾個倭寇，一些仍不解恨的鄉民拿著手中的獵叉和棍棒正在向地上倭寇的屍體死命地招呼著。

天狼心中感嘆，這些義烏百姓果然是剽悍凶猛，就連官軍和山賊都不敢對戰的倭寇，居然被這些百姓們亂棒打死，若是各地的百姓都有這裡人的一半勇猛，何至於小小的倭寇幾十幾百人就能橫行東南呢，戚繼光在這裡選人練兵，還真是沒錯。

正思量間，只見那剩下的十餘名倭寇突然齊刷刷地扔掉了手中的長刀，拔出腰間的肋差（短刀），跪坐於地，圍著他們的義烏人還以為這些人要投降了，正待上前，不料這些倭寇卻把肋差插進了自己的肚子，然後用力一劃拉，腸子都流了出來，眼見是活不成了。

天狼看得默然無語，這一幕以前柳生雄霸和他說過，叫作切腹，是日本武士戰敗後自行了斷的一套標準做法，由於日本人信奉人的靈魂是在肚子裡，切開肚子能快點讓靈魂離體而去，不至於留在屍體上成為怨靈，而且在敵人面前，這樣的死法也能獲得對手的敬意，原本這種切腹只限於高級武士，後來這些低端的浪人們也有樣學樣，只不過為了減輕切腹者的痛苦，往往還需要一個人專門在後面砍頭，叫「介錯」。

只是這些倭寇是集體切腹的，自然也沒人會給他介錯，陳大成看著這些人在地上翻來滾去的，慘不忍睹，嘆了口氣，吩咐手下們上去亂棍齊下，把這些人全都打死，也算讓他們免了這肚破腸流不得速死之苦。

天狼看到那邊大局已定，再扭過頭來時，徐海等人已經走出百步之外了，遠遠地只聽到徐海的聲音傳來：「天狼，**希望下次來送信的人能夠是你！**」

天狼嘴角勾了勾，心裡在說：「放心吧，一定會是我的。」

他轉身向施文六逃跑的方向追去，和徐海等人耽誤了小半炷香的功夫，大胖子施文六在逃命的時候爆發了驚人的潛力，居然已經逃到山谷口的大營那裡了，人影變成幾個小黑點，只有施文六那身紫色的肥胖身形特別引人注目。

天狼害怕這施文六在營中留有馬匹，若是讓他上了馬，再追起來可就麻煩了。他加快腳步，輕功提到十成，勢如流星地向著施文六趕去。

離施文六等人越來越近，天狼可以看到施文六也加快了速度，顯然他也感覺到自己的緊追不捨。四個護衛抬著施文六，離他不遠的前方，五六個護衛則牽出十幾匹馬，果然他是有備而來，預留了退路！

正在此時，營中突然一陣緊密的鼓聲，緊接著是一陣吶喊聲，從各營帳中鑽出上千名全副武裝的官員，一面大大的「戚」字帥旗豎了起來，帥旗下，將袍大鎧的戚繼光威風凜凜，騎著一匹高頭大馬，在陽光的照射下，全身的甲冑閃閃發光，宛如天神下凡。

抬著施文六的那幾個護衛嚇得腿都軟了，手一鬆，肉球般的施文六一下子掉到了地上，殺豬般的慘叫聲連隔了一里有餘的天狼都聽得見，緊接著，就是官軍們氣勢十足，震耳欲聾的吼聲：「戚將軍在此，還不速降！」

施文六這幫護衛們多年跟著施文六走南闖北，見風使舵慣了，一看這架式，哪會為施文六拼死一戰，一個個都跪倒在地，磕頭如搗蒜。

天狼看到戚繼光出現，心中的一塊石頭總算落下了地，昨天他和戚繼光約定，由戚繼光帶大軍埋伏，務必擒拿施文六。

考慮到施文六有帶著倭寇們突圍的可能，因此戚繼光把主力都帶在身邊，只派了幾百名官軍偽裝成義烏百姓。可是天狼並不知道戚繼光會埋伏在何處，前面平原之戰時，那些官軍的表現讓他的心中有些打鼓，直到現在才算完全放了心。

施文六灰頭土臉地從地上爬了起來，正了正自己的帽子，叫道：「戚繼光，我可是給朝廷提供絲綢和生絲的商人施文六，你不認識我嗎？」

戚繼光冷冷地說道：「施文六，本將既然在此恭候你多時，自然知道你是誰，**朝廷讓你供應絲綢和生絲，也允許你去勾結倭寇，屠殺百姓嗎？**」

施文六額頭上的汗珠不停地冒著，紅著臉強辯道：「我是奉了鄭大人和何大人的命令來這裡開礦，這裡的刁民不服王化，我才雇了些人收拾他們，戚繼光，你是不是連浙江省布政使的命令也不聽了？」

戚繼光哈哈一笑：「本將奉的是浙直總督胡部堂的軍令，來此捉拿通倭的賊人，昨天我就叫你來大營了，可是你遲遲不到，也就怪不得今天我用這種方式和你相見，有什麼要辯護的，自己跟審案者說吧！」

施文六跺腳道：「審我？大爺有的是錢，有的是關係，我倒要看看哪個不要命的敢審我！」

一個冷酷得不帶任何感情的聲音鑽到施文六的耳朵裡：「哦，錦衣衛審你，是不是也不要命了？」

施文六聽到這話，全身的血液彷彿都要凝固了，牙齒開始打戰，一回頭，只見一個高大魁梧的白臉漢子站在自己的身後，雙目如電，殺氣滿滿，他的手裡，正拿著一塊金牌，上面赫然寫著「錦衣親軍指揮使司」這幾個字。

施文六這回嚇得尿都流出來了，「撲通」一聲跪倒在地：「大，大人，草民，草民無罪啊，草民這都是奉的鄭大人和何大人的意思，您千萬可要……」

天狼懶得聽這個死胖子在這裡為自己辯解，大手一揮道：「你有罪無罪，咱們自然會問清楚的，不過不是現在，也不是在這裡。戚將軍，辛苦你了，還麻煩借你的幾個親兵，把此人押回去。」

戚繼光點點頭，身邊二十名親兵護衛一擁而上，把施文六五花大綁，然後像抬肥豬似的，抬到一邊早就準備好的一輛馬車上，整裝待發。

這也是天狼和戚繼光昨晚就商量好的，為防萬一，天狼會全程跟著這輛馬車，天狼對戚繼光拱手謝道：「戚將軍，這回真多虧你了，還好事情進行得挺順利。」

戚繼光的眉頭皺了皺：「借一步說話吧。」他下了馬，逕自走向遠處。天狼也有些話想和戚繼光說，回大營後可能就未必有談話的機會了，他跟了過去，走到百餘步外。

戚繼光轉過身，嘆道：「前面的戰事我也看到了，真讓我失望，本以為訓練了幾個月，加上這次我開了重賞，能讓軍士們有點勇氣，沒想到他們還是這副德性，看來紹興兵不可用啊。」

天狼笑道：「紹興兵不可用，可是義烏民卻可大用，戚將軍，你沒發現這些義烏民比官軍還要勇敢許多嗎？尤其是那個陳大成，不僅一馬當先，還很會指揮，把一幫百姓訓練得如同軍隊一般，是個難得的將才啊。」

戚繼光聞言道：「這陳大成確實不錯，我來之前就查閱了他的檔案，還詢問了以前和他共過事的一些將校，此人一向作戰勇敢，在軍中頗有威信，雖然職位不高，但深得將士們的尊敬與愛戴，只因他不肯花錢行賄上司，所以不得提拔，這才一怒回鄉的。」

天狼怪道：「這正是老天留給將軍的優秀部下啊，戚將軍，我看你好像一點也不高興，難道這陳大成有什麼問題嗎？還是你擔心他這回組織械鬥，鄭必昌和何茂才會暗中加害於他？」

戚繼光搖搖頭：「我擔心的不是這件事，昨天你走了以後，陳大成來我大營和我商議軍情後，我也問過他是不是有意在此事結束後從軍報國，可他的意願卻不高，我聽華縣令說過，陳大成在各地募兵的時候，曾對全族下令，說誰也不許投軍，我想他可能是因為以前從軍的經歷，對官場和軍隊失望透頂了。今天在戰場上，我的部下沒有和倭寇接戰就潰退了，如果我是陳大成，可能會更加失望，連朝廷新編練的新軍也是這樣，那還有什麼希望呢，所以今天我非常惱火這件事。」

天狼疑道：「戚將軍，兵書上有許多治軍的鐵律，今天他們沒有你的命令就這樣撤退，不能殺一儆百嗎？」

戚繼光嘆了口氣：「這種事情我早就做過了，沒用的，這些人本就是市井無賴和混混，從軍只為混口飯吃，而且喜歡抱團，選出個首領來和我討價還價，無論是以前的處州兵還是這些紹興兵，莫不如此，我曾經殺過兩個未戰即退的軍官，可是弄得差點全軍嘩變，以後也不好再執行這樣的軍令了。」

天狼聽得無語，半天才道：「那怎麼辦，難道就放過這麼好的兵苗子嗎？」

戚繼光咬咬牙道：「當然不行，但是強扭的瓜不甜，天狼，我看得出那陳大成更敬重你，今天你在戰場上大出風頭，連我也擊節叫好，能不能麻煩你幫我個忙，去勸勸陳大成，讓他帶著義烏百姓們投軍報國呢？胡部堂給了我三千人的名額，足以練出一支雄師勁旅了。」

天狼義不容辭地說：「這事我去辦，只是這施文六還要審訊，現在鄭必昌和何茂才並不知道他已經落網，要是他們知道了，就會想辦法把痕跡給抹掉，跟這施文六切割關係，毀掉所有的證據，到時候就麻煩了。」

戚繼光眼中閃過一絲疑慮：「你想查到鄭必昌和何茂才？動他們可就動了嚴黨，這樣真的好嗎？」

天狼無懼地說：「嚴黨雖然得勢，但也沒到天下無敵的地步，這次的事情清清楚楚，如果任由嚴黨亂來，那會誤了平倭的大事，我第一天去杭州的時候，就看到何茂才的兒子在城裡胡作非為，氣焰囂張，由子知父，可知這何茂才平時是多狠多毒，這樣的人斷不可繼續留在這裡，通倭是重罪，即使是嚴世蕃也沒這麼容易救他們，很可能會捨了這兩個棋子。」

戚繼光聽了，仍是擔心地說：「可是這樣的話，會不會對胡部堂不利？嚴世蕃這個人一向是心黑手辣，當年嚴嵩父子是怎麼對夏閣老趕盡殺絕的，世人皆知，他們會不會轉而對胡部堂不利呢？」

天狼搖搖頭：「不會，嚴嵩父子最大的本事就是揣摩上意，迎合皇帝的心思，當年之所以把夏閣老往死裡整，是因為他們摸準了皇帝已經容不下夏言和曾銑了，現在的情況不一樣，東南不可一日無胡部堂，至少在平定倭寇之前，皇帝是不會動他的，嚴嵩父子也不會逆著皇帝的意思來，最多只會衝著我，找點別的由頭把我調離罷了。」

戚繼光焦慮地道：「這樣還是不好啊，胡部堂沒事，卻讓你惹上麻煩了，如果你不在，胡部堂會少一個得力的助手的。」

天狼笑了笑：「沒事，反正此事一了，我再辦一件事就要回京了，到時候我自有安身之策。你放心吧。對了，我看施文六就由你看押吧，我先去找陳大成，那邊如果一切順利的話，今天晚上我就來提審施文六，到時候還希望戚將軍能派個文書作記錄。」

戚繼光本已舒展的眉頭又微微一皺：「這樣重要的提審，你不把人犯帶回杭州，交錦衣衛審理嗎？在這裡弄的口供能作數？」

天狼道：「不能回杭州，那個姓華的縣令是鄭必昌的人，只怕我們人還沒到杭州，他派去報信的人已經到了，到時候無論是鄭，何二人毀證據，或者是想辦法和施文六串供都挺麻煩，還勞煩將軍現在要做一件事，請華縣令過來，說是抓到了倭寇，只要他人來，就沒時間通風報信了，**我這裡先說服陳大成，然後突審施文六，拿了證據後迅速回杭州，不給他們反應的機會。」**

戚繼光猛的一拍手：「好計，天狼，這可真是兵貴神速啊，我現在就依你說的辦，咱們就此別過。」

天狼一拱手，雙足一點地，身形如離弦之箭飛向遠方，很快就變成了一個小黑點，戚繼光在他揚起的煙塵中喃喃自語道：「一切拜託了。」

天狼跑回平原的時候，戰鬥已經結束了，剛才逃散的那些農夫打扮的官兵們，在一個千總的帶領下，正在把倭寇的屍體集中到一起，割下首級以報軍功，陳大成等義烏百姓臉上帶著鄙夷不屑的神情，冷冷地看著這一切。

天狼一看到這情形，氣就不打一處來，向那個耀武揚威的千總走了過去，兩個衛兵上前攔住天狼，沒等他們開口，天狼就從懷中掏出胡宗憲給的那塊金牌，那兩個衛兵連忙行禮退下。

那個穿得跟陳大成差不多的千總低頭行禮道：「末將胡林飛，見過將軍。」

天狼收起權杖，質問道：「胡林飛，我未著軍裝，你為何叫我將軍？」

胡林飛涎著臉道：「將軍手中有胡總督的權杖，見權杖如見胡總督本人，末將喊一聲將軍，沒有問題吧。」

天狼哈哈一笑：「好，這麼說，你是知道這塊權杖的分量了，對嗎？」

胡林飛點點頭：「非但是末將，這裡所有的將士們都知道。」

天狼「哦」了一聲，轉頭問向四方：「是這樣的嗎？」

眾軍士們都停下了手中的事，圍了過來，恭聲道：「是的，將軍。」

天狼眼中殺機一現，大聲道：「很好，現在本將傳令，千總胡林飛畏敵如虎，不戰而退，按軍法，當斬！執法軍士何在，現在就把胡林飛就地正法！」

胡林飛臉色大變，連忙說道：「將軍，你不是在開玩笑吧？」

天狼臉上如同罩了一層嚴霜，厲聲道：「你看本將這樣子是在開玩笑嗎？執法軍士何在？」

幾個軍士站了出來，為首的一個百夫長拿著一面「令」字的小旗，拱手道：「前軍執法官侯培德，見過將軍。」

天狼道：「侯執法官，本將的軍令你聽到了嗎，還不把胡林飛拿下！」

侯培德咬咬牙，一揮手，幾名軍士上前把胡林飛按倒在地，捆了起來，胡林飛不停地大叫：「末將不服，末將不服！」

天狼質問道：「胡千總，軍紀如山，軍法無情，戚將軍派你與倭寇力戰，你不待交戰便擅自撤退，殺你有什麼不服的？」

胡林飛向侯培德使了個眼色，侯培德心領神會，上前小聲說道：「將軍，雖說軍法如此，但還是可以疏通的，按軍中流傳已久的成例，即使是死罪，也要先帶回大營後，交浙江按察使大人審核後方可執行的。」

天狼頓時恍悟，怪不得明軍軍紀如此鬆弛，胡林飛、侯培德這些人乃是世襲的衛所軍官，平素裡也是走了門路，使了銀子才得到這千總百戶的位置，那何茂才和鄭必昌就是他們在這裡的後盾，即使作戰不力，只要花點錢走走關係，便可大事化小，小事化無了，戚繼光當初想要快刀斬亂麻，結果這些人就抱團起來煽動士兵，差點鬧成兵變，迫使戚繼光不敢再行軍法。

天狼心裡很清楚，**陳大成正等著看這齣鬧劇如何收場呢，如果自己連這樣的逃將都不能正法，只會讓這些純樸的義烏百姓寒心，想要募兵更是不可能了**，於是厲聲道：

「侯培德，你知法犯法，罪加一等，我大明只有鐵一樣的軍紀，沒有什麼成例不成例的，之所以軍紀不可行，就是因為有你這樣的人放縱不法，留你不得！」

說到這裡，天狼眼中紅光一閃，斬龍刀不知從何處落到了他的手中，侯培德只覺眼前刀光一閃，然後就兩眼一黑，腦袋像西瓜似地給砍到了地上，血如噴泉一樣地向上湧出。

這一舉動來得太突然，沒人想到天狼居然說殺就殺，一個個都愣在了原地。

趁侯培德屍體軟下去之前，天狼把他手中的令旗一把抓過，舉著令旗，沉聲道：「軍令在此，若有不行者，當與侯培德同罪！」

這回那些軍士們再也不敢猶豫了，四個捆胡林飛的軍士架起胡林飛就向外拖，胡林飛猛的意識過來，眼前這傢伙是玩真的，自己可能活不到找何茂才打通關係的時候了，他雙腳亂踢，嘴裡拼命嚷道：「末將不服，憑什麼殺我！我要見何大人，我要見胡總督！」

天狼走到胡林飛的面前，正色道：「你有什麼不服的，臨陣脫逃，動搖全軍，軍法不該殺嗎？」

胡林飛辯稱：「倭寇凶悍，末將是想要暫避鋒芒而已，兵法有云，誘敵深入，再擊之，後來倭寇氣勢衰了，連義烏的百姓都可以把他們打敗，可見末將的戰法沒有問題。」

天狼哈哈一笑：「誘敵深入？你若真的是誘敵深入，也應該是佯敗詐敗，而且事先要和士兵們打好招呼，節次抵擋，掩護而退，可你這是什麼？作為主將，掉頭就跑，士兵們看你帶頭逃了，自然也跟著逃了，連手中的獵叉也扔了個乾淨，你有任何的指揮？有旗號和金鼓來讓士兵們撤退嗎？」

胡林飛仍是狡辯道：「我們今天都扮成了百姓，哪有金鼓旗號，士兵們只要跟著我行動就行了。」

天狼轉頭四顧道：「大家投軍報國，都是血性漢子，當知廉恥，現在我問你們一句，胡千總有沒有跟你們打過招呼，說今天是詐敗，還要殺個回馬槍的？」

人要臉，樹要皮，這些紹興兵雖然貪生怕死，但畢竟也是七尺男兒，被天狼這樣一問，一個個面有慚色，低下了頭，沒有一個人附和胡林飛。

人群中倒是有幾個直性子的人說道：「將軍，我們沒有接到任何命令，看到胡千總掉頭跑，也就跟著跑了。」

天狼又問道：「你們是不是每次作戰都是這樣，看到胡千總先逃了，你們也跟著逃？」

許多軍士低著頭不說話，還有幾個不服氣的，小聲說道：「當兵不就為了混口飯吃嗎，拼了命又能有啥好處？」

天狼表情嚴肅地說：「弟兄們，你們是朝廷為了抗擊倭寇，花了大錢募來的士兵，你們的軍餉是普通衛所兵的三倍，剛才有人說當兵只為混口飯，我要說，

你這口飯是誰給的，看看你們身邊的這些義烏百姓，就是這些人，辛苦耕作，給朝廷交稅來養活你們，他們才是你們的衣食父母！

「俗話說得好，當兵吃糧，當然沒錯，但還有一句話，叫**養兵千日，用在一時**，朝廷招你們入伍，是為了和倭寇拼命，保一方黎民百姓的，絕不是讓你們混飯吃，今天大家都知道對面是倭寇，身後就是養活你們的同胞，可你們居然四散而逃，讓倭寇的屠刀直接面對百姓鄉親們，你們摸著良心說，對得起自己每天吃的白米飯嗎？」

天狼慷慨激昂的話，說得紹興兵們個個啞口無言，甚至有些人偷偷地抹起眼淚。

天狼心中一陣激動，更大聲的喊話道：

「以前你們之所以一敗再敗，未令先退，就在於軍法不行，在於有胡林飛、侯培德這樣的軍官帶頭逃跑，事後還對你們的行為百般狡辯。今天你們有近千人，對面的倭寇也就兩百人而已，你們的身後更是有成千上萬的義烏百姓，這種情況下你們都只顧自己逃命，若是不行軍法，天理難容！來人，將胡林飛就地正法！所有總旗以上的軍官，罰俸半年，所有士兵打十記軍棍，罰餉一個月！」

軍士們都跪了下來，齊聲道：「謹遵將軍軍令！」

那四個軍士把胡林飛按倒在地，胡林飛面如死灰，連掙扎都省了，為首的軍士抽出腰刀，另一個拉著胡林飛的髮髻，向前一扯，把他的脖子露出來，行刑的軍士手起刀落，胡林飛的腦袋立即就和脖子搬了家。

拉髮髻的軍士提著胡林飛的腦袋，在天狼面前單膝跪下：「將軍，胡林飛首級在此，請將軍過目。」

天狼滿意地說：「你叫什麼名字，官居何職？」

那軍士朗聲道：「小的朱二牛，現任總旗，為執法副官。」

天狼道：「很好，朱二牛，現在你就是執法官了，以後行軍令不可像侯培德那樣推三阻四，聽明白了嗎？」說著，把令旗遞給朱二牛。

朱二牛不敢怠慢，恭敬地接過令旗，行禮退下。

天狼高聲道：「前軍副將何在？」

一個三十多歲的黃臉漢子連忙跑了出來：「卑職百夫長李林，乃是前軍副將，見過將軍。」

天狼沉聲道：「李林，前軍主將胡林飛帶頭逃跑，已經被本將正法，現在由你暫時掌管前軍，現在本將命令你清點人數，然後把所有人都帶回山谷中的臨時營地，戚將軍已經在那紮下營寨，你向戚將軍交令，並把這裡發生的事情向他彙報，胡林飛和侯培德的首級與屍身也一併帶走，懸於營門之外，以正軍法！」

李林應聲是後，低頭退下。

這幫兵油子完全被天狼的氣勢所震懾，一個個都不敢抬頭多看，天狼心中感慨，這些紹興兵確實沒有血性，即使給自己教訓了，下回也不可能在戰場上拼命的，要練虎狼之師，還是只能找義烏人。

天狼逕自走向陳大成，陳大成和身邊的義烏壯漢們都被天狼剛才斬將立威的氣勢和演說所折服，一見天狼過來，全都跪倒在地，高呼：

「將軍威武，將軍威武！」

天狼換了副笑臉，把陳大成扶了起來，說道：「陳義士，我沒什麼威武的，真正威武的，是你們義烏百姓，即使面對著凶殘的倭寇，即使手裡沒有鐵劍鋼刀，身上沒有護甲，拿著木棍鋤頭，也能毫不畏懼，你們才是真正的勇士，我天狼也只有仰視的份。」

陳大成憨厚地笑了笑：「大人實在是太客氣了，其實今天鄉親們心裡也很害怕，就連我，在官軍們轉身逃跑的時候心裡也在打著鼓，可是咱們看到大人一個人在和那些倭寇搏鬥，當時我就在想，說什麼也不能把您一個人扔在那裡，血一沖腦子就上去了。」

天狼讚許道：「陳義士，你不但有勇，還很有謀略，我看到你把鄉親們分成一組一組的，分頭圍攻那些倭寇，讓他們只能各自為戰，這點就連多數官軍的將校也未必能做到，幾千百姓給你指揮得如同一個人，在這裡當個族長實在是太屈才了。」

陳大成不好意思地說道：「大人，您有所不知，不是我陳大成會指揮，只不過這些鄉親們都是按村為單位聚在一起罷了，領頭的村長們看著我衝上去了，也都跟著湧上來，其實我在軍隊時也就是個總旗罷了，連百人都沒有指揮過，哪能指揮得來幾千人呢。」

天狼笑道：「陳義士，那你想不想有指揮千軍萬馬的機會呢？」

陳大成聞言，臉色一變：「大人，你這話是何意，草民不明白。」

天狼收起笑容，正色道：「還是昨天戚將軍跟你說的那件事，現在倭寇猖獗，北邊的蒙古也不斷犯邊，**我大明內憂外患，正是熱血男兒投身報國之時，你有沒有興趣到戚將軍的手下做一番事業？**」

陳大成眼中閃過一絲遲疑：「大人，昨天草民就和戚將軍說過了，此事草民一時無法答應，還要考慮考慮，不知為何大人又在這時候提及此事？」

天狼看了眼陳大成身後的義烏百姓們，只見這些人全都巴巴地看著陳大成，顯然以他的意見馬首是瞻，這種宗族鄉情的力量，就是撐起義烏人戰鬥力的內核所在，所以現在的關鍵就是陳大成一人而已。

天狼對陳大成道：「事關機密，有些事情我想跟你單獨談談。」

陳大成點點頭，回頭對百姓們說道：「大夥兒先回去吧，大成和這位大人有事相商，有了結果後會通知大家的。」

這些百姓們便在各自的村長帶領下轉身向回走。

天狼不忘說道：「且慢，陳義士，這些倭寇的屍體你們帶回去，他們都是死在你們的手上，報功也是給你們的，莫要讓沒出力的人得了這功勞。」

陳大成大喜過望，卻又猶豫了一下：「大人，這樣做好嗎，我們畢竟只是百姓。」

天狼笑了笑：「我有胡總督的權杖，見權杖如見胡總督，我來之前他就這樣交代過了，說是如果義民殺賊，一樣按軍功行賞，沒有問題。」

百姓們聽到了，歡呼雀躍，紛紛上前把倭寇的屍體抬起，對著天狼又是一番感謝，這才興高采烈地回去。

草地上很快就只剩下天狼和陳大成兩人，天狼看著遠去的百姓們，嘆了口氣：「這裡現在沒有外人，陳義士，你我也不用拘禮了，我應該癡長你兩歲，就叫你大成吧，你叫我天狼就行。」

陳大成連連擺手：「大人，這怎麼使得呢，我是民，你是官啊。」

天狼搖搖頭：「這裡沒有什麼民和官，只有兩個並肩殺倭寇的漢子。大成，你是不是討厭官府中的所有人，連我也生分了呢？」

陳大成連忙否認道：「不，大人，你和那些當官的不一樣，你是真正的英雄好漢，我陳大成這輩子沒服過誰，你是第一個讓我服氣的。」

天狼笑道：「大成，都是男人，就別在這裡客套來客套去了，我叫你大成，你叫我大哥好了，大哥想知道你為什麼不願意投軍報國，還不讓同鄉人去參軍。」

陳大成咬咬牙，吐出心中壓抑許久的怨言：「大哥，在您面前我也不隱瞞了，你知道我以前投過軍，也當過縣衙的捕頭，深知軍中黑暗，官場更是伸手不見五指，像我們這種沒權沒勢的，進去了也是任人欺壓。在軍中還好，大不了不吃軍糧了，脫了這身軍裝回家。以前我當兵是頂人家衛所兵的缺，還可以來去自如，可要是這回再去，那就是世世代代都要轉成軍戶了，想走都走不了啊。」

天狼聽了道：「大成，恐怕你還不知道，這回朝廷招兵和以前不一樣，以前的那些衛所兵，是世襲的軍戶，從太祖爺建大明朝時就定下來的，所以只要生了兒子都得當兵，可是**這回朝廷招的，不是那種世襲的衛所兵，而是為了打倭寇新募的新軍，拿軍餉作戰，待遇比起衛所兵要高出三倍，平了倭寇之後，是想解甲歸田還是繼續留在軍中，都會尊重你們的意願。**」

陳大成臉色舒緩了一些：「昨天戚將軍也是這樣說，可我還是不太信，今天聽大哥說了，那我就信啦。只是還有一點，就如大哥剛才所說的，你看看今天的那些兵，哪有半點能打仗的樣子，如果朝廷招的都是這樣的慫兵軟蛋，那將官也不可能強到哪裡去，大哥，這可是關係到我們幾萬義烏人一輩子的事，您可千萬要跟我說實話啊，**那戚將軍是良將嗎？**」

天狼笑道：「戚將軍可是山東登州衛的世襲都指揮，年紀輕輕的就接替父職，統領上萬軍隊，在京城的武舉考試中了武進士，熟讀兵書戰策，乃是大將之才。對了，兩年前蒙古入侵的事你聽說過吧，當時守著京師九門的就是戚將軍，使蒙古人打不進來，你說他是不是良將？」

陳大成眼中露出欣喜之色，卻又一閃而沒：「既然戚將軍這麼有本事，為何他練出來的兵這麼沒用呢？打仗時只顧著逃命，搶功時比誰都積極。」

天狼解釋道：「大成，你也在軍隊裡待過，軍中的兵是衛所兵，將官也是世襲的，想要往上爬就得花錢走門路，行賄那些官員才行，戚將軍一個人從登州調過來，只帶了幾個親兵，這些兵都是在紹興一帶新募的，那些將官也只能用上面給的衛所兵軍官，一個個都是兵油子，戚將軍雖然能訓練他們行軍作戰和陣法，但總不可能把逃兵全斬了吧。」

陳大成歪歪嘴：「軍中有軍中的規矩，逃軍潰軍斬其主將，今天大哥不也是把那個帶頭逃跑的胡千總給斬了嗎，戚將軍要真是良將，難道還殺不了幾個不聽話的軍官？」

天狼嘆了口氣：「大成，事情比你想像的要複雜，在浙江這裡，胡總督、戚將軍他們是真心想抗倭的，但**有些貪官汙吏，比如你們縣的這個華縣令，還有他的後臺，還有他後臺的後臺，這些人根本不想平倭，只想跟倭寇做生意。**「這次就是這些黑了心的畜生勾結倭寇，讓施文六在前面搞出來的，目的就是想拆胡總督他們的臺，讓胡總督練不出新軍，打不了倭寇，最後只能聽他們的話，放任他們跟倭寇做生意。至於我今天敢殺他們，是因為我是錦衣衛，那些狗官不敢把我怎麼樣，可戚將軍就不一樣了，我大明以文制武，那些狗官是可以顛倒黑白，陷害忠良的。」

陳大成思索一番後，便懂了其中關竅，恨恨地跺腳道：「這些狗娘養的，大哥，我明白你意思了，這些狗日的往戚將軍的軍隊裡摻沙子，讓他打不了仗，所以你的意思是，要我帶著義烏的兄弟們從軍，去幫戚將軍一把，是嗎？」

天狼道：「不止是幫戚將軍，也是在幫國家，幫你們自己。義烏這裡算是內地，倭寇的魔爪都能伸到這裡，兩百多個倭寇加上山賊土匪，就能禍害你們全縣，那些沿海的百姓面對幾千上萬的倭寇，他們又能指望誰？

「大成，戚將軍的練兵之法是沒話說的，這些紹興兵雖然不敢作戰，但是進退有序，能保持陣形，這些你應該都能看到，你們義烏百姓不缺勇氣，稍加訓練就可以跟倭寇真刀真槍的幹，到時候戚將軍提拔你和其他的兄弟擔任軍官，自然不會再有這種臨陣逃跑的事情發生。」

陳大成疑道：「我？我們只是草民，怎麼能當軍官呢？」

天狼擺擺手：「軍中之事按說可以由主將全權負責，戚將軍可以決定軍中每個人的生殺大權，這回，我們把倭寇和施文六當場抓獲，只要審訊，就會讓他咬出幕後的主使，那些狗官不會也不敢再過問戚將軍的軍中之事了，他便可以一心地按自己的想法挑選軍官，訓練軍隊，如果義烏從軍的人能有三四千，那自然是從你們這些人中選拔軍官，你大成兄弟就是首選！」

陳大成激動地拍手道：「大哥，我聽你的，幹了！我這就回去動員所有的鄉親們，讓男人們全都去從軍。」

天狼哈哈一笑，拍了拍陳大成的肩膀：「好兄弟，就等你殺敵立功的好消息了。對了，回去以後，記得把倭寇的首級取下，屍體就扔了去餵狗好了。有了這些首級，就是有了軍功，別人也不好說什麼。」

陳大成笑道：「還是大哥想得周到，那小弟明天就去戚將軍的大營報到。對了，還有一個人一定要抓，就是那個知縣狗官華長民，這傢伙是和施文六穿一條褲子的，上次和施文六合謀串通，我這一身傷就是給他打的，你千萬不能讓他有向他主子通風報信的機會！」

天狼道：「你放心，我來之前，戚將軍已經派人去抓華長民了，不會讓他有向外遞消息的機會，這次倭寇一個也沒跑掉。今天我審訊完這個狗賊，得了口供連夜就去杭州，一定要把這些狗賊連根拔起。好啦，我得趕快去審訊施文六了，戚將軍是你可以完全信任的，以後在他手下好好幹，打出義烏人的威風出來，這才不枉男兒此生。」

第五章

一齣雙簧

小閻老寫了封信，通過一個道士轉交給我，
信中讓我和那道士演一齣雙簧，
讓道士說這裡有銀礦，再由我拿出準備好的銀礦，
讓鄭大人和何大人出面，給我一道圈山開礦的公文。

與陳大成分手後，天狼又全速奔回戚繼光的大營，也就是原來施文六在山谷中的營地，只見這裡已經如正式的軍營那樣，四處打下柵欄，安營紮寨，人也多了不少，除了那些歸營的前軍士兵外，不少在戰場上跑散的山賊認不得路，也只能回到這個臨時營地裡，向官軍們投降。

天狼發現顧全虎等人也在這裡，以山寨為單位，圈成二三十人一堆，由兩三個軍士看守著，啃著官軍發放的饅頭大餅。營地入口的轅門上，則高高掛著胡林飛和侯培德兩個死不瞑目的腦袋。

天狼走到顧全虎面前，這些人連忙站了起來，低著頭不敢看天狼一眼，天狼笑了笑：「怎麼了，昨天還在一個鍋裡吃肉，今天這麼拘謹做什麼？」

顧全虎小心地陪著笑道：「大人您是逗我們玩呢，都怪咱們兄弟有眼不識泰山，實在該死。」

天狼擺擺手，看了眼李二狗，說道：「李二狗，這些人裡我最喜歡你，你算是條漢子，也講義氣，衝著昨天你為我出頭打架，今天我會幫你求情，你們這些山賊為了點錢就下山，也打殺了不少義烏百姓，還跟倭寇混到一起，雖說不知者不罪，但真要追究起來，全都得掉腦袋。」

這些山賊們也知道其中利害，嚇得一個個跪倒在地，哭求道：「大人救命，大人救命啊！」

天狼嘆了口氣：「看在你們尚有一絲良知，最後關頭幡然醒悟，沒有跟著倭寇一起屠殺同胞的份上，我就代表胡總督饒你們一命了，不過死罪可免，活罪難逃，一會兒每人都要打五十軍棍，然後你們在這裡養了傷後，就早點回山寨吧，告訴你們，打你們是為了你們好，打過了就不會要你們的命，以後就是有人要拿通倭的事做文章，也不至於再殺你們了。」

山賊們都感激得在地上磕頭不止：「多謝大人，多謝大人！」

天狼冷冷地說道：「你們都是四肢強健的男兒，國難當頭，還在做這些沒本錢的買賣，識相的就找機會去投軍報國吧，俞將軍的部隊還有水師的部隊都缺人手，比當山賊要強。」

說完，他逕自向大營中走去，心裡暗暗說道，屈姑娘，這些都是你的屬下，我只能幫你這樣教訓他們一下了，但願以後他們能走正道。

走進營地後，那個代行前軍指揮之職的李林跑了過來：「天狼將軍，戚將軍正在等您呢。」

天狼點點頭：「營中不要大呼小叫的叫我名字，我們的代號都要保密的，認得我人就行。那些事情都彙報了嗎？」

李林涎著臉道：「都稟報過戚將軍了，他讓卑職在這裡守候，讓卑職一看到您就帶您過去，哦，對了，那兩個腦袋，卑職已經掛……」

天狼不耐煩地擺了擺手：「我已經看到了，現在你帶著部下們去把那些山賊們每人打五十軍棍，然後就放了。這是我的命令，去吧。」

天狼走進中軍帳，只有戚繼光一人在寫著塘報，一看到天狼，便起身問道：「結果如何？」

天狼道：「不辱使命，陳大成答應明天就帶人過來投軍。」

戚繼光哈哈一笑：「太好了，這回多虧你啦，哦，對了，華長民已經被我請到這裡來了，連同他的師爺和僚屬們一起關押著，他傳不了信啦。」

天狼點點頭：「接下來就是提審施文六了，我已經迫不及待啦。」

施文六很倒楣，自從被拿下之後，就被那些粗魯的軍士們五花大綁，嘴裡塞了一隻臭襪子，眼睛則蒙上了厚厚的黑布，這可是養尊處優的他多少年都沒吃過的苦了，甚至他肥手上套的幾隻翠玉戒指也給那些當兵的趁亂摸了去。

所以儘管嘴裡塞著臭襪子，施文六仍然不停地發出野豬般的嚎叫，不是為了讓人把他鬆開一些，而是想要回自己的那些寶貝。

墊在他身下的那些乾草是那麼地扎人，讓他渾身的肥肉極不舒服，扭來扭去地就像個肉球在滾。

突然，他眼前一亮，那塊黑布被人給拉了下來，這讓一天都沒見到陽光的他一時有些不適應，使勁地眨了眨眼睛，才發現此時已經入夜了，光源是來自一個白面魁梧漢子手上的一盞油燈。

這個漢子他認識，就是白天那個在戰場上神一樣的男人，那個殺起人來如割茅草，嚇得連凶殘的倭寇也為之喪膽的恐怖死神。

施文六白天是被這個男人瘋狂的殺戮直接嚇得嘔吐不止，然後看著這人奔向自己，才拼命逃跑的，可沒想到到頭來還是落到了他的手裡，一想到自己的腦袋可能會跟那幾個倭寇一樣給他打爆，施文六就不由自主地發起抖來。

白臉漢子的臉上很平靜，看不出任何表情，他坐在一張馬扎上，伸手抽出施文六嘴裡的臭襪子，施文六頓時感覺到那股折磨了他一整天的惡臭消失了，連空氣都變得那麼清新，他貪婪地呼吸著新鮮空氣，再也顧不得提自己的翠玉戒指半個字了。

天狼開了口，聲音透著一絲冷酷：「施文六，你可知道我是誰？」

施文六道：「我見過你，你是戚繼光的人。」

天狼搖搖頭，掏出胡宗憲的權杖：「你錯了，我是胡總督直接派來協助戚將軍的，並不是戚將軍的部下。」

施文六臉色大喜：「胡部堂的人？那咱們就是自己人了，老弟，放了我，好處少不了你的。」

天狼哈哈一笑：「哦，你跟我怎麼是自己人了？我想聽聽。」

施文六道：「胡部堂是嚴閣老舉薦的，而嚴閣老一直對我多有關照，杭州府的布政使鄭大人和按察使何大人你應該知道吧，都是嚴閣老派來浙江協助胡部堂的，跟胡部堂也算是同門師兄弟，你為胡部堂辦事，我幫鄭大人和何大人跑腿，這還不是自己人嘛！」

天狼不動聲色地「哦」了聲：「這麼說，你跟倭寇聯手，在義烏這裡搞出來的事，也是鄭大人和何大人指使你的了？」

施文六猛的反應過來，這事可千萬不能承認，連忙說道：「不不不，鄭大人和何大人不知道此事，只是他們授權給我，讓我在義烏這裡開礦，公文和批示我已經給本縣的華縣令看過了，你若是不信，可以到華縣令那裡查。」

天狼「嘿嘿」一笑，從懷裡掏出一卷公文，在施文六面前晃了一下，借著火光的照耀，施文六看清楚這正是自己討來的那紙公函，連忙點頭道：「對對對對，就是這個公函，你看我沒說謊吧。」

天狼收起公文，冷冷地道：「可這公文上允許你通倭和打殺本地百姓了嗎？」

施文六額頭上冒出冷汗，突然意識到眼前這人不是一般的官場夥伴，來者不善，於是道：「這位大人，不知怎麼稱呼？」

天狼笑道：「你叫我郎大人好了，本官的姓名嘛，現在還不能告訴你。」

施文六道：「郎大人，您是胡部堂的人，應該知道這其中的利害關係吧，胡部堂打仗需要軍餉，編練新軍可是很花錢的事，鄭大人和何大人看著胡部堂這麼辛苦，所以就想出一份力，東南是朝廷的賦稅重地，那些上交國庫的絲綢和稅銀是不能動的，所以在下就想了這個法子，在義烏開礦挖銀子，得了的銀子也可以給胡部堂作軍費打倭寇啊。」

天狼喝道：「銀子？這事從一開始就是個騙局，你當我不知道嗎？我問你，那個跟你說此地有銀礦的道士是什麼人，這裡如果真有銀礦，這千百年來，本地人會不知道？」

施文六舌頭開始打結，汗珠子冒得更多了，可他仍然鎮定地道：「郎大人，話可不能這樣說啊，這些愚昧的土著，守著寶山也不知道，他們只會打柴打獵，哪知挖礦啊，這看礦得看礦脈龍氣，只有修道之人有慧眼，懂風水，才看得出來，再說，後來我不是帶了礦工在這裡挖出了銀礦嘛。」

天狼突然放聲大笑起來，聲音震得帳內的空氣流動，施文六的耳膜也是一陣鼓蕩。

天狼笑畢，對著施文六厲聲道：「好你個油嘴滑舌的奸商，本官審你之前，早從你的手下那裡問個清楚，**那些挖礦的所謂礦工，都是你的護衛們假扮的，而那些銀礦，也是你早就準備好的，你就是想借機圈了這塊地**，以為我是三歲小孩，會被你給騙了嗎？」

施文六心猛的一沉，咬咬牙道：「郎大人，你我都是下面跑腿辦事的人，只能聽上面的吩咐，話說這麼明白有什麼意思呢。難道胡部堂放著倭寇不打了，要跟鄭大人和何大人為這點小事翻臉？」

天狼眼中殺機一現，刺得施文六一哆嗦：「小事？**你勾結倭寇，煽動鄰近各縣的百姓，來此和義烏百姓械鬥，曠日持久，死者數千，傷者上萬，你說這是小事？**別說你一個小小的商人，就是鄭必昌、何茂才，他們的腦袋也不夠砍的。我現在就可以把你的這個口供給記錄下來，送給皇上，我看看你的鄭大人、何大人，到時候會不會出頭保你這個小卒子！」

施文六急得叫了起來：「郎大人，千萬不要啊，有事好商量，好商量。」

天狼從懷中又拿出一份口供，在施文六面前擺下，讓他看清楚，這是他下午審訊施文六的護衛時，那些護衛招供施文六在銀礦的事情上做假的供詞，供詞最下面，是十幾個護衛按的手印，一個個歪歪扭扭的，可這會兒在施文六的眼裡，卻無異於是催命的符咒。

天狼冷冷說道：「看到了沒有。這些就是你手下的供詞，你就是不招，只要這供狀到了胡部堂，或者說到了皇上的手裡，那你是個什麼下場，不用我多說了吧。」

施文六哭訴道：「郎大人，你可千萬要救小人一命啊，小人只想做買賣賺點錢，哪敢有謀反之心啊，真的是受人的差遣，您可要明查啊。」

天狼重重地「哼」了一聲：「**到底是何人指使你的，你現在還想為他掩護嗎？**你知道你只是個小卒子，別人拋棄你，連眼皮都不會眨一下！」

施文六動了動嘴，似乎想說些什麼，可是話到嘴邊，又猶豫起來，眼中光芒閃爍，胸口也在劇烈地起伏著，顯然是在做著激烈的天人交戰。

天狼冷笑道：「無非就是鄭必昌，或者是何茂才，還有別人嗎？」

施文六咬咬牙：「郎大人，你別問了，這事你扛不住的，如果只是鄭大人和何大人，那我也沒啥好隱瞞的，只是讓我做這事的人，你惹不起，胡部堂也惹不起。你把我的事報上去，最多我給斬首，而家人還可以保全，可要是得罪了那位貴人，只怕我全家都死無葬身之地！」

天狼平靜地說道：「不就是嚴世蕃麼，你就怕他怕成那樣？」

施文六瞳孔猛的一收縮：「我可什麼都沒說，這是你自己猜的，與我無關！」

天狼嘆了口氣，「別人怕嚴世蕃，我可不怕，你以為我是胡部堂派來的，是他的手下？實話告訴你吧，這才是我的真正身分。」他說著，從懷裡掏出那塊錦衣衛的金牌，在施文六眼前停住，讓他看清楚。

施文六呼吸都快要凝固了，他做夢也沒有想到查辦這個案件的居然會是錦衣衛，他更知道錦衣衛的手段，直接給嚇得尿了褲子，一股臊味瀰漫了整個帳篷。

天狼皺了皺眉頭，收起金牌，踢了施文六一腳：「瞧你那慫樣，本官才亮明身分就嚇得尿褲子，還有沒有點出息！」

施文六也顧不得丟人，肥碩的腦袋不停地與地面作起親密接觸：「大人，小的什麼也不知道，剛才都是小人胡言亂語，您請放過小人一馬吧。」

天狼冷笑道：「放你一馬？那誰來放我一馬？現在你該知道問題的嚴重性了吧，我們錦衣衛是做什麼的，你應該很清楚，若不是這裡出了通倭謀逆的大案，我又怎麼可能千里迢迢地來這裡查案？胡部堂也只能配合我行事，更不用說那什麼鄭必昌、何茂才了。你道那嚴世蕃可以殺你全家，就不怕我們錦衣衛滅你九族嗎？究竟是怎麼回事，快說！」

施文六抬起頭：「郎大人，我知道你們錦衣衛的厲害，也知道你的手段，可是你可要想清楚了，閣老哪是那麼容易能給你們扳倒的？若是說鄭大人和何大人，捨了也就捨了，可是小閣老的話，就是連你們的陸總指揮也未必敢碰。小的今天若是跟你交了底，以後這事讓小閣老知道了，還會有活路嗎？」

天狼哈哈一笑，眼中殺機一閃而沒：「你只怕小閣老不給你活路，就不怕現在我就不給你活路嗎？這裡誰通倭，誰不通倭，誰在禍國，誰在救國，我得弄清楚，你知道什麼都跟我全交代了，也許我還可以保你這條命。」

施文六兩眼突然放出光來：「大人，我沒聽錯吧，你願意保我的命？」

天狼點點頭：「你只不過是個小卒子罷了，皇上根本沒有興趣管你這種人的死活，這次你受人指使，我也清楚，現在我只是要知道究竟是誰指使你的，你又是怎麼和這些倭寇接上頭的，這次義烏事件究竟是怎麼回事，給我一一道來。」

施文六沉吟著沒說話。天狼有些焦急，催促道：「你還猶豫啥，若是死硬到底，我懶得和你磨蹭，我先回杭州抓了鄭必昌和何茂才，再給你大刑伺候，我倒要看看你這一身肥肉能有多耐打。」

施文六連忙道：「且慢，郎大人，我可以全說，但是這事你作得了主嗎，如果知道了內情，你查得下去嗎？」

天狼道：「我來這裡就是查這案子的，不管是誰主使，不管牽涉到多大的官，我都會向皇上如實地反映，如果你交代的徹底，那皇上一高興，沒準會赦免你的死罪也說不定。我不妨再透露給你一點消息，皇上現在對嚴嵩父子把持朝政，到處安插黨羽的行為已經非常不滿了，若不是東南這裡有賴胡宗憲坐鎮，而其他一些要害部門也都是嚴黨的人在控制著，早就動他們父子了，現在你若是有嚴世蕃的罪證，正好可以幫皇上下決心，**他可以容忍嚴黨貪汙腐敗，但絕不能容忍他們通倭謀反，明白了嗎？**」

施文六咬咬牙，終於下定決心，道：「好，我就信大人一回，我施家在這浙江世代為商，一直都是結交從浙江官府到朝中的重臣，十幾年前嚴嵩上臺之後，我便找了門路結交了嚴世蕃，他也一直對我多加關照，所以我在這浙江的生意才能越做越大，越做越紅火。」

天狼不耐煩地道：「這些我沒興趣聽，你跟鄭必昌，何茂才是怎麼勾結上的我不想管，更不想聽你的發家史，你只說這次義烏的事是怎麼回事就行了。」

施文六眨了眨眼睛，說道：「這要從半年前說起了，當時我受鄭大人和何大人所托，運著他們今年孝敬給嚴閣老的錢，到了閣老的老家江西分宜，可沒想到小閣老就在那裡等我，自從多年前在京城見過一面後，我很久沒再見過小閣老了，立時受寵若驚。

「小閣老吩咐我幫他做一件事，他說義烏的八保山是塊風水寶地，有龍氣，想把這裡圈占了以後，作為他們父子的一處宅院，問我有沒有什麼辦法能把這裡圈下。我說圈占這種山嶺，最好的辦法就是開礦，可是義烏這裡的礦產都歸官府，我一個人沒法圈占，而且不少義烏人在這裡打獵，若是圈山，又不讓本地人挖礦，會讓人起疑心的。

「當時小閣老沒說什麼，只讓我回去，直到一個月後，他才寫了封信，通過一個道士轉交給我，信中讓我和那道士演一齣雙簧，先是讓那道士當眾說出這裡有銀礦，然後再由我派手下去挖，拿出事先準備好的銀礦，接下來就是我上報官府，讓鄭大人和何大人出面，給我一道圈山開礦的公文。

「本來事情進行得一切都很順利，可沒想到這裡的義烏人刁蠻如斯，竟然組織起來和我們對抗，開始我也只是想找些附近的混混無賴把他們打跑，可沒想到越打這陣仗越大，弄到現在這樣不可收拾。」

天狼心中一動，問道：「嚴世蕃一開始有沒有跟你說過會派倭寇來幫你的事？他要這塊地真的只是為了什麼龍氣嗎？那個道士現在何處？」

施文六道：「小閣老一開始只讓我圈地，沒說別的。至於那個道士，我不知道他的來歷，那件事辦完後就走了。後來這裡事情鬧大了，我也有點害怕，就去找鄭大人和何大人，他們卻說這裡的華縣令是自己人，讓我放手去做，於是我花了大錢在附近的幾個縣裡招了大批的無賴混混，後來一看不行，才去浙閩一帶招些山賊綠林。

「一直到三天前，有人突然持了小閣老的權杖來找我，哦，就是今天第一個給你殺掉的大鬍子疤臉倭寇，當時嚇得我半死，這通倭可是滅族的罪，可是他拿了小閣老的信物，我又不得不信，然後他說小閣老派他們來，幫我們對付那些義烏人，要我想辦法把他們混在山賊中間，一起行動。」

天狼打斷施文六的話：「既然是倭寇，你怎麼又讓他們暴露身分，告訴眾山賊呢？這是你的意思還是嚴世蕃的意思？」

施文六連忙說道：「這是來人的意思，他說是小閣老吩咐的，說小閣老對這裡的情況很清楚，這些山賊靠不住，只有用東洋武士的威名才能鎮住他們，讓他們全力作戰。當時我還不放心，問那倭寇，萬一義烏百姓知道此事怎麼辦，那倭寇卻說沒有關係，上下全都打點好了，讓我放手去做。大人，那可是二百多個真倭寇啊，就我手下這點護衛根本不夠人打的，加上有小閣老撐腰，我一時糊塗，就答應了他們。」

天狼眉頭一皺，這些倭寇刀手已經死無對證了，可是聽施文六的話，完全沒有提到徐海等三人，**難道他們三人自始至終都沒有露面嗎？**

於是天狼問道：「施文六，從到頭尾找過你的倭寇就是這個疤臉帶著的二百多人嗎，有沒有見過一個青年文士，一個滿臉凶悍的中年漢子，還有個高大的巨人？」

施文六想了想，搖頭道：「沒有，跟我說話的就是那個倭寇疤臉，帶來的人裡也沒有你說的這三個人。郎大人，我真的是什麼都招了，連小閣老都供了出來，還有什麼好隱瞞的呢？」

天狼猜想徐海三人故意不出面，也許真如他們所說的，是有意要避開那些島津家派來的東洋刀手們，可嘆這些愚蠢的倭寇，給人出賣了還不知道怎麼回事，傻傻地當了炮灰。

天狼沉吟了一下，對外面說道：「進來吧。」

一個四十多歲的書記官進來，拿著十幾張寫得密密麻麻的信紙，原來此人是他特別借調來的文書，被安排在帳外記錄，這人是戚繼光從老家帶來的，忠誠可靠，天狼這才讓他全程參與了這次的審訊。

天狼接過供狀，丟到施文六面前，在他的背上只一拍，捆著他全身的繩子便一下子全部繃斷，施文六頓覺周身輕鬆，他身形肥胖，給這麼緊的繩子一勒，手腳都有些麻了，好一陣捶胸頓足，才算緩過這股勁。

施文六揉著自己被勒出一道紅印的手腕，看到天狼把一盒紅色印泥跟供狀一起扔到他的面前：「蓋個手印吧。」

施文六顫抖地伸出那隻肥嘟嘟的手，哆嗦地懸在供紙上，遲遲下不了決心。天狼看得不耐煩，伸出手抓著施文六的手腕，重重地向狀子上一按，一個鮮紅的手印頓時蓋在落款處。

天狼把狀紙迅速地抽回，塞在自己的懷裡，也不多跟施文六囉嗦，徑直出了大帳。

圓月當空，天狼抬頭看著皎白的月亮，長長地出了口氣，義烏之行總算有所斬獲，接下來就是回杭州揪出鄭必昌和何茂才，以取得進一步的口供，好作為扳倒嚴世蕃的鐵證了。

天狼走進戚繼光的帥帳，只見戚繼光正全副武裝，挑燈看著兵書，而那個昨天到現在一直假扮成自己的親兵劉得才，正打著一盞油燈，站在戚繼光的身後，目不轉睛地也盯著書在看，他的人皮面具已經取下，露出了本來那張精幹的臉。

戚繼光聽到外面的腳步聲，笑著抬起了頭：「一切都很順利吧。」

天狼微微一笑，拉了把馬扎坐下道：「將軍如何知道的？」

戚繼光回頭向劉得才使了個眼色，劉得才心領神會，把燈放在案上，向天狼行了個禮後，退出了大帳，順手把帳幕放了下來，天狼聽到他的聲音在外面響起：「你們兩個跟我走，戚將軍有要事商量，不要在這裡停留。」

天狼等劉得才的腳步聲遠去後，讚道：「戚將軍，你有這麼能幹的部下，真讓人羨慕。」

戚繼光笑道：「得才確實不錯，人很精明，卻缺乏歷練，還得多上戰場才能看看是不是那塊料。你進來的腳步聲很輕，如果事情不順利的話，不會這樣。」

天狼點點頭，正色道：「施文六全招了，**此事果然是嚴世蕃指使的，只可惜嚴賊狡猾，所有的證據都給他湮滅了**，現在除了施文六的一面之詞外，拿不住他任何把柄，我看這回只能借機打擊一下鄭必昌和何茂才了，畢竟他們給的公文明明白白的在這裡。」

戚繼光嘆道：「**外有強敵，家有內賊**，確實難為胡部堂了，天狼兄，還要麻煩你連夜趕回杭州，我已經為你備下快馬，雖然我把華長民扣下了，但難保他不會提前派人去通風報信，你還得抓緊時間。施文六和華長民我會派重兵把守的，不會讓他們出任何事。」

天狼聽了道：「那一切有勞戚將軍了，明天一早陳大成會帶民投軍，你在這裡挑選民兵還需要幾天的時間，施文六和華長民就勞煩你多加看管了，除了胡部堂以外，誰的命令也不要理會。」

戚繼光正色道：「這事我清楚，這兩個是關鍵人證，我不會把他們交給鄭必昌和何茂才的。供詞你亦要收好，一定要面呈胡部堂。」

天狼站起身，和戚繼光拱手作別。

出帳後，沒走兩步，劉得才便牽了一匹高頭大馬過來，對天狼道：「大人，這匹馬是我家將軍的坐騎，吩咐了特意給你騎去杭州，您路上一切小心。」

天狼點點頭，跨上戰馬，雙腿一夾馬腹，馬一聲長嘶，四蹄翻飛，如閃電般地向著杭州城的方向而去。

戚繼光給的這匹馬是上好的駿馬，馬鞍上備足了三四天的乾糧和水袋，天狼連夜出了義烏縣境。

隨大軍前來義烏的路上，他對這條官道上的城鎮，山川，河流都已經瞭若指掌，一路打著火把狂奔，到了第二天早晨到達了最近的一個小城鎮，打了個尖後就繼續上路。

如此這般，天狼不分晝夜地一路奔馳，好在從義烏到杭州的這條官道還算太平，附近山寨的綠林土匪們這會兒還在義烏挨軍棍，一路上沒有受耽誤。到了第二天入夜，天狼終於奔回了杭州城外胡宗憲的大營。

天狼拿著胡宗憲給的權杖，在營中一路通行無阻，直到胡宗憲的營帳。

這是一個前後間給一個屏風隔開的大帳，平時胡宗憲在前帳辦理公事，累了則在後帳的行軍床上休息，聽到天狼深夜而來的消息後，直接披衣起身，就在走到前帳時，接到消息的徐文長也一邊穿著外袍，一邊匆匆掀簾而入。

胡宗憲看到天狼一路風塵僕僕的樣子，指了指大帳入口內側的一個銅臉盆：「天狼，別急，先洗把臉，慢慢說。」

天狼馬不停蹄一路趕來，這會兒停下來，才感覺自己實在是有些儀容不整，雖然是易容的面具，但這樣灰頭土臉的面對胡宗憲這樣的三省總督，封疆大吏，確實不太妥當，於是去洗了把臉，整整衣服才走了過來。

那邊胡宗憲和徐文長也都穿戴整齊，胡宗憲一身大紅二品官袍，正襟危坐於案後，徐文長則青袍儒巾，恭立一側。

天狼從懷中掏出那疊供詞，裡面除了有施文六交代的以外，還有他之前提審華長民和施文六手下給的那些供狀，為了怕一路趕來汗水把供詞弄濕，他特地用牛皮紙裹住供狀，又在外面包了兩層布，貼著心口，以確保萬無一失。

胡宗憲打開布包，拿出供狀，和徐文長分著看了起來。這份帶著天狼體味的供狀，正凝結著天狼和戚繼光等人一路的心血，天狼把這些天來義烏發生的事詳細地向胡宗憲作了彙報。

胡宗憲和徐文長靜靜地聽天狼說完，胡宗憲微微一笑：「天狼，這回真的辛苦你了，你為朝廷、為國家立下了大功。」

天狼端起桌上早準備好的一杯茶，喝了一口，道：「胡部堂，現在該做什麼，馬上拿下鄭必昌和何茂才嗎？有這施文六的供詞在此，即使治不了嚴世蕃，也可以收拾這兩個賊人了。」

胡宗憲卻搖搖頭：「現在還不是攤牌的時候，如果只是想拿下這二人，那很簡單，小閣老一定會丟卒保車的，這兩個人只不過是奉命行事，而且從這供狀來看，**他們並沒有參與所謂通倭的事，是那個倭寇疤臉自己找上門的，所有指向小閣老的證據已經全部被切斷**，這時候最多只能從施文六身上治他們一個官商勾結、貪汙腐敗之罪，也就是個罷官而已，可是這樣一來，我卻要跟嚴家撕破臉，以後他們再派過來的官員，就會對我的抗倭大事多方制約，從中作梗。」

天狼一路上也隱隱感覺到會是這個結果，可他還是不太甘心，重重地嘆了口氣：「**難道就真的這麼放過嚴世蕃這個惡賊了嗎？**」

胡宗憲安撫道：「天狼，來日方長，**當下最重要的事情是平倭**，經過這回的教訓，那些人應該不敢再冒險，在近期內和倭寇有什麼動作。你這次義烏之行有兩大收穫，一是平息了倭亂，還因禍得福的讓戚將軍得以招到勇猛忠義的義烏兵，假以時日，一定可以大有作為的。不過我最看重的，是另外一件事，就是你這回見到了徐海三人，能臨機應變，在他們心中種下和小閣老互相猜忌的種子，其實**你的做法已經讓這些倭寇和小閣老的合作瀕臨破裂了。**」

天狼並沒有意識到自己一時的急中生智會有這麼大的效果，奇道：「真有這麼厲害？不太可能吧。」

胡宗憲看了徐文長一眼：「文長，你覺得呢？」

徐文長微微一笑：「學生也同意部堂大人的看法，那些倭寇在南京時與嚴世蕃會面，本就沒有談出個太好的結果，我看那嚴世蕃也只是亂開空頭錢票而已，卻要倭寇們來義烏先幫他這個忙。如果我是徐海，首先就會對這種給人當槍使的行為感覺不舒服，他們三人並沒有參與這次義烏事件當中，而是讓手下們去出面，我覺得除了可能真如他們所說的借刀殺人外，也是不願意深陷嚴世蕃的算計之中，畢竟當時天狼已經出現，暗地裡是否有其他高手，如陸總指揮和其他錦衣衛殺手都不得而知。」

天狼聽了道：「我真是身居其中而沒有深想了，怪不得徐海他們遲遲不動手，想來也是怕暗中有埋伏。」

徐文長繼續說道：「第二嘛，嚴世蕃肯定會對倭寇說胡部堂是他父子一力舉薦的，是他們的人，只要他一開口，部堂自然會一一照辦，可是他開的條件和部堂開出的卻是天差地別，徐海等人不可能不起疑，而且在義烏這個地方又有天狼兄這樣的高手，還有官軍出現，即使不是嚴世蕃安排來黑他們，至少也說明胡部堂和錦衣衛不會受制於他，他說話的分量自然大打折扣。

「所以徐海現在對嚴世蕃的信任只怕不到三成，接下來嚴世蕃也沒有和他搭上線的管道，我們要做的，就是**趁這時候他們互相猜疑之際，儘快派人去汪直那裡，取得他的信任，然後挑起他們和廣東海盜的爭鬥，到時候我們就可以坐山觀虎鬥**，為戚將軍和俞將軍的練兵爭取到時間，只需一年多，就可以全面反擊了。」

天狼聽得連連點頭，但仍是忍不住疑問道：「送信的事情我去，沒有問題，只是這件義烏的案子最後究竟如何處理呢？胡部堂，此事牽連倭寇，又死了數千百姓，不能就這麼沒有交代。」

胡宗憲沉吟一下，道：「此事的關鍵就在那個道士，如果能拿住他，就有一個可以直接指揮小閣老的證人，可是此人不在，這案子就辦不下去了，施文六的供狀只不過是孤證，小閣老完全可以說他是血口噴人，皇上也不可能因為施文六的一面之詞就扳倒小閣老，這事我上不上報，都是一樣的結果。

「如果繼續再逼華長民和施文六，也不會有什麼新的結果，華長民是受了鄭必昌和何茂才的指使給施文六當保護傘，他也不知道通倭的事，現在只能以煽動民變，收受賄賂的罪名，將施文六和華長民斬決，把此案到此為止，這些供狀則要保留下來，以備日後之用。」

天狼咽不下這口氣，站了起來，忿忿不平地道：「只殺兩個替罪羊，就這麼稀裡糊塗的結案了嗎？胡部堂，我天狼跑一趟義烏，要的不是這樣的結果，就算治不了嚴世蕃，**鄭必昌和何茂才這兩個賊子，就由著他們逍遙法外嗎？**」

徐文長連忙說道：「天狼兄，不要激動，此事需要從長計議，現在硬要動鄭何二賊，也可以罷了他們的官，甚至要了他們的命，但這樣於事無補，反而跟嚴世蕃撕破了臉，這個道理，剛才胡部堂已經說得很清楚了。」

天狼搖搖頭：「嚴世蕃就是吃準了你們的這個顧慮，這才肆無忌憚地在東南為禍，胡部堂，你越是忍氣吞聲，他就越會氣焰囂張，只有把他在這裡的人清洗了，才能讓他知道你不是任由他擺佈的，以後他也不敢在這裡亂來。」

胡宗憲的臉色變得嚴肅起來：「天狼，這是國家大事，不可意氣用事，我能理解你的心情，但是你我行事還是要顧全大局。」

天狼身形一動，閃到大案前，把那些供詞抄在手裡，冷冷說道：「胡總堂，你有總督旗牌，殺不殺施文六和華長民，是你的職責之內，我天狼無權過問，可是我奉命前來浙江辦案，碰到通倭大案，無法隱瞞不報，這個供狀我得留下，以後面呈皇上。」

胡宗憲嘆了口氣：「天狼，你這是何苦，過剛易折，月滿則虧，這道理你不會不明白。」

天狼朗聲道：「胡部堂，我不是官場中人，不需要考慮什麼個人的得失進退，我只知道，浙江出了通倭大案，而我作為錦衣衛，有責任有義務上報，而不是將之瞞下，對不起，告辭了！」說著，轉身就要向外走。

徐文長急急道：「天狼，別這樣，有事好好商量。」

天狼頭也不回地道：「去倭寇大本營雙嶼島送信之事，天狼既然承諾了，就絕不會反悔。現在我要去把這供詞找一個安全的地方，安頓好之後，再回來向胡部堂請命出發。」

胡宗憲知道留天狼不住，只好點點頭道：「天狼，你是錦衣衛，按理說，就是本督也在你的監視之內，這裡的事情你確實可以向皇上彙報，我胡宗憲今天所說的話，你也不需要隱瞞一個字，皇上自然會明白我的心意。你的那位同伴鳳舞姑娘，在你走後就已經被轉移到我在杭州的府上，由我的家眷在照料著，你先去看看她吧，文長，你陪天狼走一趟。」

徐文長應了聲是，走到天狼身邊，向他使了個眼色，天狼的氣還沒有消，勉強向胡宗憲行了個禮，便大踏步地向外走去，徐文長搖搖頭，緊緊地跟上。

兩人的腳步聲漸行漸遠，從屏風後面幽靈般地轉出了一個人，一身黑色夜行裝，劍眉虎目，長髯飄飄，黑裡透紅的臉上，現出一絲無奈，**可不正是錦衣衛總指揮使陸炳?!**

陸炳對胡宗憲拱手行了個禮，歉意地說：「汝珍（胡宗憲的字），給你添麻煩了，這匹脫韁之狼實在難欲駕馭，有時候也令得我十分頭痛啊。」

胡宗憲不以為意地道：「年輕人缺乏歷練罷了，你我年輕的時候不也曾經這樣熱血過嗎？平湖（作者按：陸炳是湖北平湖人，明朝時官場上朋友間相稱往往是以字或者以出身地相稱，以示尊敬），只怕你非但不會不想見他，反而想他早點成為你的東床快婿吧。」

陸炳臉色微微一變：「汝珍，此事可開不得玩笑，我現在還沒有這打算。」

胡宗憲道：「你還是在擔心嚴世蕃那裡嗎？我倒覺得，像天狼這樣單純得沒有任何世故包袱的年輕人，有衝動有幹勁，更有一身的正氣，才是嚴世蕃真正害怕的。我們這些老傢伙，有家人的顧慮，有官位的誘惑，做不到天狼那樣可以扔下一切去拼。其實剛才在天狼面前，我挺慚愧的，這個年輕人有勇氣做的事，或者說我三十年前還有勇氣做的事，現在卻做不到了，**幾十年的官場生涯，已經磨平了我的稜角，磨光了我的銳氣**，唉，人不能不服老啊。」

陸炳走到剛才天狼坐的那張凳子邊，大馬金刀地坐下，眼神中透出一絲落寞：「汝珍，不瞞你說，鳳舞那丫頭確實喜歡他，可這天狼的心中卻有一個別的女子，小女使足了招數，也無法走進天狼的心裡，上次天狼逼得她差點自殺，但願能讓天狼以後心裡有點愧疚，從此對她能好點。至於嚴世蕃那裡，倒不是我最擔心的，他把鳳舞害得不輕，我沒找他算帳已經不錯了。」

胡宗憲聞言不禁色變：「居然還有這種事？唉，這些江湖中人的感情，我這個混官場的老頭子是怎麼也不明白啊。」

陸炳換了個話題：「年輕人的事，隨著他們瞎折騰去，別誤了大事就行。這次的事，你真的打算到此為止嗎？我倒覺得天狼剛才的想法也有道理，你這樣一再地對嚴世蕃退讓，他只會變本加厲地壓迫你，我不認為經過這次的事情，他會有什麼收斂。」

胡宗憲無奈地說：「我這哪裡是給嚴世蕃面子，我是不想閣老最後不得善終，畢竟我是他的學生，這些年東樓做的那些事，閣老多是不知情的，我現在只希望我能在這裡把倭寇早點平定了，然後辭官回鄉，只要我一走，閣老也會明白，他在相位上是待不下去了，到時候也只能隱退，由不得東樓收手，也許那樣才是最好的結果吧。」

陸炳眼中神光一閃：「汝珍，你太低估了嚴世蕃的野心了，他這些年做惡太多，一離了相位，嚴家就是死路一條，所以才會冒天下之大不韙去勾結蒙古和倭寇，就是想要自保，即使你功成身退了，他也不會捨得放棄手中的權力。」

胡宗憲長嘆一聲：「那又如何呢，我們讀書人，講的是忠義二字，講的是天地君親師，一日為師，終身為父，**我胡宗憲做到了仁至義盡，上可報國家，下不愧恩師，也是無愧於心了**，至於有些人若是自尋死路，那老天也容不得他的。」

陸炳長身而起，對著胡宗憲一抱拳：「汝珍珍重，東南離不開你，有什麼需要我幫忙的，儘管開口就是，我不方便出面的，也會讓天狼和鳳舞行事。」

胡宗憲微微一笑：「這回我讓天狼深入龍潭虎穴，去那倭寇的老巢一行，你真的一點也不擔心嗎？」

陸炳突然笑了起來：「我相信天狼不會讓我失望的。」

天狼和徐文長一路默默無語，走到大營門口，兩個守在這裡的軍士上前牽過兩匹馬，一匹是天狼騎來的那匹戚繼光的坐騎，另一匹稍稍矮小一點，但也是四肢粗壯有力，顯然是徐文長的。

二人上了馬，心事重重地策馬而行，遠處大營的燈光漸漸地消失不見，天狼這回不像來時那麼急迫，小路上又沒什麼人，他收住馬，抱歉地說：「徐先生，我今天實在是有點失態，讓你見笑了。」

徐文長微微一笑：「沒什麼，我完全可以理解，其實我也有些遺憾，但部堂大人說得對，大局為重，不可一味逞強。」

天狼點點頭：「部堂有他的考慮，但我這裡也必須要把嚴世蕃的罪證留下來，就是這次扳不倒他，以後有機會時，這樣東西也能用得上，皇上如果真要殺他的話，這個通倭的供狀足夠了，而且這裡面還提到了龍氣，這謀反之舉已經昭然若揭啦。」

徐文長道：「胡部堂也不想留下這東西，不然他殺了施文六和華長民之後，嚴世蕃若是追問起這個供詞，他交也不是，不交也不是，所以這東西現在放在你這裡是最安全的，只是記得我上次提醒過你的話，千萬不要交給陸炳。」

天狼聽了，立即否決道：「不行，這回我要去倭寇那裡，生死難料，只能在出發前把這東西交給鳳舞，她自然會把這個交給陸總指揮。徐先生，我覺得你對陸炳有成見，他的事我很清楚，他不可能跟嚴世蕃再重歸於好的，你放心吧。」

徐文長不以為然地說：「我還是相信我的直覺，天狼，**陸炳並沒有你想的那樣忠於國事，為了報自己的私仇，他可以勾結嚴嵩，陷害忠心為國的夏閣老，有了第一次，難保不會有第二次，所以我勸你還是留個心眼的好。」**

天狼沉吟一下：「那我把這東西放在你這兒？」

徐文長擺擺手：「你給我和給胡部堂有什麼區別嗎？還是你自己想辦法吧。如果你在江湖上有信得過的朋友，我建議你可以交給他們，去雙嶼的事不用太急。」

天狼聞言道：「此事我會認真考慮的。走吧，先去見鳳舞。」雙腿一夾馬腹，那匹駿馬再次奮蹄狂奔，很快就衝出了十幾步外，向遠處已經隱約可見輪廓的杭州城奔去。

天已經入夜，城門緊緊地關著，天狼靠著胡宗憲給的權杖讓守城的士兵開了城門，與徐文長騎馬入城，深夜的杭州城一片寧靜。

天狼不想馬蹄翻飛的聲音驚擾到百姓的休息，入城後便下馬牽著坐騎緩行，走了近一個時辰，才到市中央的浙直總督府。

入府後，已是四更天，夏天的夜空中這時已經透出一點亮光了，徐文長說鳳舞人在後院，由胡宗憲的夫人和女兒照顧著，天狼考慮到深夜入女眷的閨房不方便，於是和徐文長在客廳裡坐等天明。

由於一路趕來不眠不休，確實太累，天狼在座椅上運功調起內息來，功行三個周天，方覺神清氣爽，精神百倍，睜眼一看，已是天光大亮。

對面的徐文長趴在椅邊的小桌上打起了盹，呼嚕聲震天動地，嘴邊的口水變成了一條線，差點就要滴到地上，兩個丫環端著洗漱的臉盆和用具，站在門口，一邊偷笑著，看到天狼醒了，馬上收起笑容，盈盈一個萬福：「大人早。」

天狼自入錦衣衛以來，雖然一直掛著副總指揮的名頭，但還沒真正在官場上與人交際過，也不知道自己這個四品官究竟有啥分量，聽到兩個丫環叫自己「大人」，一下子有些手足無措，連連擺手道：「兩位姑娘不必如此，在下可不是什麼大人。」

一個沉穩大氣又略顯蒼老的聲音突然響起：「天狼大人乃是堂堂的錦衣衛正四品副總指揮使，朝廷有朝廷的禮法，若是見官不見大人，那才是不合適的。」

隨著說話的聲音，一個體態豐腴，雍容華貴的中年貴婦，在四個穿著粉紅色輕紗的丫環們的簇擁下，走進了偏廳。

中年貴婦蛾眉高聳，膚色白淨，雙目凜然有神，五官端正，穿著一身青色的綢布綾羅，雖是徐娘半老，但自有一種官家夫人的尊嚴與氣度。

端著盆的丫環一見貴婦走入，連忙彎腰行禮道：「夫人。」

天狼意識到這位就是胡宗憲的正室夫人，連忙站起身，正了正衣服，行禮道：「見過胡夫人。」

胡宗憲身為二品大員，其夫人也是朝廷的二品誥命夫人，論起官品級還要在天狼之上呢。

徐文長也被吵醒，伸了個懶腰，揉了揉惺忪的睡眼，看到胡夫人在場，趕緊抹乾嘴邊的口水，站起身道：「見過夫人。」

大概徐文長經常出入胡宗憲的總督衙門，跟胡夫人她們比較熟，胡夫人對徐文長的態度明顯親近許多，笑道：「徐先生無需多禮，你為外子出謀劃策，十分辛苦，害你無法好好休息，應該是老身向你賠不是才對。」

徐文長哈哈一笑，指了指天狼：「夫人，這位天狼指揮使，這次在外地辦了一件大案，然後不眠不休地趕回大營，又連夜入城，他才是真的辛苦呢，他的那位同伴鳳舞姑娘在這裡，他來見她一面後，還要回去執行任務。」

胡夫人「哦」了聲，看了天狼兩眼，臉上露出讚許的神色，道：「果然是英雄壯士，難怪那位姑娘一直對你念念不忘。本來後院多為女眷，不方便有男子進出，可是外子曾經關照過，說天狼大人和徐先生若是來探視那位姑娘，當行方便，你們這就跟我去後院吧。」

天狼道：「胡夫人，請問鳳舞現在傷勢如何了？」

胡夫人微微一笑：「已無大礙，對了，那位李大夫這些天每天都來給這位姑娘換藥，他的醫術可真是厲害，那麼重的傷，也就十來天的功夫基本上全好了，連疤痕也看不出來了呢。」

天狼心中一塊石頭落了地，正待起步，只覺得外面一陣風飄過，一身黑衣打扮，戴著蝴蝶面具的鳳舞奔了進來，不待分說，一頭就扎進天狼的懷裡，兩隻玉臂緊緊摟著天狼的腰背，聲音中充滿了激動：「天狼，你可回來了！」

鳳舞這個舉動出乎了所有人的意料之外，就連徐文長都張大了嘴巴，說不出話，天狼像是給施了定身法似的，怔怔地站在原地一動不動，腦子裡一片空白，鼻子裡卻鑽進鳳舞身上帶著淡淡中藥味的那股幽香，今天她身上換了一股桂花的味道，顯得很特別。

胡夫人輕咳了一聲：「天狼大人和鳳舞姑娘有公事相商，徐先生，我們先回避一下吧。」

徐文長反應過來，打了個哈哈：「不錯不錯，天狼有重要軍機需要透過鳳舞姑娘向錦衣衛總部彙報，我們先回避一下的好。」說完，一溜小跑地跑了出去。

胡夫人搖搖頭，也快步而出，門口那兩個丫環還端著水盆，滿臉羞得通紅，不知所措，胡夫人眼神一寒：「還愣著做什麼，走啊！」那兩個丫環這才如夢初醒，退了出去，順手關上了客廳的大門。

第六章

莫邪劍靈

天狼閉著眼睛，感受著那襲向自己丹田的陰森寒氣，
一個女聲在他的耳邊響起：「是誰，是誰把我喚醒？」
天狼心中一動，暗道這劍靈果然出現了，
以腹語術說道：「你可是這劍中的劍靈莫邪？」

人都走光了，天狼也回過了神，剛才他向徐文長連使眼色，沒想到這傢伙第一個開溜，看來這回只有自己獨力解決了。

天狼趕忙說道：「鳳舞，別這樣，讓人看笑話。」他想要挪開鳳舞抱著自己的雙臂，卻沒想到鳳舞環得更緊了。

只聽鳳舞激動地說：「天狼，你知道嗎，你走了以後，我沒一天能吃得好睡得香的，就怕你出事，知道你回來，我實在是高興極了，這回說什麼我也不會讓你再離開我了。」

天狼失笑道：「不就是去趟義烏平定個民變嘛，又能有什麼危險，鳳舞，我又不是三歲小孩子，能保護自己的。」

鳳舞從天狼的胸膛上抬起了頭，一雙黑白分明的美麗大眼睛裡已經盈滿了淚水：「你不要再騙我了，根本不是什麼百姓鬥毆，如果真的這麼容易，也不會派你這個錦衣衛過去了，那裡一定是有通倭大案，一定是徐海等人還有嚴世蕃在後面策劃的，對不對？」

天狼心中一動，扶住了鳳舞的香肩：「你怎麼知道的？」

鳳舞輕輕嘆了口氣：「這還用人告訴我嗎？天狼，如果不是非常難辦的事情，你又怎麼可能放著杭州這裡不查，要去義烏？徐海他們上了岸後就失蹤，

偏巧義烏就出了事，嚴世蕃也在這時候現身江南，這會是巧合嗎？天狼，你不要以為我是個沒腦子的笨女人好不好，再怎麼說，我也是我爹訓練出來的錦衣衛殺手呢。」

天狼默然無語，點點頭道：「不錯，這次我確實碰到了徐海他們，只是出於某種原因，我現在還不能把他們拿下，義烏的事，確實是嚴世蕃一手策劃，徐海等倭寇也參與其中，目的就是想像白蓮教那樣，挑動民眾對朝廷的仇恨，為他們以後入侵中原打基礎。」

鳳舞鬆開了環著天狼的玉臂，向後退了一步，撫了撫額前的秀髮說道：「那接下來怎麼辦，回京向我爹覆命嗎？」

天狼想到昨天晚上徐文長提醒過自己的事，心中猶豫了一下。他昨天晚上也考慮過這個問題，只是自己在杭州城中沒有什麼相熟的武林同道，屈彩鳳本是個可以託付的選擇，可她這時候應該已經在回巫山派的路上了，徐海那裡送信之事還是越快越好，遲則可能生變。

於是天狼咬咬牙，從懷中掏出了那套供狀，遞給鳳舞，道：「鳳舞，把這個交給你爹，我還要執行一趟任務，回來後再找你。」

鳳舞接過供狀，美麗的大眼睛眨了眨：「這是什麼？為什麼要交給我？你為什麼不自己交給我爹？」

天狼道：「這是義烏那個不法商人受嚴世蕃的指使，勾結倭寇作亂的供詞，由於嚴世蕃很狡猾，切斷了所有和這個不法商人的聯繫，所以這些證詞只是那個不法商人施文六的一面之詞，現在要想靠著這個扳倒嚴黨，基本上不可能。但我要把它留下，沒準以後用得上。」

鳳舞快速地翻了幾頁，然後把供詞用牛皮紙原樣包好，塞進自己的懷中：「這麼說來，這次你在義烏也撲了個空？只抓到小魚小蝦而已。不過，你還是沒回答我的問題，這東西你為什麼不親自給我爹？」

天狼微微一笑：「因為我接下來還有任務，不能分身，所以這東西先由你轉交。」

鳳舞眼中現出一絲不安，抓住天狼的手臂：「你又要去哪裡？是不是很危險？」

天狼笑著搖搖頭：「是胡總督交給我的任務，你別多問了。沒什麼事的。」

鳳舞眼中疑雲更盛：「是不是上次你說的要去倭寇的老巢送信之事？你還是堅持要自己去嗎？」

天狼知道此事瞞不過她，只能承認道：「是的，非去不可，不過你放心，這次我有充分的把握，在義烏的時候，我見過徐海一面，當時談得還算不錯，看來嚴世蕃跟他們的合作也是各懷鬼胎，同床異夢而已，我有信心這回能借著送信的機會，進一步挑撥他們之間的關係。」

鳳舞的神色稍稍舒緩了些，但仍然能從她急促的語速中聽出她的焦慮：「天狼，你能不能再考慮一下，我還是覺得太危險了，畢竟是倭寇的老巢，萬一一言不和翻了臉，你連逃的機會也沒有，你的性子又是這樣的嫉惡如仇，到了那裡，萬一見到倭寇凌虐那些被他們擄掠去的百姓，一時忍不住了怎麼辦？就不能換一個人去嗎？」

天狼神色堅毅地說：「徐海說了，希望能看到我，這次如果我不去，可能倭寇會懷疑我們，懷疑胡部堂的誠意，到時候也許會讓整個和談破裂，現在是關鍵時刻，我們必須要拖延時間，戚將軍這回在義烏已經招到了數千忠勇的百姓，假以時日，一定可以練成精兵，蕩平倭寇的，而我能做的，就是為戚將軍爭取時間。鳳舞，事關國事，不是兒女情長的時候，請你理解。」

鳳舞咬咬牙道：「如果你實在要去，我陪你去，**這回你不能扔下我！**」

天狼安撫道：「你剛受重傷才好一些，不宜跟我過去，還是好好靜養，再說了，這東西還要交給你爹呢。」

鳳舞不依道：「你這次是去送信，又不是去打打殺殺的，我現在能走能跑，不需要動武，你看，我的傷已經好了呢。」

她說著，一拉衣服的領口，露出了雪白的粉頸，果然，除了一道肉眼難辨的淺淺印子外，幾乎看不出有什麼傷痕。

天狼一眼看去，發現鳳舞的脖子上真的如她所說的，驚喜道：「真的沒有傷痕了呀，李大夫實在是太厲害了。」

他自出江湖以來，身上受傷無數，留下了數不清的傷疤，即使上次屈彩鳳用巫山派的聖藥幫他擦拭，也不可能做到完全不留疤痕，看到鳳舞的脖子居然完好如初，也不禁大喜過望。

鳳舞得意地把衣服整理好，道：「反正只是去送個信嘛，又不會有什麼危險，何況我爹說了要我監視你，義烏的事，有供詞在這裡，我還可以說我是跟著你去的，可是你去雙嶼，萬一出了事，我可編不出半句詞來，錦衣衛的規矩你也知道，即使是我是他的女兒，也不可能置身法外的，總之，這回你別想扔下我。」

天狼臉一沉：「鳳舞，別胡鬧，我讓你留下主要是為了送信，而不是別的原因，除了你以外，錦衣衛的其他人我都信不過，他們能衝著高薪加入錦衣衛，自然就可能被嚴世蕃收買，萬一我這回回不來，我還需要你把這些供狀送給你爹呢。」

鳳舞眨了眨眼：「這麼說，只要這供詞到了我爹手上，你就不會趕我走了？」

天狼發現自己上了鳳舞的套兒，可是話已出口，覆水難收，只能點點頭：「你爹遠在京師，你就是來回一趟，也要近一個月了，那時候我的事也早辦完啦。」

鳳舞眼中閃過一絲喜色，對著門外叫了起來：「陸總指揮，陸總指揮。」

隨著一陣鏗鏘刺耳的笑聲，兩扇大門被推開，陸炳頭戴紫金冠，一身黑衣，大紅錦袍，昂首直入。

鳳舞臉色變得異常嚴肅，正色行了個禮：「錦衣衛鳳舞，見過總指揮。」

天狼隱隱料到會是這結果，心中叫苦不迭，雖然無奈，也只能拱手行禮：「天狼見過陸總指揮。」

陸炳大喇喇地走到主座上坐了下來，鳳舞恭敬地把供詞遞給陸炳，陸炳看都沒看，直接塞進了懷裡，對天狼笑道：「你這回做得很好，讓我很滿意。」

天狼突然有一種被愚弄的憤怒，質問道：「陸總指揮，你是不是從南京和我分手之後，就一直在後面暗中跟著我？」

陸炳也不否認，乾脆地道：「不錯，我一直跟著你，這些天你的所有行動，我都看得清清楚楚，我對你滿意的，並不是這次義烏之行，而是你來杭州後的表現。」

天狼憤怒地抗議道：「你不信任我，監視我！」

陸炳淡淡地道：「作為錦衣衛總指揮使，我有權對所有的屬下進行監控，尤其是對你天狼，更是有必要監控，我不是沒給過你自由行動的機會，可你卻讓我無法放心，你是聰明人，不用我說得太明白吧。」

天狼看了鳳舞一眼，只見她淺笑盈盈，鳳目含情地看著自己，天狼原本對她的一絲感動，轉眼間又變得無比的厭惡，**那雙充滿了情意的大眼睛裡，到底有幾分真情，幾分虛偽呢？她這樣接近自己，是出於真心，還是跟以前一樣，只是她父親的一個棋子？天狼真的無法判斷。**

天狼咬咬牙，扭頭對陸炳正色道：「陸總指揮，是不是今後我的行動，你都要鳳舞跟著我，監視我？」

陸炳老奸巨猾地說道：「天狼，何必說得這麼難聽嘛，這不叫監視，而是幫助你。你上次說你缺乏幫手，所以才找屈彩鳳的，難道我的鳳舞還不如那屈彩鳳嗎？」

天狼道：「陸總指揮，在下和屈姑娘可以合使兩儀劍法，威力巨大，即使碰到強敵，也能全身而退，鳳舞武功雖高，卻無法和在下合使這種雙人劍法，萬一碰到強敵，只怕天狼無暇分心照顧。」

鳳舞咬了咬嘴脣，不滿地說道：「天底下又不是只有兩儀劍法才能合使，你不是在峨嵋也學過一套紫青劍法嗎？我也可以跟你一起使。」

天狼愣住了，他從沒有考慮過這一點，當年在峨嵋練這套劍法時，本是想和林瑤仙一起合使，以對抗魔教的冷天雄，可是陰差陽錯，自己剛練成冰心訣後就離開了峨嵋，沒想到事隔多年，居然是鳳舞重提紫青劍法之事。

鳳舞見天狼沒說話，嘟起嘴道：「怎麼，嫌我的武功不夠好嗎？天狼，雖然你的功夫比我強那麼一點點，可是論起峨嵋的劍法，還是我更高一些，你信不信若是只用峨嵋的劍法和內力，你還不一定是我對手呢。」

天狼苦笑道：「我在峨嵋才待了幾個月啊，後來又很少用，哪像你學這個學了十幾年了，當然比我熟得多。再說，這紫青雙劍我從沒有和人合練過，你既然知道我以前在峨嵋的事，也應該清楚我就是和林掌門也沒有合使過這套劍法，威力如何，我也不知道。」

陸炳哈哈一笑：「天狼，你只知武當有兩儀劍法，卻不知峨嵋的紫青雙劍也是威力驚人，由於峨嵋派一向缺乏男子，紫青雙劍的劍法由兩個女子使出確實不強，但我聽達克林說過，此劍法和武當的兩儀劍法一樣，也需要男女合使，陰陽調合，最好是心意相通，方能發揮巨大的威力。若非如此，當年峨嵋派的了因老尼又怎麼可能讓武功不高的你和林瑤仙合練此劍法，就去對付魔尊冷天雄呢。」

天狼一想，確實有道理，但他還是搖了搖頭：「我不用紫青劍法已經很多年了，更不用說和鳳舞合練，即使以後要一起行動，也得找時間在一起練劍才是，當下我急著去雙嶼島送信，又怎麼可能有時間跟鳳舞練劍呢。陸總指揮，事情總要分個先後主次吧。」

陸炳眼中寒光一閃，道：「天狼，你和鳳舞練劍的最好時機，就是在這裡，現在嚴世蕃已經緩過勁來了，你們就是回了京城，也會被他盯上，不可能像一年前那樣讓你安心躲在我的總部練十三太保橫練了。這裡是最安全的，雙嶼那裡，遲去個幾天也沒事，你正好和鳳舞練練劍，也讓她有點時間養傷，到了雙嶼之後，萬一遇事不利，靠著雙劍合璧也有機會殺出來，若是只有你一個人，你敢說自己能全身而退？」

天狼搖搖頭：「陸總指揮，怎麼連你也今天一再地說要打要殺的？我這回到雙嶼島只是送個信而已，也許你還不知道我和徐海已經見過面的事吧。」

陸炳斷然道：「天狼，你跟徐海見面時，我就在旁邊的樹林裡，如果他們真的對你不利，我會出手相助的，所以你們的對話我聽得一清二楚，你做得很不錯，挑撥了他們和嚴世蕃的關係，但我想說的，不是這點。」

天狼心中一動：**「難不成你想讓我在雙嶼主動生事，刺殺汪直？」**

陸炳哈哈一笑：「天狼，你果然聰明，這次跟你談事的是徐海，在汪直看來，也許你就是徐海主動帶過去的，**如果這時候你行刺汪直，不論成功與否，都會引起倭寇的內亂，這樣的效果，不是比起你去幫他們對付廣東海盜要強上許多？」**

天狼從沒有想過這個大膽的計畫，乍聽之下，瞠目結舌，一時說不出話。

鳳舞顯然也不知道陸炳的想法，一聽急道：「爹，你這不是要我們的命嗎？萬一不成，我們哪可能逃得回來?!那裡可是海外啊，就算殺出一條血路，我們也不可能游回來吧。」

陸炳微微一笑：「辦法可以想，到時候你們可以刺殺汪直，然後挾持徐海，逼他做人質，送你們回來。當然，這個計畫也只是一個設想，具體是否執行，還要看你們的臨機應變才是。」

天狼慢慢回過神來，想了想道：「陸總指揮，我們要做的，只是讓倭寇暫時停止對沿海的騷擾和攻擊，這次即使不挑起汪直和徐海的火拼，也可以讓他們轉而和廣東福建的海盜火拼，何必要多此一舉呢？再說，我們畢竟是朝廷的身分，如果這次我主動刺殺汪直，那恐怕會讓倭寇轉而攻擊沿海一帶，而不是顧著和徐海火拼。」

陸炳點點頭：「是有這種可能，但是汪直現在勢力太大，我也反覆考慮過你們的方案，如果讓汪直這回火併陳思盼和蕭顯成功，那麼從浙江到廣東，他再無對手，一家獨大，到時候徐海也未必敢生出反叛之心，一個統一強大的汪直集團，絕不是朝廷想要看到的，那時他跟朝廷談判的條件只怕也是水漲船高，一旦談判破裂，那就不是現在練的這些新軍所能對付得了啦。」

天狼疑道：「現在朝廷不是在編練新軍嗎，這次陸總指揮若是也在義烏，當看到那些義烏百姓強悍善戰，只要稍加訓練就是勁旅，何以說打不過汪直海賊之說呢？就是這次，上萬義烏百姓靠著棍棒鋤頭，不也打死了幾百名貨真價實的倭寇了嗎？」

陸炳嘆了口氣：「你還是想得太簡單了，首先，汪直如果能迅速地消滅掉陳思盼，那麼他的實力就會迅速地膨脹，這些海盜本無忠義可言，往往是誰的實力強就依附誰，據我所知，陳思盼身邊也只帶了千餘人，其他的上萬手下都是分散成小股，散落在各個海島上。

「所以汪直如果能捕捉到陳思盼的老巢，就是靠著現在的水師也能將他們消滅，而陳思盼死後，他的手下沒有幾個會為他報仇的，基本上都會歸順汪直，到那時候，汪直不僅可以跟倭寇做生意，還能南下呂宋，從佛郎機人那裡買到火槍大炮，實力可就強大許多了。

「海上作戰，靠的不是軍士的勇猛，而是看你的船多不多，槍炮是否精良，以胡宗憲的家底，招個一兩萬新兵訓練，問題不大，但若是要徹底地消滅汪直的集團，非新式戰艦千艘不可，而一條戰艦的錢就足以招數百士兵，維持其三年的軍餉，你算算這筆錢要多少，朝廷能不能出得起！」

天狼的額頭冷汗涔涔而下，他咽了泡口水：「難道胡總督的方略是錯的，拖下去對倭寇才是有利的嗎？」

陸炳的眼中冷芒一閃：

「我是錦衣衛總指揮，按說這些軍國之事不應該由我過問，但倭亂以來，我也多次參與了平定倭寇之事，就是胡宗憲之前的幾任總督，如朱紈等人，我都跟他們有過共事，這些文官向來只想在自己的任上不出事，只要不影響東南的稅賦，不讓皇上在這裡多投錢，他們就心滿意足了。

「也正是基於這種心理，所以歷任東南的督撫，對於海賊都是採用安撫的辦法，在汪直之前，就有過許多大海盜了，比如汪直的那個同鄉許棟就是其中之一，只不過汪直這一代開始勾結起了東洋人，這才會形成比以前猖獗百倍的倭亂。

「這十幾年下來，汪直的勢力如同滾雪球一般地迅速膨脹，以前汪直只是帶著東洋人來打打劫，搶幾個沿海城鎮罷了，可**現在他有了自己的海上帝國，一旦把陳思盼給吞併掉，那在海上就是無敵的存在，到時候他想要的，可就不僅僅開海禁這麼簡單的事了**，沒準就要向朝廷要官要地盤，堂而皇之地形成割據，甚至要爵位都不是不可能。」

天狼倒吸一口冷氣：「此話當真？汪直當不至於有如此野心吧。」

陸炳冷笑道：「所以你和胡宗憲還是太低估了汪直的野心，他在內地就是販的私鹽，歷代鹽鐵專賣，販私鹽的就是死罪，非心狠手辣的亡命之徒不為也，像唐朝扯旗造反，殺人八百萬的黃巢，就是這樣的私鹽販子，可知汪直本性。

「可他就是連一本百利的私鹽生意都嫌不過癮，居然下海經商，茫茫大海又無嚮導，一個風浪就可以讓他葬身魚腹，而國家又是對此全力偵緝，可就是這樣，也擋不住汪直建立自己商業帝國的野心，現在他已經縱橫七海，儼然成為海上霸主，連日本人的話都不太聽了，一旦火拼了陳思盼，到時候就是海上霸王，天狼，你想想，歷代招安一些山大王都要給個兵馬指揮使之類的官職，要是招安汪直，需要給多大的官，讓多大的權？**沒準胡宗憲的那個浙直總督，才是他的目標呢。」**

鳳舞在一邊聽得若有所思，不信地搖了搖頭：「爹爹，我不信這汪直的胃口能有這麼大，他頂了天也就是個海盜王罷了，居然想著整個東南？」

陸炳搖了搖頭：「若是我大明初建，或者說是五六十年前，那時候國力還算強盛，就算北邊打不過蒙古，沿海對付十幾萬名海盜還是綽綽有餘的，可是現在是內交外困，嚴黨禍國多年，土地兼併嚴重，流民四起，北邊的蒙古剛剛打到京師，現在國家的重點防禦是在北邊，而東南作為朝廷的稅賦重地，不能出一點差錯，若是這時候再大興戰船，只怕國家的財政是負擔不起的。」

天狼點點頭：「陸總指揮，就算你說的有道理，可是我們這回刺殺了汪直，也是讓徐海坐大，你剛才也說過，海賊倭寇們都是趨炎附勢，死了一個汪直，其他的倭寇們就會以徐海馬首是瞻，不會內亂的，不是我天狼怕死，而是我擔心此舉徒勞無益，現在胡宗憲有完整的計畫，只要編練新兵，形成戰鬥力，到時候可以想辦法引誘倭寇到岸上打，一旦倭寇的主力被消滅，那海上就是有再多的戰船也是無濟於事了。」

陸炳厲聲道：「胡宗憲這是禍國之舉，現在倭寇只是劫掠沿海，而我朝又將沿海的漁民內遷，其實造不成多大的損失，但若是照他說的那樣誘敵深入，那倭寇的目標就會是像寧波、紹興甚至杭州府這樣的繁華重鎮，朝廷在東南的桑田與產生絲之地就在這些地方，一旦戰火蔓延，那每年朝廷的絲綢產量必將銳減，這是朝廷萬萬不能承受的。」

天狼堅定地說道：「不，與倭寇作戰，只有把他們引到艦隊無法支援，讓他們敗了後也無法逃跑的地方，才有可能全殲，在海上打，需要造大批的戰船，而且勝負難料，可是引到內地，只要指揮得當，就能在他們禍害內地之前將之殲滅，到時候就可以用最小的損失換取最大的戰果，我認為胡宗憲的設想是沒有問題的。」

陸炳冷笑道：「天狼，不要以為胡宗憲沒和我說過這個打法，幾年前我送上泉信之去汪直那裡的時候，這套想法他就跟我說過了，我告訴你，這完全行不通，因為倭寇作戰，不會像我們這樣堂堂正正的大軍而行，而是一上岸後，就分散為幾百人一股，四處流竄，當年宗禮將軍是怎麼戰死的？就是追擊倭寇，結果被引誘進倭寇的包圍圈，幾十股小倭寇突然合流，一下子人數超過他數倍，把他圍而殲之。

「就算以後練出新兵，可是在正面作戰時獲勝，可是代價也會極為慘重，倭寇深入內地，分兵劫掠，不僅能擄掠許多百姓，而且倭寇所過之處，燒光搶光，那些地裡的莊稼，倉庫的穀物和生絲，乃至桑田的樹苗，都會通通毀掉，所過之處寸草不生，就算消滅了所有上岸的倭寇，東南一帶也被打爛了，這是朝廷無法承受的後果。」

天狼反駁道：「陸總指揮，胡總督是真正一心為朝廷嘔心瀝血，想要平定倭寇的人，這個打法也是經過多年思考的成熟打法，雖然會對東南造成一些影響，但可以一勞永逸地解決倭亂，總比你這個刺殺汪直的計畫要靠譜吧。」

陸炳道：「我說過，那只是一種選擇，如果你覺得時機合適，就可以動手，反之，就只能按胡宗憲的辦法來了，但我不看好他的打法，因為我太瞭解皇上的脾氣了，如果要以賠上東南作為平定倭寇的代價，他是絕不會允許的，他寧可採用嚴世蕃的主意，私下開海禁，跟倭寇做生意。」

天狼「呸」了聲：「嚴世蕃這個狗賊，哪裡是為國著想，就是想牟取私利，仇鸞在北邊已經做過這種蠢事了，**狼越餵只會越凶殘，到頭來吃了你**，就算跟倭寇重新開戰，也不能開海禁。」

陸炳微微一笑：「這點我同意你的看法，海禁一開，大明的威嚴蕩然無存，只怕下海投奔汪直徐海的人會越來越多，到時候除了北邊，東南也無寧日了。總之，你們到了雙嶼後，先查探清楚虛實，留意那裡的地形，如果有全身而退的機會，就想辦法刺殺汪直。」

天狼不置可否地道：「我會見機行事的，那我們何時動身？」

陸炳看向鳳舞：「鳳舞，你和天狼合練紫青劍法需要多久時間？」

鳳舞眼睛笑成一道月牙：「那就要看他還記得多少紫青劍法了，如果他還記得七成以上，十天左右就可以有所小成。」

陸炳長身而起，變戲法似地把一把長劍拿到手中，天狼只覺得這把劍非常眼熟，即使外面套著一層紫色的鯊魚皮外套，仍然掩飾不住那森冷的劍意，更奇怪的是，這把劍只有一把護手，上面纏著又黑又粗的線條，看不出護手的材質。

天狼突然想起上次和楚天舒大戰時，他手裡用的干將劍就和這把劍十分相似，應該是春秋時的古劍，不禁失聲叫道：「**這難道就是傳說中的莫邪劍？**」

陸炳點點頭：「不錯，這把就是早已失蹤多年的古劍莫邪，成祖時的錦衣衛總指揮使紀綱在找龍脈的時候，無意在一間古墓中發現此劍，也成為我錦衣衛的鎮派之寶，一直留存至今，天狼，你曾和我說過楚天舒用的是干將劍，這把莫邪跟干將乃是一體的神劍，如果你能運用自如，下次再見楚天舒時，比劍當不至吃虧。」

天狼接過陸炳手中的莫邪劍，只覺得一股陰冷的殺氣從劍柄上直衝體內，這把劍乃是**當年鑄劍師干將的妻子莫邪在臨盆時投入鑄劍爐中，以身殉劍而成，本身帶有沖天的怨念與邪氣，也是一把可以毀滅一切的上古凶劍**，即使劍未出鞘，只隔著劍柄，也能感覺到這劍的邪門之處。

陸炳解釋道：「劍柄上所纏繞的，乃是千年蛟龍的筋，**由於莫邪劍的怨念很大，比起干將更加邪門，所以不能輕易現鋒，此劍很可能有上古劍靈在其中**，如果你真的要和鳳舞合使紫青劍法，就要先駕馭這把寶劍，不然凡兵俗鐵無法和她的別離劍合璧，這兩天你不要做別的事，先把這莫邪劍運用熟練再說。」

天狼畢竟是個武者，怎麼會不愛神兵利器呢，拿到莫邪劍後，他的心中便有一種莫名的衝動，與楚天舒的一戰，讓他終身難忘，斬龍刀配合著天狼刀法和屠龍刀法雖然威力巨大，但在這種一對一的單人搏鬥中，刀法只能以砍劈為主，不如長劍的招數變化無窮，而且他出身武當，本就對劍有一種天生的親切感，手裡拿著莫邪，迅速作出了決定：

「那就依陸總指揮吧，只是這杭州城過於繁華，錦衣衛分部也是人多眼雜，我在哪裡練劍呢？」

陸炳微微一笑：「就在胡總督的衙門裡吧，鳳舞這陣子在別院養傷，那地方挺幽靜的，也不會有什麼人來打擾，你們兩人就在那院裡練劍。」

天狼連忙搖頭：「這可使不得，孤男寡女同處一室，這……」

鳳舞面具下的香腮上飛過兩朵紅雲，輕輕地啐了一口：「你想到哪裡去了，那個別院裡有兩間廂房，一處小廚，爹爹早已在那裡準備了兩個月的食物，這兩個月就讓你我安心的練劍，不問其他。」

天狼一聽要兩個月，有些猶豫起來：「要這麼久啊。」

陸炳道：「我來這裡前，已經和胡宗憲見過面，我們一致認為，現在去雙嶼島不是合適的時間，會顯得我們在求倭寇，他們剛剛在義烏使壞，我們立刻就跑去談合作，只會助長他們的氣焰，要等到倭寇等我們的人不到，內心著急，再次派人前來謝罪加邀請的時候，再派你過去，這一來一去差不多要兩個月時間，你正好和鳳舞多練練劍，也好有備無患。好了，我還有別的事，不能耽擱太久，你們現在就去吧，如果有任務，我會通知你的。」

陸炳說完，意味深長地看了鳳舞一眼，便逕自離去。

天狼感慨道：「你爹也真夠狠的，看你自刎抹脖子也不來救。」

鳳舞幽怨地說：「我當時是血衝了腦子，任性而為，爹爹哪裡來得及出手?!何況那時他人在樓下，你離我這麼近都阻止不了，更別說他了。再說了，就算我真的死在他面前，他也不會因為我而耽誤自己的大事的。」

天狼乾咳了一下：「我問你，你是怎麼學會紫青雙劍的？」

鳳舞沒好氣地說：「我連幻影無形劍法都學到了，紫青雙劍又有什麼了不起的?!當年達克林叔叔可是跟峨嵋女俠雙修紫青雙劍呢。」

天狼沉吟道：「當年我在峨嵋的時間不長，練紫劍時用的是冰心訣，現在也是如此嗎？不能用天狼戰氣催動紫劍？」

鳳舞笑道：「其實冰心訣只是練紫劍時的入門心法，目的就是要你抱元守一，氣定神閒，你在峨嵋練劍，應該是去刺那些野菊的花蕊吧，能一劍刺到八根以上，意味著你出劍的速度和準度已經到了，接下來，無論是用什麼心法，都可以催動紫劍。不信的話，你現在用你的斬龍刀行劍招試試。」

天狼把莫邪劍放到一邊，然後拿出斬龍，縮到三尺左右的長度，雙眼一紅，周身的天狼戰氣騰起，依照當年的記憶，一劍揮出，正是紫劍的起手式「**紫氣東來**」，瞬間在空中刺出了十三個劍影。

鳳舞看得屏氣凝神，驚訝道：「你居然劍術也這麼強，一劍十三影，這可是劍神的水準啊，就是了因師太也不過如此。」

天狼心中也是一陣得意，他在京師南郊外大戰司馬鴻時，一刀只能刺出十一下，現在卻可以增加到十三下，看來這兩年自己的武功確實精進不少。

天狼收刀回鞘，說道：「看來果然可以用天狼戰氣來作為紫劍的心法，我們這就去別院吧，一會兒我還要試著拿這莫邪劍呢。」

他的眼光落在那柄上古名劍上，心想：「不知這柄奇劍是否能為我所駕馭呢。」

一個時辰後，浙直總督衙門裡後面的一個獨立別院裡，瀰漫著一絲詭異的氣氛。

院外一片鳥語花香，院裡卻是陷入一片死寂，鳳舞緊張地站在門外，來回地踱著步，一對粉拳緊緊握著，掌心盡是汗水，從她急促的呼吸和心跳聲中，可以感受到她的緊張與不安。

院內一間廂房裡，天狼已經全身戒備，坐在桌前，桌上放著那把莫邪劍，本來鳳舞堅持要和他一起，可是有了上次拿斬龍刀時幾乎凍死柳生雄霸的經歷，天狼堅決地拒絕了。

鳳舞在拿別離劍時也有過一番奇遇，因此也不再堅持，只在門外守候著，但此刻她的腳步聲和心跳聲，卻讓隔了十幾丈遠的天狼聽得清清楚楚。

天狼閉上眼睛，他已經功行了兩個周天，此刻整個人處於最佳狀態，他緩緩地睜開眼，心裡默念一聲「得罪了」，左手握鞘，右手拿著劍柄，拉開長劍，一柄看起來鏽跡斑斑的墨綠色長劍，漸漸地展現在天狼的眼前。

天狼腦子裡回想起當年拿斬龍刀時的情況，一切恍如昨日。

那個神秘的刀靈自從在古墓中出現過一次後，就再未現身，雖然他和刀早已結合得越來越完美，甚至可以不用念口訣，只在心裡默想著變長或者變短，斬龍刀就能隨心所欲地變到自己需要的長度，可是今天面對這把莫邪劍，又讓他再次心生不安，不知道這把上古寶劍裡，會有怎樣的一個劍靈。

天狼手抓住劍柄，感覺到一股陰寒的氣息順著手腕脈門漸漸地向上傳，丹田本能地騰起一股熱流功行全身，以天狼勁來抵禦著這道陰森的寒氣。

漸漸地，他的周身開始騰起一陣淡淡的霧氣，陰寒的氣勁被天狼勁在體內的血脈中蒸發，透過毛孔排出體外，隨著霧氣漸漸變濃，那柄本來鏽得看不見顏色的劍身，也發出墨綠色的瑩光，彷彿鬼火，陰森恐怖。

天狼這會兒卻無暇去看那劍身，他閉著眼睛，感受著那一浪又一浪襲向自己丹田的陰森寒氣，一個女聲在他的耳邊響起：「是誰，是誰把我喚醒？」

天狼心中一動，暗道這劍靈果然出現了，他抱元守一，鼓起胸膜，以腹語術說道：「你可是這劍中的劍靈莫邪？」

那女聲再度響起：「你是何人，怎知道我的名字？」

天狼心下稍寬，繼續說道：「我乃錦衣衛副總指揮使天狼，機緣巧合得到這把莫邪劍，希望你能讓我如願使用。」

莫邪突然哈哈大笑起來：「小子，你以為你是誰？要知道吳王才有資格用我夫婦鑄的劍，你這個錦衣衛又是個什麼東西？」

天狼微微一笑：「吳王把你還有你那個未出生的孩子活活逼死，這樣的暴君，你為何要為他煉劍？」

莫邪聲音激動起來：「住口！你懂什麼，我們夫婦原本只是想鑄成天底下最快最好的劍，名垂青史，只有吳王有這個條件能取來我們所要的材料，所以我們夫婦為他鑄劍，除了他，沒有任何一個君王有耐心為一把劍等上三年。」

天狼點點頭道：「可是他為了煉出寶劍，不顧你夫婦的性命，最後逼得你跳下煉劍爐，對於這樣的人，你難道還要心懷感激嗎？」

莫邪咬牙切齒地說道：「你當我是為了他才跳進爐子的嗎？你錯了，**我跳爐**

只為了能煉成絕世神劍，好讓我夫君能持劍報仇！」

天狼微微一愣：「什麼，你煉這劍不是為了獻給吳王的？」

莫邪「哼」了聲：「**吳王煉劍是為了攻打楚國，而我夫婦煉劍只是想名垂青史**，既然三年不成，那一定就是要以人殉劍，這種傷天害理的事情我們不能做！最後吳王下了死令，三天內煉劍不成，不僅是我們，所有煉劍的工匠都要被殺。天狼，你知道嗎，那三天裡我們想盡了一切辦法，斷髮拋甲投入爐中，甚至夫君斬下了一根手指扔進去，都無法成功，**只有陰陽交融的血肉之軀才能煉成這絕世神劍！**」

天狼終於明白過來：「一個人還不夠殉劍，非得兩個？你們夫婦沒有進去，那是你腹中的胎兒算一個人嗎？」

莫邪突然放聲大笑，笑聲中透出無比的怨恨與邪氣：

「你終於明白了嗎？當時我們也不知道我腹中是男是女，但只有賭這一把，若是我腹中是個女孩，那我煉不成此劍，只有讓夫君跟著跳進來殉劍，然後由我們的徒弟拿劍報仇。皇天不負有心人，我腹中是個男孩子，所以這劍終於煉成了，我雖然魂魄入了劍中，但我喝到了吳王的血，一定是夫君拿著此劍報仇成功！哈哈哈哈哈哈。」

天狼半天說不出話來，**他沒有想到復仇的執念能讓這對鑄劍師如此可怕，如此瘋狂！**良久才嘆道：「你們夫婦的大仇得報，而干將莫邪兩劍也伴著你夫婦二人的事蹟流芳百世，莫邪，你應該了無遺憾了吧。」

莫邪放聲大哭：「沒遺憾？**我的魂魄成為劍靈，永生永世不得超生，這能叫沒遺憾嗎？**天狼，你不要在這裡說風涼話了，你今天拔出此劍，不就是想拿著我們夫婦用命換來的劍作為兵器來殺人嗎，你和那吳王有何區別？」

天狼斷然道：「不，我不是吳王，我不會為了煉劍拿人命去填，我拿這劍只是為了伸張正義，保護百姓，和吳王不同。」

莫邪冷笑道：「得了吧，**你體內和那吳王一樣，流著天子的龍血，你以為我看不出來嗎？**像你們這種人，就是天底下最凶殘最邪惡的傢伙，只為你們的一個願望，千千萬萬的人就得去死。我這把劍一直落在有龍血的人手裡，這兩千多年來也開封過幾次，無不是殺得腥風血雨，人頭滾滾後，最後跟著那個帝王陪葬於古墓，然後再被下一個野心家獲得。」

天狼失聲叫道：「你說什麼，龍血？我只不過是個來歷不明的孤兒，一個平民百姓，為什麼你說我有龍血？」

莫邪道：「我都成了長住劍中的劍靈了，還有必要騙你嗎？」

天狼搖搖頭：「莫邪，不瞞你說，我還有一把斬龍刀，那把刀中的刀靈也說過我身上有龍血，你們如果都這樣說，我也只能選擇相信，但請你相信我，我真的不知道自己為何身具龍血，甚至我不知道自己從何而來，父母是誰，只知道我從小被師父抱上武當，無父無母，對我的身世一無所知。」

莫邪沒有說話，天狼感覺到體內的寒氣突然變得很強，一陣翻江倒海，讓他的血液變得都要凝固了，天狼連忙運起天狼勁，以抵禦這股寒氣，只片刻功夫，他的身上開始結起一層細細的冰，人也變成了半個冰雕了。

天狼無暇去管自己的模樣，沉聲喝道：「莫邪，你想做什麼，奪我軀體嗎？」

莫邪的聲音飄浮在天狼的耳邊：「你這騙子，**你不僅身有龍血，而且還是重生之人，你說你這一世什麼也不知道，難道上一世的事情也不曉得嗎？**」

天狼想起前世今生的事，驚道：「上一世？莫邪，你是怎麼知道的？」

天狼感覺到體內的極寒氣息變弱了，莫邪的聲音也大了起來：「**你分明就是身具皇家龍血，上一世靈肉未散，轉世重生為人，所以才會在這一世不僅保留前世的記憶，更保留那個世界的身體**。我在人間活了幾千年，你這種情況還是第一次見到。」

天狼努力回想道：「上一世我好像是個皇子，受了人的挑唆，想要起兵造

反，奪取皇位，最後事敗而死，難道這就是我身上龍血的來歷？」

莫邪哈哈一笑：「你明明知道上一世的事，卻跟我裝不懂，不是騙子是什麼！你這世想要這莫邪劍，是不是又想起兵奪位了？」

天狼搖搖頭：「不，上一世的我，起兵不是想奪位，而是想保護心愛之人，這一世，我根本不在乎什麼天下和江山，只想有一把神兵利器能助我掃除倭寇，保百姓的平安。」

莫邪疑惑地道：「倭寇，倭寇是什麼？」

天狼道：「倭寇就是一幫來自於海上的強盜，莫邪，現在是大明朝，離你的時代已經過去兩千多年了，大明的東邊有一個海島，名叫日本國，那裡有許多強盜和劍客，正不斷騷擾東南沿海，燒殺搶掠，無惡不做，我們稱之為倭寇。」

莫邪聽了道：「你說的應該是扶桑國吧，那裡的人有不少是我吳國和越國的遺民，亡國後跑到那兒的，想不到居然用這種方式侵犯故國，真是該死！」

天狼沒有料到日本人居然是吳越人的後代，「啊」了一聲，隨即又覺得不對，問道：「莫邪，你在劍裡沉睡兩千多年，怎麼會知道這扶桑國的來歷？」

莫邪笑道：「我說過，時不時會給有帝王血統的人拿出我，為他們所用，上次用我的，是唐朝的黃巢，那時候扶桑國就有不少遺唐使來中原，只是那時的扶桑人很恭順，想不到事隔千年，卻變得如此狂妄自大。」

天狼嘆道：「中原衰弱，而日本國經過上百年的內戰，軍事實力變得很強大，加上有內奸引路，所以就打起了中原的主意，那些倭寇裡，有些是被日本的諸侯所驅使，想為以後侵略中原來探路的。」

「千古興亡，王朝更替，我見得多了，當年我和夫君鑄劍，一個很重要的原因也是想幫著吳國滅掉楚國，可是新任的吳王拿著這兩把劍，仍然沒有把楚國滅掉，反而最後被越國所滅，後來越國又被楚國吞併，吳越子民也只能逃亡海外，成為倭人。」莫邪冷哼道：「我懶得管你這平倭之事，無論如何，**你有龍血，能抵禦我的寒氣，就說明這劍命中註定為你所用**，而我剛才沒能奪你軀體，以後也只能認你為主人，你儘管用便是。」

天狼忍不住問道：「莫邪，我有兩個問題想問你，希望你能說實話。第一個，這龍血究竟是什麼東西？吳國從來沒有奪取過天下，為什麼吳王身上會有龍血？第二個問題，莫邪劍除了鋒銳異常外，似乎和平常寶劍沒有什麼區別，若說這劍可以滅國破軍，是不是太誇大其辭了啊？」

莫邪哈哈一笑：「既然已經成了你的劍靈了，那我就先回答你的第一個問題吧。**龍血只有奪取中原，登基為帝的天子和他的後人才有**，所謂天道循環，每一個王朝初建的時候，上天會給予王朝的創立者真龍天子的身分，也就是注入龍血，讓他的武力、智力都遠遠地超過常人，他的龍血也會傳給子孫後代，隨著後代和凡人女子的繁衍，龍血會不斷地稀釋，直到末代子孫時，龍血幾乎剩不下多少了，那時，上天就會給新的天子龍血，讓他改朝換代，建立新王朝。」

天狼聞言道：「這麼說，只有統一整個中原的帝王，才會有龍血，對不對？」

莫邪說道：「我知道你想問吳王怎麼會有龍血，天狼，你看起來是個武人，不讀史書，那吳王和別的諸侯不一樣，他是周天子的伯父所建。」

天狼從沒有聽說過這件事，一下子愣住了：「什麼，那原始落後的吳國，竟然是周天子的伯父所建立的？」

莫邪道：「不錯，夏朝和商朝是最早有龍血的兩個朝代，商朝末年，君王昏庸無道，征戰不休，而商朝的末代帝王紂王，更是違反天倫，與狐妖相合，逆天而行，終招天怒，龍血便交到了當時的周部落身上。

「周部落的首領名叫古公亶父，第一個得到了龍血，可是那時候商朝的力量還很強大，周部落無力起事，只能忍耐，一邊吞併周邊部落，壯大自己，一邊等著商朝自己犯錯。

「古公亶父有三個兒子，從大到小分別是太伯、仲雍和季歷三人，本來按規矩，那繼承人應該是給太伯，可是季歷在因緣巧合下誤食龍血精，生出的兒子姬昌擁有超級強大的能力，一出生就會說話，三歲便成智者，全部落都相信他才是能帶領周部落推翻商朝，奪取天下的真命天子。」

天狼心中一動：「就是後來的文王姬昌？」

第七章

終極魔功

莫邪道：「這終極魔功是上古魔神蚩尤傳下來的神功，
龍血是黃帝一系傳下來的英雄之血，可以駕馭莫邪，
如果終極魔功練到極致，可以激發莫邪劍中的怨靈邪力，
將可爆發出毀天滅地的力量。」

莫邪道：「正是此人，他的兩個伯父為了以後王位能傳到姬昌的手中，放棄了繼承權，逃跑到東南一帶，當時還是蠻荒落後的吳國之地，由於他們來自相對發達許多的西周，就教會了當地斷髮紋身，處於原始部落狀態的吳國人耕地捕魚的技術，被推舉為吳地之王，他們的子孫後代，也代代為吳地首領。

「後來過了幾百年，周朝早就滅掉商朝了，而周王的使者在一次巡視東南的過程中、偶然發現了吳地的首領居然是太伯和仲雍的後代，於是周天子親自來到吳地，冊封吳國為王國，地位在各諸侯國之上。天狼，你現在知道吳王的這個龍血是怎麼來的了吧。」

天狼嘆了口氣：「那也只是他們歷代吳王的先人有龍血在身，可到了你們那時候的吳王那裡，卻不知道還剩下多少？」

莫邪笑道：「所以吳王是無法奪取天下的，就是因為他的龍血不純，但這點龍血，讓他掌握神兵利器卻是足夠了。天狼，**你的龍血是非常純正的，應該是第二代或者第三代帝王的血脈**，比那吳王的龍血純度要高多了。」

天狼一愣：「竟有此事？」

莫邪道：「我沒必要騙你，關於龍血的事，你還有什麼想問的嗎？」

天狼沉吟道：「只要有龍血，就能奪取天下了嗎？」

莫邪搖搖頭：「不，**龍血只是讓你有強於他人的天賦和能力，至於是不是真能得到天下，那就要看你的運氣和機遇了**。有龍血的人未必能君臨天下，但君臨天下的人一定是龍血在身，**有時候上天會同時給幾個人龍血，就會讓天下豪傑英雄並起**，比如漢之三國，比如唐末的黃巢、李克用、朱溫等人，就是同一時期都有龍血的；再就是天子的王室宗親，也個個有龍血，所以會有奪位內戰。」

天狼這下子算是完全明白了，怪不得自己天賦異稟，學武的天分遠高於常人，原來是龍血的作用，他繼續問道：「那這莫邪劍又有何過人之處？」

莫邪半天沒有說話，小屋內頓時陷入一陣沉寂。

天狼試探道：「莫邪，你還在嗎？這個問題你是不是不方便回答？還是所謂的神兵利器破軍滅國之說，只是誇大之詞？」

莫邪的聲音不知怎麼變得激動起來：「不，我們煉製的神劍絕對可以破軍滅國，絕對不是吹噓，天狼，當年孫武只提了三萬吳兵就擊敗帶甲百萬的楚國，靠的就是莫邪劍毀天滅地的力量，只一擊，十萬楚國精銳便灰飛煙滅，這難道還會有假？」

天狼只聽說過孫子和伍子胥伐楚，幾乎把春秋最強的楚國滅亡，甚至連楚國國都都被吳軍攻陷，楚王和大臣們的王后與正妻都被吳國將帥姦汙，楚王的屍體也被伍子胥拉出來打成肉泥，可是對這一戰的過程卻是不得而知，只知道吳軍七戰七捷，楚國幾十萬精銳在三萬吳師面前潰不成軍，沒想到這居然是莫邪劍的力量。

天狼追問道：「真有如此神力？」

「這劍本就是彙聚了萬年海底的寒鐵，天上的火石之精，海中鮫人的油脂所製，論鋒銳程度，斷金切玉，吹毛斷髮亦不為過，可是只是如此程度，也不叫莫邪劍了，煉此魔劍之時，還鑄進了我莫邪母子，又殺了三千工匠殉葬，故而怨氣沖天，一旦全力釋放，足以毀天滅地，敵軍即使有千軍萬馬也難擋此劍一擊。」莫邪自豪地道。

天狼倒吸一口冷氣：「真的這麼厲害嗎？」他還是有些不太相信。

莫邪道：「此劍的邪力就是如此霸道，第一次使用之時，是孫子伐楚，當時伍子胥持此劍，由於他並無龍血，因此為了駕馭此魔劍，瞬間蒼老三十歲，故有『伍員白髮』之說，可是在吳楚兩軍決戰之時，伍子胥揮劍一擊，十萬楚國主力頓時化為灰燼，這是莫邪劍第一次發揮實力。

「後來伍子胥被小人伯嚭陷害，身死國滅，莫邪劍流落民間，輾轉被秦國大將白起所得，長平一戰，白起揮劍一擊，四十萬趙軍被殺得屍骨無存，連秦軍自己也損失三十萬人，從而成就了白起的殺神之名。世人皆道白起的極魔功如何厲害，卻不知白起真正殺破千軍，靠的卻是我莫邪劍的威力。」

天狼心中一動，連忙問道：「那白起的終極魔功又是怎麼回事？你說伍子胥和白起都沒有龍血，難道是靠這終極魔功才能駕馭這邪劍？」

莫邪哈哈一笑：「不錯，這終極魔功乃是上古魔神蚩尤傳下來的神功，龍血是黃帝一系傳下來的堂堂正正的英雄之血，可以駕馭莫邪，可是如果終極魔功練到了極致，更是可以激發這莫邪劍中的怨靈邪力，爆發出毀天滅地的力量。」

天狼聽了說：「這麼說，龍血對這莫邪魔劍的刺激效果還是沒有終極魔功強了？」

莫邪「嗯」了一聲：「用終極魔功來催動劍靈，固然可以一擊發揮巨大的威力，但如此力量傷天害理，有違天道，使用者必會反噬其身，不得善終，白起和伍子胥用此魔劍之時，身心受到巨大損傷，不久後也被君主唾棄並斬殺，正是其濫用魔力，毀人害己的結果。」

天狼嘆道：「原來這莫邪劍還有如此可怕的力量，那以後還有人再用嗎？」

莫邪接著說道：「此後東漢末年，西涼軍閥董卓在挖掘白起墳墓的時候，又偶然得到了莫邪劍和終極魔功，在剿滅黃巾軍起義時，董卓再次用了終極魔功催動莫邪劍，一招斬殺南陽十萬黃巾軍，不過董卓倒行逆施，為了不讓白起那樣被君主所誅殺的命運落到自己身上，不惜廢掉漢皇，想要自己改朝換代，結果被義子呂布和王允聯手誅滅，也算是報應不爽。

「董卓死後，終極魔功連同莫邪劍一起失落不見，結果是被他的一個鮮卑族奴隸偷走，逃到了塞外，西晉末年八王之亂，終極魔功和莫邪劍一起落到了羯族魔王石虎手中，他靠著莫邪劍之力橫掃天下，由於其叔父石勒機緣巧合，身具龍血，石虎名為石勒的侄子，實際上是他的私生子，所以同時具備龍血和終極魔功，威力更加可怕，終其一生南征北戰，幾乎是戰無不勝，攻無不克，在中原的北方建立起了一個胡人的大帝國。」

天狼聽說過石虎的事，恨恨地說道：「這石虎乃是個殘暴的魔王，在中原殺得漢人所剩無幾，如人間地獄一般，天道不公，怎麼把這莫邪劍給了這個邪神！」

莫邪道：「**這把劍往往是有力者得之，與正邪無關**，石虎雖然一統半個天下，但即使有龍血護體，卻因為殺氣太重而影響子孫，晚年他的子孫互相攻殺，石虎也被活活氣死，不得善終。最後他的養孫，漢人冉閔得到了這莫邪劍。冉閔號稱當世霸王，雖無龍血，但卻有項羽留在人間的武魂附體，因此誤打誤撞地能發揮出這莫邪劍的最大邪力，一年之內，持此劍斬殺上百萬胡人，逼得幾百萬匈奴人逃亡塞外，使得我華夏漢人不至於絕種。

「只可惜冉閔殺心太重，雖有英雄武魂，卻有干天和，最後鮮卑燕國從遼東進攻中原，他再用莫邪劍時，打到關鍵時候，劍卻無法再度使用，最後落得個被俘殺的下場，自那以後，莫邪劍便跟著冉閔一起入葬，而終極魔功則與這莫邪劍分開，從此即使有人偶得莫邪劍，也無法用終極魔功催動了。」

天狼心中一動，問道：「你剛才說最後在唐朝的時候，那個殺人魔王，起義軍首領黃巢也用過這劍，又是怎麼回事？」

莫邪嚴肅地說：「那黃巢是個私鹽販子起家，平日裡喜歡盜墓，機緣巧合之下，讓他誤打誤撞地挖到了冉閔的墓，得到了這把莫邪劍，黃巢身具龍血，本來是註定要取代大唐的，可惜他鬼迷心竅，不行正道，在戰場上不停地制動莫邪劍，所過之處一片腥風血雨，最後足足殺人八百萬，惡貫滿盈，被天雷轟死，莫邪劍也隨著黃巢的死散落人間，不知所蹤，直到今天才由你拔出。」

天狼嘆了口氣：「我也是別人相贈，才得到莫邪劍的。對了，每次有人拔劍的時候，你都會像剛才那樣，企圖占據他的身體嗎？」

莫邪恨恨地說道：「為何不占？這些人一個個拿了劍，都只是想獲得劍中的巨大力量罷了，每次用龍血或者是終極魔功驅動我這個劍靈時，我感覺就像是被扔回了鑄劍爐中，一時半會兒死不了，渾身卻如被烈焰所灼熱，寸寸肌膚和骨骼都像是在融化，那種滋味，當真是痛不欲生。這些人卻從來不顧我的哀求，只知一味催動，我越痛苦，這劍發揮的魔力就越大，天狼，難道我不應該反奪這些人的軀體嗎？」

天狼道：「那你老實說，這麼多人裡，有沒有被你附過身的？」

莫邪哈哈一笑：「**每個人最後都會被我奪去靈魂，附身於體**，反正他們殺孽太多，早受天譴，我奪了他們的軀體，再去放手大殺，這莫邪劍也需要更多的人血才能保持魔力不散，天狼，**你也想走這條道路嗎？我會滿足你的願望，讓你獲得可以摧毀天地的力量。**」

天狼斷然道：「住口，你這邪靈，不要把我跟那些沒有人性的魔鬼相提並論，他們只為一己私利想要奪取天下，所以才需要你這魔劍的力量，而**我用劍，只為救人，只為守護我必須守護之人，所以我用不著你這魔劍的力量**，如果你想要我墮落入魔道，變得和那些人一樣，那你打錯算盤了。」

莫邪輕蔑地一笑：「天狼，你不用這樣義正辭嚴的，幾乎每個人在第一次拿到我的時候，都會說一模一樣的話，滿口大義，可是到了最後，沒有人可以忍受魔劍的誘惑。想想看吧，只要掏出莫邪，奮力一擊，千軍萬馬在你面前就會灰飛煙滅，**那一刻，你會覺得自己就是神，那些人沒一個能拒絕這種誘惑的，因為當神當久了，沒人願意再做凡人。**」

天狼冷冷說道：「我並不像那些人，要奪取天下，自立為皇，人和人之間本就應該是平等的，仗著自己比別人優越就騎在人頭人，做威做福，那種人是我最見不得的。

「莫邪，我這一世不想再重複上輩子的老路，只想做個平凡的人，對得起自己的良心，我知道你命運悲慘，被封鎖在劍中，不得脫身，我不求這莫邪劍毀滅天地的力量，只希望能作為一柄稱手的兵器罷了。

「如果可以的話，我願意把你釋放了，你在魔劍中一待幾千年，不得轉世超生，現在你大仇早已得報，留在劍中只是增加人間的殺戮而已，這對你對人，都不是好事。」

莫邪沒有想到天狼居然會說這種話，不信地問道：「你腦子沒有壞掉吧，有了我這莫邪劍，加上你的龍血，足可以滅國破軍，登上皇位，如此神奇的力量，你值得就此放棄嗎？」

天狼朗聲道：「**登上皇位的代價如果是億萬生靈，那我寧可不要**，今天的皇帝雖然不是什麼好人，但至少能保一個國家安定，若是我起了奪位之念，那勢必會引發戰爭，皇帝自已不會過來和我打，只會徵發百姓，編組軍隊，到時候我若是用你這魔劍，死的只是無辜的平民而已，踩著平民百姓的屍體，戴上無數人的鮮血所染紅的皇冠，那樣的我也早已迷失本性，如同禽獸一般，被你這邪靈所控制，最後惡貫滿盈，發狂而死，又有何益？」

莫邪一聲不吭地聽天狼說完，久久才嘆了口氣：「想不到你居然可以如此大徹大悟，可以放棄這可怕的力量而不用。天狼，我真的要對你刮目相看了，只是你如果拿這莫邪劍只是想當一把普通的長劍用，不是太可惜了點嗎？」

天狼突然想到楚天舒手中的干將劍，連忙問道：「那干將劍也有如此威力嗎？」

莫邪微微一笑：「沒有，干將只是一把有著怨靈之力的神兵，那些鑄劍奴隸的怨靈有一些進了干將劍，但是我夫君的魂魄沒有入內，所以此劍只有怨氣而無靈性，可以陰風寒氣入傷口，卻沒有莫邪劍毀滅天地的力量。怎麼，你見過干將？」

天狼點點頭：「不錯，干將劍也已經現世，在我一個認識的人手中，剛才我突然想到，所以問一問。其實，我需要的只是一把能在鋒銳程度上不次於干將的寶劍，並不需要你所說的毀天滅地。莫邪，干將劍中沒有劍靈，那我也可以允許你就此散去，重入輪迴，下輩子好好投胎做人吧。」

莫邪追問道：「**你當真要放棄這莫邪劍的魔力？**」

天狼沉聲道：「就算我死了，也不想傷天害理，而且你說得對，此劍本就是魔物凶靈，只要用了一次，那就很難擋住繼續使用的誘惑，最後只會迷失本性，連本體都會被你所反噬，等屠夠了人間生靈之後，宿主死亡，你這把邪劍又會等著下一個主人，我想那些取得了莫邪劍而沒有用的人，也都是看出了這劍的邪惡之處，所以**戰勝了自己對力量的渴望而將之埋葬，他們都是真正的英雄，也往往是最後能奪得天下的雄主真龍，並不是靠你這把魔劍才行。**」

莫邪嘆了口氣：「想不到你年紀輕輕卻有這般見識，我真的是低估你了。也罷，既然你拔出了莫邪劍，就是我莫邪的主人，即使你想放我出劍，在你死之前都是不可能的，莫邪劍會與你結合，終你一生，只有等你死時，我才有可能出劍。你如果不想用我的力量，那我就轉入沉睡，這把劍對你來說只是一把鋒銳無匹的寶劍而已。」

天狼道：「我活著的時候想放你出劍，這樣不行嗎？」

莫邪沉聲道：「不行，鑄劍的時候，我們對劍加入了上古的符咒，這就是我們劍靈的宿命，**只有主人臨死之時釋放它，才能讓我重入輪迴**。天狼，你若是對自己有信心，一輩子不用我的力量，那等你死後，我到時候自然可以得到解脫。」

天狼點點頭：「既然如此，你就沉睡吧，我不需要喚醒你。」

莫邪不信地說：「天狼，我很好奇你能忍多久。記住，若是想喚醒我，用你的龍血注入劍中的血槽，我喝了龍血，自然會醒，到時你若是想催動破軍之力，只需要念出劍身上的符咒即可。」

天狼冷冷地說道：「我說過，這輩子我都不會需要，即使我死了，也不會讓你再次害人的，你還是去沉睡吧。」

莫邪的聲音漸漸低了下來，彷彿是一個人漸行漸遠，聲音更加地虛無縹緲：「天狼，**我等著你把我再次喚醒的那一天**。」

天狼睜開眼睛，發現自己渾身上下都濕透了，也不知道是汗水還是身上結冰後融化了的水，再一看莫邪劍，劍身上的斑斑鏽跡已經消失不見，墨綠色的青銅劍身上，隱約可見一些難以辨認的古代文字，一道血槽從劍身中央出現，一直到劍尖，裡面一汪黑色的血漬，如毒液一樣詭異地在槽中流動著，卻怎麼也無法滴出來，也不知道是多少人的鮮血才凝成這麼一滴詭異的血珠，讓人不寒而慄。

天狼功行全身，這回沒有任何異樣，想必是那莫邪占據自己軀體不成，反被自己所壓服，這才與自己立下了主從契約。

天狼曾經聽說過這樣的劍靈刀靈雖然有正有邪，但對這種鑄劍時就立下的上古血契，卻是絕對的服從，既然說了不會主動奪命害人，那就不會有假，但若是自己逆天行事，催動魔劍，就會反過來被這魔劍所控，絕非虛言。

天狼長出一口氣，收起莫邪劍，站起身，推開房門道：「鳳舞，你可以進來了。」

一道黑色身影從外面如閃電般地奔了過來，抓住天狼的手，滿眼都是欣喜：「天狼，你真的沒事嗎？太好了，你不知道我有多擔心呢。」

天狼微微一笑：「此劍果然凶邪異常，不過劍靈已經被我壓服了，以後不會再出來害人，現在我可以很自如地駕馭這把邪劍。鳳舞，明天我們就可以合練那紫青劍法了。」

一個月後，杭州府胡宗憲總督府，幽靜別致的小院中，卻是刀光劍影，喝聲連連。

兩道迅捷如飛的身影，正如穿花蝴蝶一樣，時而交錯在一起，時而分開，兩人手中那兩把綠光閃閃的寶劍，如同閃電驚雷一般，帶起龍吟虎嘯之聲，穿破空氣，劃破時空，連兩人周身的空氣也被這凌厲的劍氣所斬裂，扭曲著，浮動著。

那道嬌小的黑色身影突然凌空躍起，另一個高大雄壯的青色身影卻明顯猶豫了一下，手本來向前伸出，正要托向那黑色身影的豐滿臀部，在空中停了下來，那個黑色的影子失去了這一助力，一下子落到地上，剛才流暢而優美的動作瞬間停了下來。

黑衣嬌小的女子，綁著沖天馬尾，戴著蝴蝶面具，遮住了半個臉，水靈靈的眼睛裡閃過一絲失望，嬌豔欲滴的紅唇不高興地嘟了起來：「天狼，你還是不肯碰我嗎？我們這只不過是練劍而已。」

天狼今天換了一身青色勁裝，這會兒已經汗濕了不少地方，他的眉毛上也掛了幾顆汗珠子，趁著這當口，他一邊用手擦著臉上的汗水，一邊搖頭道：

「鳳舞，男女授受不親，這一招『紫去青來』，我看沒有必要直接身體接觸，我只要一吐掌力，還是可以把你給推出去的。」

鳳舞的嘴撅得更高了：「天狼，我不喜歡你這種態度，你當我是什麼人了，輕薄無行的女子嗎？逮著機會就要往你懷裡送？雖然我承認喜歡你，但也不至於連女兒家起碼的自重自愛也不講了。」

她越說越氣，一跺小蠻足，轉過身，不再理會天狼。

天狼心中暗嘆，果然孔聖人說得對，唯女子與小人難養也，遠之則怨，近之則不孫，這鳳舞黏上自己的時候可謂千依百順，但跟小師妹一樣，說翻臉就會翻臉，自己實在是難以掌握。

他無奈地說道：「鳳舞，你誤會啦，我可沒那意思，只是你也知道的，我對男女大防這一塊，一向很敏感。」

鳳舞冷冷地回道：「我看你跟你的小師妹合使那兩儀劍法時，親暱的動作可不少呢，難道也是男女授受不親？別說你的小師妹了，就是那屈彩鳳，你跟她合用兩劍劍法時，不也是該摸的不該摸的你都摸了，這會兒又在我這裡充什麼正人君子了？天狼，你對我能不能用點真心，不要這麼虛偽啊？」

天狼反問道：「你見過我和屈姑娘用兩儀劍法？」

鳳舞的聲音中除了憤怒，更透出一股醋意來：「天狼，你幾次三番地和屈彩鳳合使兩儀，真當別人是瞎子嗎，別的不說，就是在那蒙古大營裡，你和她一招兩儀修羅殺，擊殺上百蒙古武士，我當時可就在你們面前，若不是我鑽土裡鑽得快，早就被你一起殺了，這又讓我如何不記得清？」

天狼想到此事，不好意思地笑了笑：「我倒是忘了這事了，抱歉。」

鳳舞越說越氣，指著天狼恨恨地說道：「你跟沐蘭湘從小練這劍法也就算了，可是那屈彩鳳跟你又是什麼關係？你跟她在一起的時候那麼多親暱動作，又摟又抱的，她全身上下哪寸地方沒給你摸過，而且那時候她看你的眼神，分明也充滿了情意，你怎麼從來不說什麼男女授受不親了？天狼，是不是只要跟你練兩儀劍法，就能當你的女人？我就這麼讓你討厭？」

天狼自知理虧，在他內心深處，也無數次地問過自己這個問題。

不知為何，他會不自覺地把屈彩鳳當成小師妹，那個舞動著的精靈，就是他朝思暮想的心上人，上一世練功走火入魔，粉身碎骨而死，那種痛入骨髓的疼痛感，也無法擋住自己這一世裡對這兩儀劍法和天狼刀法的記憶。

他終於明白過來，**只有上一世和小師妹合練兩儀時，才是他最幸福的時光，而天狼刀法帶給他蓋世力量的同時，也給他一生難滅的痛苦回憶，這一痛一爽，就是深入他靈魂的記憶，即使經歷了重生也無法抹去。**

天狼嘆了口氣：「鳳舞，對不起，兩儀劍法給我的印象太深刻了，我也不知道為何，上一世的記憶還帶到現在，不管你信不信，我在武當的時候，沒有和沐蘭湘練過一招半式的兩儀劍法，可是從小到大，在夢中卻無數次想到這招式，所以只要她一使出，我就會不自覺地跟進，就是這麼簡單。至於屈彩鳳，我使兩儀劍法的時候根本顧不到這些，並非是有意和她親近。」

鳳舞氣得鼻子都要歪了，恨恨地一跺腳：「你還說，非要氣死我嗎？」她的粉臉一片通紅，咬著牙，把手中的別離劍向地上一擲，寶劍插進地裡，劍身猶自晃個不停。

天狼苦笑著搖搖頭，彎腰撿起別離劍，交到鳳舞的手中。

鳳舞幽幽地嘆了口氣：「只可惜我不會兩儀劍法，不然我自信與你合使，就算不如沐蘭湘自幼練劍，也不會比那屈彩鳳差的。天狼，你既然會兩儀劍法，何不教我？」

天狼搖頭道：「不行，這兩儀劍法的心法口訣分成陰陽兩部，分別傳給兩個人學，武當歷代除了掌門以外，習劍之人都只會自己的那一部，我上一世學劍時，也只學到了陽極劍的心法和招數，並不會陰極劍。這一世裡我更是沒有學過兩儀劍法，完全是憑著前世的記憶發揮，多數情況下反而是要女方先出招，我才會本能地跟著反應，這樣如何教你？」

鳳舞不服氣地說：「那徐林宗又是怎麼教給屈彩鳳那陰極劍的？」

天狼嘆道：「徐師弟是被作為未來的掌門培養，從小就是陰陽兩極劍都要學，所以他不僅會陽極劍，也會陰極劍，普天之下，同時會兩種劍法的，大概也只有徐師弟了。」

鳳舞「哼」了聲：「就怪你們那個紫光道人，偏心偏成這樣，什麼好處都讓徐林宗得了，你還傻乎乎地給他賣命，出生入死地去查臥底，天狼，我真不知道你是怎麼想的，我爹這樣對你，你卻對他總是不冷不熱，那紫光道人究竟給了你什麼好處？不僅偏向徐林宗，還拆散你跟沐蘭湘，你卻從不說他一句壞話，你說，你的心到底是怎麼想的？」

天狼道：「鳳舞，不要這樣說我紫光師伯，你要知道，我從小就在武當長大，自然滿心滿腦的都是武林正義、尊卑有序這一點，而在我的潛意識裡，錦衣衛就是朝廷鷹犬，殘害忠良的組織，加上見識了你爹在各派派了臥底的手段，我又怎麼可能一下子對他有好感呢？」

鳳舞冷笑道：「說得好，我們錦衣衛確實是鷹犬，可你堂堂的武當李大俠，現在不也成了鷹犬嗎？在武當的時候，我看你才像是一條狗，紫光隨便丟根骨頭給你，你就樂得屁顛屁顛的，許你一個空頭泡泡，就能忽悠你去當幾年的臥底，而我爹就差沒把心挖給你了，把他最寶貝的女兒送給你，都讓你懷疑他另有所圖。天狼，你別太自以為是了，以為我爹沒有你就不行，也別以為我是天生賤貨，沒了你就沒別的男人要！你要去找你的小師妹，找你的屈姑娘，現在就去，你看我會不會攔著你！」

鳳舞越說越激動，突然放聲大哭起來，天狼被她說得臉上青一陣紅一陣的，想要反駁，但她說的確實句句在理，自己只能杵在原地任由她發洩。

鳳舞哭到傷心處，突然撲進天狼的懷中，一雙粉拳拼命地在天狼的胸口擂著，嘴裡喊道：「我恨你，我恨我自己，我為什麼這麼不爭氣，為什麼不可救藥地愛上你這樣負心薄情之人，可是我真的喜歡你啊，天狼。」

天狼本能地想把鳳舞從自己的懷中推開，可是聽到她這樣的悲訴，手放到她的肩頭上，再也使不出力，只能任由她在自己的懷中發洩，心中卻如同打翻了五味瓶，各種滋味雜陳，彷彿是小師妹在自己的懷裡撒嬌，理智告訴他應該把懷中的女子推開，可是他的手卻不聽使喚地把她擁在自己懷裡。

也不知道過了多久，鳳舞的哭聲漸漸低了下來，像一隻小貓似地黏在天狼的懷中，一言不發。

天狼嘆了口氣，輕拍鳳舞的後背，鬆開手，原本指望鳳舞會主動離開自己的胸膛，可是沒想到這個舉動又刺激到了鳳舞，她伸出玉臂，緊緊地環住天狼的肋部，兩隻手在天狼背後十指相扣，幽幽地說道：「天狼，你就這麼迫不及待地想趕我走嗎？如果我是沐蘭湘，或者是屈彩鳳，你會這樣對我嗎？」

天狼為難地說：「鳳舞，你這又是何苦，我的心裡只有小師妹，你又不是不知道，即使我勉強娶了你，你這一生也不會幸福的，這樣對你對我都不好。」

鳳舞搖搖頭，那個金屬的蝴蝶面具扎得天狼的胸口一陣疼痛。

「這些事我不想考慮，現在我只希望能和你多待一刻是一刻。天狼，有時候我真的很恨你這樣拒絕我，拒絕我爹，我不知道你究竟在防我們什麼，你也當了幾年錦衣衛了，就抹不掉你在武當那種受人歧視，遭人白眼的記憶嗎？武當究竟給了你什麼，讓你如此念念不忘，只是一個沐蘭湘嗎？」

天狼的情緒一下子從兒女情長中恢復過來，表情變得堅毅無比：「不，武當教給了我男子漢大丈夫如何立身於世，如何做一個頂天立地、無愧於心的俠士，我的人生觀、世界觀都是在武當形成的，遠遠不止是一個沐蘭湘。」

鳳舞抬起頭，一雙水汪汪的大眼睛緊緊盯著天狼，她的鼻尖幾乎要碰到天狼的嘴脣了，一陣帶著少女清新體香的蘭花香味鑽進了天狼的鼻子，讓他心中一陣悸動。

最近這個月，以前每天都會換一種香水的鳳舞，不知什麼原因，天天用小師妹使用的那種蘭花香粉，讓他下意識裡生出幻覺，意亂情迷中，險些把鳳舞當成了小師妹，若不是他使紫青劍法時多數是以冰心訣催動內力，很快就能恢復冷靜，說不準就真的著了鳳舞的道兒了。

天狼側過臉，避開鳳舞那楚楚可憐的眼神，輕輕地解開鳳舞扣著的手指，剛才鳳舞的這個動作，讓她高聳的胸部跟天狼的胸膛緊緊地接觸著，這讓未經男女之事的天狼不由得一陣渾身騷動，意識到絕不能這樣繼續下去。

鳳舞也似乎覺得有些不妥，這回沒有反抗，紅著臉，鬆開了手，退後幾步，一邊理著被風吹得有些飄散的頭髮，一邊低頭不語，兩人一下子陷入了沉默。

良久，天狼乾咳一聲道：「鳳舞，其實我一直不明白，你在錦衣衛和我只不過是初次見面，為什麼會立刻愛上我，你對我的過去一無所知，就算你爹跟你說過我的事，可這樣就能讓你對我產生情愫嗎？」

鳳舞嬌軀一顫，抬起頭，眼中閃過一絲驚慌：「你說這話是什麼意思，懷疑我對你的愛嗎？」

天狼趕緊搖搖頭：「不，這個問題一直藏在我心裡，只不過我從沒問過你罷了，今天既然說開了，我希望你能給我一個合理的解釋。你幾次三番地捨命救我，我並不懷疑你對我的愛，但這個愛總得有個理由，只因為我有一個悲慘的身世？那天下可憐的人多了，為什麼你非要愛我這樣一個不祥之人？」

鳳舞激動地道：「不，天狼，你不是不祥之人，我跟你說實話吧，**若不是你**

對沐蘭湘兩世的癡情，我也不會這樣愛你，我這一生，經歷了太多黑暗，太多的殘酷和背叛，讓我不再相信人世的美好，而**你的出現，你的經歷，讓我相信了人間的真情**，雖然你對沐蘭湘的執念讓我恨得牙癢，但這正是你打動我的地方，天狼，你明白嗎？」

「我相信你的話，但我想問你，你爹如此看中我，是因為他看中我這個人，還是因為你喜歡我呢？」天狼問出重點。

鳳舞嘴角勾了勾：「當然是他看中你在先，自從你天狼刀法附體，徒手打死向天行後，他就留意到你了，一直在追蹤你，尤其你破壞他的青山綠水計畫這一過程中，更是讓他驚訝於你的才智武功，本來他想讓我去接近你，以女色誘你入錦衣衛，但是我知道你不是一個會為色所動的人，於是他便改變了想法，與你立下賭約，可是他沒想到你成長得這麼快，這麼強。」

天狼心中疑雲更盛：「鳳舞，你爹不可能把目標只放在我一個人身上，而且這幾年，我一直藏身各派，甚至掉落到古墓中，這也是他能掌控得了的？」

鳳舞解釋道：「他相信你一定會再次出現，我也相信，所以一聽到你在江南重新現身的消息，我們就馬上趕往武當，果然在那裡截住了你。天狼，**這是天意，上天註定要你進入我們錦衣衛，這是我們的緣分，你無法改變。**」

鳳舞說到這裡，美目盼兮，嘴邊掛起一絲盈盈的笑意：「在武當的時候，那沐蘭湘當面拒絕了你，又讓你親眼目睹了她和徐林宗的婚禮，天狼，你的心也是肉長的，**她這樣傷你，你何苦還對她念念不忘？無論是武當，還是沐蘭湘，此生已經與你無緣**，你說你在武當學到了為人處世，那也應該知道大丈夫當斷則斷，難道你對別人的老婆念念不忘，這也是英雄豪傑所應為的嗎？」

天狼的心一陣刺痛，斷然道：「別說了，我和武當，和小師妹是我自己的事，請你不要一再提及，我很清楚自己在做什麼，如果我心存妄念的話，上次在南京城外就會與她相認。」

鳳舞冷笑道：「天狼，你騙不了自己的，一次兩次也許你能忍，可是你若是天天見到沐蘭湘，或者她再當著你的面使出兩儀劍法，你敢說你真能斷情絕愛？」

天狼咬咬牙，斷然道：「不會的，我能忍住和她不見面，就更不會和她相認，你說得對，我不能抱非分之想，害人害己。」

鳳舞眼中閃過一抹不經意的喜色，聲音也變得柔和起來，她伸出柔荑，輕輕地扶著天狼的胳膊：「天狼，不管什麼時候，我都會陪著你的，你以前怎麼對沐蘭湘，我以後就會怎麼對你，我說到做到。」

天狼心中突然生出一絲感動，是啊，自己一直以來對這姑娘確實有些太絕情了，可是不知為什麼，**他在內心深處總感覺到鳳舞身上有著巨大的秘密，一直在瞞著自己，一個始終不肯以真面目相對自己的女人，不管說有多愛自己，總讓他感覺怪怪的**。

天狼想到這裡，心又硬了起來，沉聲道：「鳳舞，你口口聲聲說愛我，可是在我面前總是戴著面具，這真的讓我感覺很不好，上次我要你取下面具，你死都不肯，我也答應你不會勉強你，可是你若是真的想和我好，總不可能一輩子這樣戴著面具和我過吧。」

天狼說到這裡，揭開臉上戴的人皮面具，露出了本來面目，說道：「想必你也知道我這張臉是長什麼樣的，可是我卻不知道在你這張面具下面，是張什麼樣的容顏，到底是什麼原因讓你不敢面對我呢？」

鳳舞支支吾吾地道：「不，我的樣貌醜陋，現在還沒有做好面對你的心理準備，你見過這麼多大美女，一見我的模樣，肯定就不喜歡我了。」

天狼上前一步，道：「鳳舞，我不是當年那個在武當山從沒見過女人的毛頭小子了，從你露出來的半張臉、皮膚、頭髮來看，分明就是個絕色美人，哪裡會醜！再說了，我天狼不以美醜取人，就算你真的難看之極，我也不會嫌棄你的，**你不取下面具絕不是這樣原因，如果你在我面前總是不說實話，又讓我如何信你！**」

鳳舞退後一步，緊咬著唇道：「不，天狼，求求你不要逼我好嗎，我真的怕取下面具後，你就再也不肯理我了。」

天狼正要發話，卻聽到背後陸炳的聲音冷冷地響起：「天狼，男人應該言而有信，你既然答應不會逼鳳舞取下面具，現在又這樣苦苦相逼，這就是你自命俠士之人所為？」

天狼早知道陸炳在自己的身後，剛才這話也有一大半是說給陸炳聽的，既然陸炳主動現身，他索性轉過身，沉聲道：「陸炳，鳳舞究竟有什麼見不得人的秘密，要這樣瞞著我，**難不成你還有什麼我所不知道的陰謀嗎？**」

陸炳眉毛一揚：「天狼，錦衣衛的總指揮是我，不是你，在這個位置，自然不可能把所有的事情都告訴你，雖然我說過以後會讓你接掌此位，但在那一天到來之前，還是得對你有所保留。」

天狼質疑道：「是嗎？可是你對你的寶貝女兒卻是毫無保留，我的所有事情都說給她聽，難道你早就打定主意招我當女婿了？陸炳，我最近越想越覺得不對勁，你把我的事告訴鳳舞，打算招我為婿的主意，是在我落崖失蹤之前的事，至少是在我重上武當去看小師妹的婚禮之前，你又如何肯定我一定就和小師妹沒有緣分？這其中是不是你在搞鬼?!」

陸炳臉上毫無表情，緩緩說道：

「天狼，我早就跟你說過，紫光道長的死與我無關，實話告訴你吧，我把你的事告訴鳳舞，就是在你重現江湖的時候，本來我已經對你差不多絕望了，因為你一年多杳無音訊，我還以為你死了呢，可是你突然又在南京出現，這給了我希望。

「正好在這時，鳳舞剛從嚴世蕃那裡逃回來，我想給她找個好歸宿，就把你的事告訴了她，為了讓她親眼見識一下你是個怎麼樣的人，我便帶她去了武當。然後看到你的小師妹狠心與你斷絕關係，這讓我女兒心疼你如此癡情卻落得這個結果，由憐生愛，就跟我說非你不嫁，本來如果依我，你太難馴服，武功又高到我都很難控制，我是否要留著你都要打個問號，若不是鳳舞求情，也許我早就出手殺了你！」

天狼死盯著陸炳的臉，一邊仔細尋找他話中的破綻，希望能從他的臉上看出一些端倪，可是自始至終陸炳的表情都沒變過，語速和心跳也非常正常，完全不像撒謊的樣子。

可天狼還是覺得有些不對勁，對鳳舞道：「若是我上了武當後，跟小師妹言歸於好，你又準備怎麼做？」

鳳舞這會兒已經抹乾眼淚，平復了呼吸：「天狼，我不是個自私的女人，你如果真的和沐蘭湘能走到一起，我只會祝福你們，為你高興，當我爹跟我說了你的故事之後，我就無比地心疼起你來，雖然我恨沐蘭湘這樣折磨你，更恨她最後移情別戀，但在武當的時候，我內心深處還是希望她能回頭跟你一起走，因為我不希望這個淒美的愛情故事最後是以悲劇告終。」

天狼聽了道：「這麼說來，**你們自始至終一直在觀望，沒有行動？**」

陸炳回道：「感情的事怎麼行動，你難道懷疑那天你見的不是你的小師妹？」

天狼一時語塞，他確實想過這種可能，可是那天晚上見到的沐蘭湘，是不可能由他人假扮的，即使樣貌一模一樣，那些自己和小師妹親密的私語，還有綿綿的情話暗號，別人都不可能知道，最重要的一點，就是小師妹最後跟自己斬斷情絲時，那種撕心裂肺的感覺，非至情至愛之人絕不能做出。

天狼道：「不，那天確實是小師妹本人，只是我還是覺得奇怪，為什麼你們就這麼確定小師妹最後會選擇徐師弟。屈彩鳳和我說過，如果她是小師妹，一定會跟我走。」

陸炳哈哈一笑：「屈彩鳳？她懂什麼感情？她懂什麼責任？你的小師妹本來愛的就是徐林宗，徐林宗失蹤多年才會讓你鑽了空子，你和她那次給人下了迷香，若是成了好事，也許她就會愛上你了。天狼，你根本不懂女人的心，要想得到一個女人的心，只要得到她的身子就可以了。」

天狼看了眼鳳舞，本來想問：那嚴世蕃得到了你的心嗎？後來覺得不妥，還是沒說出口，皺了下眉頭，冷冷說道：「小師妹心中一直有我，迷香之事只是個誘因罷了，陸炳，我們兩人的事不需要別人過問，她最後離開我也不是因為不愛我，而是要負起對武當，對她爹的道義和責任罷了，這就是我們正派弟子從小受到的教育，你當然是不會明白的。」

陸炳冷笑一聲：「行了，天狼，別把你這個所謂的正派弟子看得有多高，我錦衣衛這裡的正派弟子還少嗎？還不是一個個嘴上仁義道德，實際上只想著榮華富貴?!不過有一點你說得沒錯，沐蘭湘確實是因為她爹才會嫁給徐林宗，你那時候能給她什麼？一沒錢，二沒勢，只不過是個受人追殺的江湖浪子罷了，你能帶給她幸福嗎？更不用說照顧她那個癱瘓在床，沒有行動能力的廢物老爹！」

天狼一時間說不出話，確實，一文錢難倒英雄漢，當時自己受到魔教和巫山派的追殺，自保尚且很難，又如何能給小師妹幸福和安定的生活呢，只有徐林宗和武當派才能給她這些，才能幫她照顧父親，盡一個女兒的孝道。

陸炳看天狼被自己說得啞口無言，氣勢更盛：「也只有我女兒，不在乎這些身外之事，只是單純喜歡你這個人，你進錦衣衛也有幾年了，你也清楚，無論到哪裡，**只要亮出你的身分，就能有吃不盡的美食，用不完的銀子，這種權勢，這種風光，可是你在武當的時候能想像的？可是你被紫光派到各派當臥底的時候能夠得到的？**」

天狼沉聲道：「榮華富貴我不稀罕，就是現在，我隨時可以脫下這身錦衣衛的官服，重新浪跡天涯，沒什麼可惜的。」

陸炳厲聲道：「天狼，你還是個男人麼？怎麼可以如此自私！你自己可以浪跡天涯，獨來獨往，可你這輩子都不娶妻，不生子？你是個孤兒，不代表你就可以逃避做丈夫，做父親的責任，就是你師父澄光聽了你這話也非抽你不可！」

天狼一聽到自己的師父，心中就是一酸，陸炳剛才的話說得確實有理，師父也曾經跟自己說過要讓自己成家立業，名揚天下，而不是當一個獨行俠客，而自己內心深處的理想，也是和小師妹一起雙宿雙飛，簡單幸福地過著閒雲野鶴般的日子。

陸炳的語氣稍緩了一些，說道：「天狼，現在不是你在武當山不問世事的時候，人總要長大，你也入江湖這麼多年了，怎麼還這麼幼稚，說這種可笑的話？你在世上混，吃飯喝水能不花錢嗎？你以為那麼多名門正派弟子進錦衣衛都是想著當大官？錦衣衛從最小的總旗到最大的總指揮使，加起來也就幾百個名額，可是錦衣衛內的殺手何止上萬，多數人奮鬥一輩子，也只能混個八品的總旗，能當到百戶就算燒了高香，還不就是為了那點俸祿和銀子能養家糊口麼?!

「而你，有一身縱橫天下的武功，又有這麼聰明的腦子，我和我女兒這樣看重你，把你這樣一個毫無來歷、毫無背景的人，一下子提到副總指揮的位置上，你知道有多少人眼紅，多少人恨得牙癢？你只要願意，我這位子以後都是你的，**一個堂堂的三品錦衣衛總指揮使難道還比不上一個江湖門派的掌門風光嗎？**」

天狼搖搖頭：「陸炳，我很感謝你們父女對我的厚愛，我也知道你們對我確實很好，可是你們和我終究不是一路人，我圖的是正義和良心，而不是榮華富貴，或者是沖天的權勢，我學得這一身的武藝，只求除暴安良，匡扶社稷，護國保民，你這些年給我的任務確實也都不違背俠義之道，所以我無條件地去做，但這不代表我跟你的其他殺手一樣，為了官位和錢財可以出賣自己的原則。」

陸炳聞言道：「現在我讓你有違俠義之道了嗎？天狼，你是不是忘了自己要做什麼事了？我讓你們在這裡練劍，可不是讓你們在這裡談情說愛的，這回你去的可是倭寇的老巢，一言不和也許就會被倭寇圍攻，到時候能不能殺出條血路，就得看你們的合擊技練得如何。」

天狼道：「陸炳，我還是覺得不太對勁，你敢發誓在我小師妹的婚禮前後，你沒有搞鬼做對不起我的事？」

陸炳臉一沉：「我早就跟你說過，那天我們只是觀望而已，紫光的死是在一個多月前，你若是想打聽，可以問問鳳舞是什麼時候從嚴府逃出來的，那時候我正為此事弄得焦頭爛額，哪還有空去管武當的事！」

天狼看了眼鳳舞，道：「那為什麼鳳舞始終不肯以真面目對我，陸炳，你能給我個解釋嗎？」

第八章

蝕骨咒心

陸炳道：「這蝕骨咒心之毒，是在人的飲食中下藥，蠱卵無色無味，與米粒無異，即使再強的高手也很難察覺，如果下蠱之人是高手的話，更可以以邪術內功來催動蠱蟲，讓其在受害者體內發動，使人求生不得，求死不能！」

陸炳道：「天狼，你真是沒心沒肺，鳳舞曾經被嚴世蕃那狗東西欺負過，受創巨大，本來想一死了之，後來才戴上面具，發誓在找到心愛之人結合之前，再也不除下這面具，你又不是女人，哪會懂女人的心思？卻在這裡一再相逼，你下次碰到屈彩鳳時，不妨問問她，若是她碰到這種情況會怎麼做。也就是鳳舞對你癡情一片才處處讓著你，若是換了屈彩鳳，我看只怕她早就跟你翻臉拼命了！」

天狼半信半疑地看著鳳舞：「真是如此嗎？」

鳳舞的臉早已無比通紅，低著頭，聲音小得像蚊子哼：「我，我畢竟是女兒家，這種事，叫我如何說得出口。」

天狼無言以對，只能向鳳舞抱拳行禮：「對不起，鳳舞，是我胡思亂想，錯怪了你，以後我也不會再提讓你取下面具之事了。」

鳳舞輕輕「啐」了一口：「你上次就發過誓了，我才不信你下回就真的不問了呢。」

天狼抱歉地說：「我是因為胡思亂想才問的，這次既然已經說清楚了，以後肯定不會再問了，你放心吧。」

鳳舞的嘴角勾了勾，露出一個小酒窩：「討厭死你了。」然後一轉身，飛也似地跑了出去，兩個起落，人就沒了蹤影。

天狼沒想到鳳舞說走就走，一時不知如何是好，只聽陸炳在一邊說道：「天狼，你應該感到幸運才是，也不知你是哪世修來的福氣，能讓我女兒對你如此傾心，這回如果能解決給倭寇送信講和的事，你回來後，就考慮一下和我女兒成親的事吧。」

天狼一愣：「陸總指揮何出此言？我還沒做好這方面的準備，再說，倭寇不是這麼好平定的，即使一時穩住他們，以後還是會攻擊的啊。」

陸炳沉聲道：「那是朝廷的事，就不是我們錦衣衛所能插手的了。天狼，我本來是讓你來監視胡宗憲的，你倒好，反而幫他跑腿送信，看在你在東南也算有意外收穫，查到了嚴世蕃私通倭寇的事，又破獲了他們在義烏激起民變的陰謀，我就不跟你計較了，可是你要記住，你是錦衣衛的人，不是胡宗憲的手下，要你何時去何處執行什麼任務，由我說了算。」

天狼道：「陸總指揮，眼看胡部堂的計畫就要成功了，這時候我不能隨便離開東南，那嚴世蕃一計不成，肯定還會有別的陰謀詭計，我不能看著他在這裡使壞，現在朝廷基本上穩定了北邊，只有東南的倭寇是心腹之患，我看到了徹底消滅倭寇的希望，這時候怎麼能半途而廢，只顧兒女私情呢？」

陸炳不以為然地說道：「天狼，**你知道為什麼沐蘭湘會離開你嗎？除了她爹**

的原因外，最大的原因就是你這個個性，好逞英雄，自以為是，全然不顧他人感受！當年紫光讓你去臥底，你去各派學到了武功，又抓到臥底，很有成就感是不是？所以後來就樂此不疲了，把沐蘭湘在武當一扔就是四五年，現在你又想繼續逞英雄，讓我女兒再次為你虛度年華嗎？」

天狼一下子說不出話來，小師妹那天晚上聲嘶力竭的吼聲，讓他無數次從夢中驚醒，無數次悔恨交加的用頭撞牆，是的，雖然他自認為可以為小師妹捨掉一切，可是為了大義和蒼生，他還是狠心把師妹扔在武當多年，儘管自己的初衷是為了保護她，可是自己何曾在乎過她的感受，陸炳的話，把天狼心頭那血淋淋的傷痕揭了開來，讓他痛斷肝腸，連身子也開始不自覺地發起抖來。

陸炳的聲音更加尖銳，那如金鐵相交的鏗鏘感在天狼的耳邊迴蕩著，震撼著他的心靈：「你和沐蘭湘怎麼樣是你的事，我管不了，也不想管，可是天狼，你記住，鳳舞是我的寶貝女兒，又受過嚴世蕃的傷害，你若是嫌棄她的過去，不想娶她，那我沒話說，可你既然說了不會因為她的過去而歧視她，那就是不拒絕娶她為妻，現在我問你一句話，你老實回答我，**你願意娶我女兒鳳舞嗎？**」

天狼的心這時候很亂，這幾年來和鳳舞多次出生入死，以及這一個多月來和她的朝夕相處，讓本來滿心滿腦只有沐蘭湘倩影的他，心中不知不覺地多了另一個人，也許娶了鳳舞，才是淡忘小師妹，不再折磨自己的最好辦法吧。

想到這裡，天狼抬起頭：「鳳舞是個好姑娘，能娶到她，是我天狼的福分，只是我是個不祥之人，剋死師父，害死雲涯子教主，害死紫光師伯，連我的朋友們也一個個身世悲慘，我怕我會害了鳳舞姑娘。」

陸炳臉上現過一絲喜色，轉瞬而沒，他擺了擺手：「這個你不用擔心，鳳舞不會在意這些虛無縹緲的事，她跟我說過，嫁雞隨雞，嫁狗隨狗，如果真的嫁給你，無論你命運如何，她都會和你一起承擔，再說，她也不算是命好之人，我原以為嫁給嚴世蕃可以讓她得到幸福，可沒想到會是這種結果。也許你們兩個衰人碰到一起，能否極泰來、時來運轉呢，你看你這幾年在錦衣衛裡不是混得不錯嘛。」

天狼遲疑道：「但你知道我心中有人，至今仍未完全忘掉，如果現在娶鳳舞，只怕萬一冷落了她，所以我還需要點時間。」

陸炳的臉馬上板了起來，兩道劍眉倒豎：「天狼，你不要總跟我說這個理由，你一天忘不掉沐蘭湘，就得讓我女兒等你一天是嗎？感情本來就是可以培養的，我看你們處得挺好的啊。你喜歡沐蘭湘，不就只是因為兩人是青梅竹馬而已嘛，你可別忘了，沐蘭湘和徐林宗已經成了一對，你還多想什麼！」

天狼長嘆一聲：「你說得對，是我太過執念了。這樣吧，我這回去汪直那裡送信，如果任務能順利完成的話，我會認真考慮你這個提議的。」

陸炳嘆了口氣：「好吧，我不勉強你，不過我再提醒你一句，我女兒對你一往情深，你可莫要負了她，不然，我會讓你見識到一個憤怒的父親會做出什麼事來。」

天狼點點頭，他知道今天鳳舞父女應該是有備而來，就是準備向自己提親的，鳳舞跑開，便是知道父親要提出親事了，所以不好意思待在這裡，方才羞澀遁走。

天狼換了個話題：「陸總指揮，你來這兒，除了提親一事外，應該也有倭寇的消息吧，他們是不是來人催促胡宗憲早點派人去談和？」

陸炳哼了聲：「你呀，滿腦子想的就是這件事，不錯，今天我來，主要的還是為了此事，馬上要去雙嶼島了，你害怕嗎？」

天狼豪邁地說：「怕？我這輩子就沒怕過什麼，更不用說倭寇了，大不了把一腔熱血灑在那裡，也不枉此生。」

陸炳臉一沉：「你想把鳳舞也搭進去嗎？」

天狼搖搖頭道：「我早就想好了，萬一真的動起手來，我不會牽連鳳舞的，到時候只要說她是嚴世蕃的老婆，倭寇必然不會對她下手，最多只會囚禁她，只要保得命在，她就有機會逃出來，**因為真正想要我命的，不是那些倭寇，而是嚴世蕃。**」

陸炳眼中寒芒一閃：「繼續說。」

天狼笑道：「據我跟倭寇這陣子打交道的心得，我感覺到無論是汪直還是徐海，都是有誠意和談的，汪直是個商人，打開國門無非是想自己做生意更方便，而那徐海上次在義烏沒有和我動手，顯然也是不想永遠給島津藩的領主當狗腿，而希望能趁機自立，所以他們是不想和胡宗憲撕破臉的。」

陸炳沉吟道：「那你又如何解釋他們願意幫助嚴世蕃在義烏搞事呢？」

天狼道：「這些倭寇很精明，不會把寶全押在胡宗憲這一邊，嚴世蕃也一直通過各種管道跟他們聯繫，而且論人品來說，胡宗憲是忠於國事，想要青史留名，而嚴世蕃根本不在乎遺臭萬年，只想在生前享盡富貴，而且嚴黨把持朝堂，甚至可以撤換胡宗憲，所以從利益角度來說，倭寇在嚴世蕃那裡維持一個良好的合作關係，至少不得罪嚴世蕃，是很有必要的。」

陸炳點點頭：「你分析得很好，繼續說。」

天狼道：「可是嚴世蕃顯然和倭寇沒有談攏，他這個人聰明絕頂，卻太自私，這就是他最大的弱點，對任何人都只是想利用而已，很少顧及別人，比如他放胡宗憲在東南，是想胡宗憲穩定東南的局勢，只守不攻，既不剿倭，也不讓倭寇鬧得太凶，底線是不能斷了東南每年給朝廷的稅銀，所以他一邊用胡宗憲剿倭，一邊又派鄭必昌、何茂才這幾個心腹來拼命搜刮，以維持朝廷的賦稅，在他眼裡，能給他嚴世蕃搞錢的鄭何二人，才是他真正要用的。

「可是胡宗憲卻不想按他的意思來，他想的是剿滅倭患，上有利國家，下能安黎民，還可以讓自己名垂青史，所以現在胡宗憲開始整軍備戰，這讓嚴世蕃感覺到了威脅，因為一旦大戰，短期內東南這裡可能會軍費大增，甚至占用本地的稅賦，皇帝和他都不會答應，所以他想給胡宗憲一個警告，就利用這些倭寇來談判的機會，在義烏那裡攪事，讓胡宗憲知道，只要動了剿倭的心思，東南必生民變，到時候他這個浙直總督也別想做下去了。」

陸炳滿意地說道：「你算是說中嚴世蕃的心事了，他確實是這樣想的，可是你覺得現在倭寇對嚴世蕃的態度又是如何？」

天狼沉聲道：「他們之間的關係就是八個字：**貌合神離，相互利用**。倭寇想從嚴世蕃這裡得到比胡宗憲能給的更多的好處，最好是直接開海禁，哪怕是暗中通商，嚴世蕃本人是同意這個做法的，但他不敢跟皇帝直接提，所以希望胡宗憲能開這個口，正好胡宗憲為了爭取時間練兵籌餉，暫時忍氣吞聲地和倭寇假裝和談，所以嚴世蕃和倭寇就想聯手對胡宗憲施壓，逼他上奏摺開海禁，現在這個當口，皇帝除了胡宗憲外無人可以大用，而且皇帝也知道胡宗憲提的建議不是為他個人的私利，多半會准奏。

「可是嚴世蕃過於自私，只想著讓倭寇幫他做事，卻沒有給徐海等人任何實質好處，義烏之事，讓徐海看清楚了嚴世蕃的面目，在賠掉了幾百個東洋手下之後，徐海以後應該會放棄對嚴世蕃的幻想，轉而尋求和胡宗憲的合作。他們這回需要借胡宗憲的兵去打那些廣東海盜，以達到吞併蕭顯、陳思盼一夥的目的，嚴世蕃指揮不了浙江的軍隊，這件事他幫不上忙。

「可是嚴世蕃跟倭寇勾結的目的不止是為了錢，很可能是想給自己找一條真正的後路，以後無論是捲款逃亡東洋，還是引倭寇入侵以保住自己的官位，都離不開汪直和徐海，所以我認為嚴世蕃有可能以身犯險，也會親自去那雙嶼，若是他在島上看到我，有可能就會想辦法挑唆倭寇除掉我，這樣既可以洩他屢次被我壞事的心頭之恨，又能攪黃胡宗憲和倭寇的和談，扭轉自己不利的形勢。」

陸炳眼中寒芒一閃：「嚴世蕃確實有這個孤注一擲的可能，那你準備如何應對？」

天狼正色道：「我雖然恨不得殺了他，但在倭寇的地盤上，不是動手的時候，此行最重要的事情是能騙過倭寇，讓他相信胡宗憲跟他們和談的誠意，甚至可以向胡宗憲要到一些授權，部分地開放幾個沿海的島嶼以作通商貿易之用。

「此外，還要想辦法招安這些倭寇，只要他們肯投降，可以給汪直和徐海等人一些虛職，並且以他們幫助朝廷剿滅廣東海盜為由，給他們一些指揮、僉事之類的頭銜，只要能把他們騙上岸，管束住他們的手下不鬧事，用貿易的錢去給那些海盜們分發餉銀，就可以穩住倭寇幾年，待到朝廷新兵練成，自然就可以剿撫並用，徹底解決掉倭寇問題了。」

陸炳眼中神芒閃閃：「那你覺得嚴世蕃會怎麼害你，你又能如何防範？」

天狼微微一笑：「如果嚴世蕃這時候在雙嶼島，那肯定是給倭寇大許好處，有可能會讓他在浙江的爪牙鄭必昌、何茂才二人偷偷和倭寇進行走私貿易，把上貢給朝廷的絲綢中拿出一部分去跟倭寇做交易，換成銀兩，反正皇帝要的是銀子，這些絲綢最後也是要拿去賣錢的。

「而且我跟倭寇們只需要堅持一點，就是胡宗憲跟他們的合作是可以出動軍隊，助他們消滅廣東海盜，而且還可以招安他們，給他們合法、正式的官職，以後也會在時機合適的時候開放海禁，這個條件，無疑會比嚴世蕃的那個空頭許諾要靠譜得多。」

陸炳皺了皺眉頭：「可是你們的身分地位太不相稱了，嚴世蕃是小閣老，他連胡宗憲都可以想辦法撤換掉，更不用說你了，天狼，你就沒考慮過這點嗎？」

天狼嘆了口氣：「我剛才說只有嚴世蕃才能殺我，指的就是這個，如果他真的狠下心，拉下臉，以和倭寇徹底翻臉為要脅，逼倭寇殺我，那只怕倭寇最後還是會聽他的。因為倭寇之中還有變數，除了汪直和徐海這些想做生意的人以外，還有那些日本領主的走狗，想要入侵中原，這些人是可以不要錢的，只有嚴世蕃能滿足他們的漫天要價，由於倭寇中真正能打，有戰鬥力的往往是這些東洋人，只怕最後汪直等人會屈從於這些人的壓力，最後聽嚴世蕃的話。」

陸炳的臉色變得嚴肅起來：「若是如此，你準備怎麼做，拼死一搏嗎？」

天狼道：「這便是我不拒絕帶上鳳舞的原因，無論如何，即使我死了，也要留下她做個見證，嚴世蕃若是連鳳舞也殺，就是跟你陸總指揮徹底翻臉，到時候你就跟他魚死網破，上次我給過你嚴世蕃通過奸商施文六在義烏勾結倭寇生事的證詞，那個人證施文六一直由戚繼光看管，如果你需要提人，跟胡宗憲打個招呼要人就行，你是錦衣衛，有這個權力。」

陸炳點點頭：「你放心，嚴世蕃若是真的對你不利，我一定會給你報仇的，只是我勸你凡事不要強出頭，嚴世蕃未必會冒著跟我撕破臉的風險來要你的命，在倭寇那裡，有些事情可以暫時做讓步，留得青山在，不怕沒柴燒，我這次來，已經跟胡宗憲商量好了，皇上給他在東南便宜行事之權，除了明確地開海禁這一點外，其他的都可以談，包括開放幾個外島給汪直他們做交易場所，還有跟他們做一百萬兩銀子以內的絲綢交易，條件是汪直和徐海不得再攻擊沿海城鎮。」

天狼舒了口氣：「有這個條件，那談起來就會輕鬆多了，不過就怕嚴世蕃和那些日本人勾結，拿出什麼不可接受的條件來，逼汪直和徐海動手殺我，要是真到形勢不可挽回的時候，**我拼了這條命不要，也要和嚴世蕃同歸於盡，到時候扳倒嚴黨的事，就拜託陸總指揮了。**」

陸炳拍拍天狼的肩膀，道：「天狼，不要說這麼不吉利的話，我對你有信心，這次你要給我好好的活著回來，聽見沒有！」

天狼笑笑：「盡人事，聽天命吧，誰知道是福是禍呢，沒有人願意就這麼死的，只是我此生還有一件事情放不下，還請陸總指揮幫忙。」

陸炳想了想道：「**可是那武當內鬼的事？**」

天狼點點頭：「當初我加入錦衣衛的時候，陸總指揮曾經答應過我，要幫我全力探查此事的，多年過去了，不知道您探查得如何？我一直沒有問及此事，就是希望你能主動告訴我進展，這次我要去倭寇大本營，生死難料，不管你查到了什麼，能不能先透露一點？」

陸炳道：「天狼，很遺憾，到目前為止，我所知道的只有屈彩鳳被金不換和紅花鬼母下了寒心丹，功力大增，殺上了武當，可是紫光真人卻是死於中毒，有人提前在他的飲食中下了毒藥，而且不是當天才下毒的，這個下毒的計畫已經持續了很久。紫光中的是一種叫做蝕骨咒心的蠱毒，我偷偷地打開過紫光的棺材，發現他中毒至少有七年了。」

天狼倒吸一口冷氣：「七年？這麼說，在斷月峽之戰前，掌門師伯就中毒了？這怎麼可能！以他老人家的功力，又有誰能對他下毒而不被他所察覺呢。」

陸炳搖頭道：「天狼，我見過紫光的屍骨，那骨頭都已經發青，毒素滲入骨中，而且蠱蟲已經成形，開棺時差點還傷到了我，幸虧我早有準備才躲過一劫，從成形的蠱蟲來看，**紫光中毒是在七年之前，我懷疑下毒之人是借此蠱毒控制了紫光，逼他聽命於自己。**」

天狼驚道：「什麼，你是說有人用這種毒藥控制師伯？」

陸炳正色道：「**這蝕骨咒心之毒，是在人的飲食中下藥，蠱卵無色無味，與米粒無異，即使再強的高手也很難察覺**，而毒蟲入體之後，會寄生於人的臟腑與骨骼之中，由於不走經脈，而且在破卵之前根本不發作，所以即使是內家高手，也根本無法察覺，只是會偶爾覺得練功之後會有些頭暈，其實就是被這蠱蟲吸取精元與血肉而不自知。而這蠱蟲會在三年之後成形，如果下蠱之人是高手的話，更是可以以邪術內功來催動蠱蟲，讓其在受害者體內發動，使人求生不得，求死不能！」

天狼從沒聽說過如此邪惡殘忍的毒蟲，聞之不禁色變，失聲道：「**究竟是何人能煉出如此厲害歹毒的毒蟲？**」

陸炳道：「此毒由於過於邪惡殘忍，因此和那終極魔功一樣，一旦發現有使用此毒的人現身於世，就會被正邪雙方剿滅。上一個用此毒害人的，是一百多年前幫助燕王起兵的黑衣宰相姚廣孝，他正是用此毒物給當時手握重兵，鎮守邊關的寧王下了毒，才讓成祖朱棣在起兵時，能得到寧王手下最精銳的蒙古朵顏三衛騎兵，而且他還用此毒控制了建文帝一方的總大將李景隆，讓此人在決戰時故意放水，這才使得成祖靖難成功。」

天狼沒有想到當年朱棣起兵的背後竟然有這些不為人知的往事，聽得目瞪口呆，半天說不出話來。

陸炳嘆了口氣，繼續說道：「本來此事是根本不足為人道的最高機密，但那姚廣孝一門心思挑唆著成祖造反，雖然是靖難的第一功臣，但其智謀過人，算路深遠，心黑手狠，精通各種陰謀詭計和邪惡毒法，即使英明神武如成祖皇帝，對其也不得不防，所以在得到天下之後，便指派錦衣衛總指揮使紀綱暗中除掉姚廣孝。

「可是姚廣孝卻早有準備，紀綱找到他的時候，他已經服毒自盡了，在臨死前的一番話，卻讓一直忠心耿耿的紀綱起了反心，從此之後，紀綱開始在各地找龍脈，看風水，想要謀反，最後被成祖察覺誅滅，由於此事事關我錦衣衛，紀綱更是唯一一個謀逆的錦衣衛總指揮使，所以歷代錦衣衛總指揮都會被上任告知此段往事，以示告誡。」

天狼知道陸炳還是想讓自己繼任下任錦衣衛總指揮，才會把此事告知自己，嘆了口氣：「那姚廣孝死後，**邪惡的蝕骨咒心之毒就沒人再用了嗎？他用這蠱毒控制了寧王和李景隆，最後又是如何解毒的？**」

陸炳道：「此毒的邪惡之處在於這蠱蟲完全要由下蠱者本人所控制，一旦主人不在，或者每天不能按時施法，蠱蟲便會亂動，攻擊宿主，中毒之人會慘不忍睹，痛不欲生，一直到三日之後，蠱蟲破體而出才會死掉，所以無論是多麼堅強的鐵漢，都無法忍受這種痛苦，要麼自盡，要麼就只能受制於人。那李景隆不僅在決戰中故意放水，還在最後成祖孤軍深入，直攻南京城的時候打開了城門，放成祖入城，此等小人，成祖自然不會要，靖難後沒兩年就將之除掉了。

「只是那寧王和成祖在做王爺的時候就一向關係要好，而且朵顏三衛的蒙古人也都服他，所以成祖就把寧王遠遠地遷到了南昌就藩，姚廣孝死後，寧王很快也死了，料想他的蠱蟲也沒有被解掉，要麼是因為姚廣孝死後，蠱毒發作而死，或是不願意受痛苦而自行了斷，所以寧王的子孫才會這麼恨成祖一系的子孫，直到正德皇帝時，寧王朱宸濠發動叛亂，料來也是多少想復這先祖之仇。」

天狼倒吸一口冷氣：「這麼說，這蠱毒是無藥可解的？」

陸炳思忖道：「那蠱蟲入了人體，附身於骨骼上，又怎麼可能取得出來，最多只能是施法之人每天加以控制罷了，由於紀綱當年的記錄裡沒有提到如何使毒之法，只記錄了姚廣孝會此蝕骨咒心之毒，所以我才會知道世間有此邪惡的下毒之法，那天我一看到紫光的屍骨，尤其是看到了那條蜈蚣大小的蠱蟲，便知道他中的是此奇毒。」

天狼覺得背後的寒毛都豎了起來，從小到他，這是第一次能讓他從靈魂深處都感到恐懼的事。

「陸總指揮，那個蠱蟲有蜈蚣那麼大嗎？」

陸炳點點頭，他的聲音也微微發著抖：「不僅有蜈蚣那麼大，而且還長了翅膀，若不是我早有防備，看到紫光的骨頭發青，沒有用手去摸，而是用劍挑開屍體上的道袍，不然就會給那邪物咬到了，饒是如此，那東西還飛出來要攻擊我，幸好我反應迅速，以劍將之攪成一堆血泥，否則就要遭到毒手了。」

天狼長舒一口氣：「那還真是不幸中的萬幸了，那蠱蟲有毒嗎？」

陸炳的嘴角勾了勾：「此蠱乃是天下至邪至毒之物，又寄居於高手體內，吸了他的血肉精華，因此是天下至毒，聽說有些邪惡的修道之人會把這種蠱蟲收回，然後研磨成粉，煉製成邪惡的兵器，任何護體神功的罡氣都難以抵擋這種邪派兵器，遠比上次白蓮教主傷你的那把毒劍要可怕，而且隨著打鬥，你的口鼻中會吸入這種毒粉，即使不給劃到，也會中毒。」

天狼的臉色一變：「還有這樣邪惡的兵器？」

陸炳點點頭：「正是如此，所以**不管是黑道豪強還是白道俠士，自古以來一碰到使這種毒蟲的，都會加以剿殺**，姚廣孝之前，世上已經有幾百年沒有見過這種邪惡歹毒的毒功了，姚廣孝死後，這蝕骨咒心之毒也是多年未曾現世，直到這次我在紫光的身上發現了這種東西，才知道姚廣孝的傳人居然還一直存在，而且很明顯地介入了武林之爭。」

天狼突然雙眼一亮：「陸總指揮，你的意思是，**紫光師伯在斷月峽之戰前就被這蠱蟲控制了？所以可能斷月峽之戰都是某個幕後黑手的策劃？**」

陸炳嘆了口氣：「當年的斷月峽之戰，疑點重重，雖然有那雲飛揚四處奔走，聯絡起正派聯盟，但是正派聯盟裡，除了衡山派的盛大仁外，少林武當兩派興趣並不是太高，可是突然間紫光轉變了立場，甚至親自上少林去說服見性大師，我原以為是雲飛揚說動了他，現在看來，**那個用毒蠱控制紫光真人的神秘黑手，才是真正的罪魁禍首。**」

天狼不信地說：「紫光師伯不可能被這蟲蠱所驅使，做出有損門派的事情，我們正道俠士，寧可自己一死，也不會置門派於危險之中。」

陸炳微微一笑：「可是如果這個神秘黑手要紫光做的事，能讓紫光相信是對武當有好處的呢。大道理和好處，那個雲飛揚會說，而威脅之詞和催動蠱蟲則由那個黑手控制，這樣自然可以讓紫光就範。」

天狼心中一動：「**你是說這個下毒之人是雲飛揚？**」

陸炳搖搖頭：「這個不好確定，只是我覺得下毒的時機和這雲飛揚上武當遊說的時間有點太過於巧合了，天底下哪有這麼巧的事？只是我也沒有足夠的證據，來證明雲飛揚和這個下毒之人的關係。天狼，那天屈彩鳳中了寒心丹之毒後殺上武當，以她的功力是殺不了紫光的，你師妹也說過，紫光死於中毒，所以我懷疑那個幕後的黑手，因為什麼突然的變故而對紫光下手。

「在那之前的幾年，江湖上雖然正邪衝突不斷，但大體還算平靜，紫光之死前，出了幾件大事，一是你李滄行在攪得整個江湖雞犬不寧的時候，又突然失蹤長達一年多，二是消失了多年的徐林宗重現江湖，我料想那紫光一直忍氣吞聲地在武當受那幕後黑手的控制，就在於其身後之事無法交代。

「沐蘭湘畢竟一介女流之輩，除此之外，武當二代弟子中沒有特別優秀的人才，除了你和徐林宗外難以為繼，可是徐林宗重現江湖後，就直接回了武當，我想紫光可能會不顧性命，向徐林宗交代當年斷月峽之戰的隱情，那個黑手就只有痛下殺手，可是如果紫光就這麼不明不白地死了，勢必會惹人懷疑，那天屈彩鳳正好殺上武當，也給了這個幕後黑手一個再好不過的機會，在二人動手之時，讓紫光體內的蠱毒發作，**讓紫光死於屈彩鳳手下，既可以掩蓋紫光中毒的真相，又可以把紫光之死歸結於屈彩鳳身上，斷絕武當和巫山派和好的可能，可謂一舉兩得！**」

天狼點點頭：「這麼說來，當時這個黑手一定身在武當，不然又怎麼會知道屈彩鳳上武當的事情呢？要知道屈彩鳳殺上武當也只是突發的意外事件，金不換一家是在武當山下擒住屈彩鳳才餵她吃寒心丹的，而且誰也不知道這寒心丹居然可以刺激屈彩鳳的功力大增，讓她突破天狼刀法。**我敢肯定，當時這個下毒的黑手一定就在武當，才會隨機應變，催動蠱毒。**」

陸炳微微一笑：「不錯，正是如此，那個**你和紫光一直想查的武當內鬼，很有可能就會是這個下毒之人**，當年紫光能相信你的解釋，也是早就知道了這個內鬼的存在，他讓你離開武當，只怕為的也不完全是查我青山綠水計畫，而是不想讓這個內鬼對你也下毒手，直到你歷練成熟後，再把武當交給你。」

天狼一下子反應過來，當時武當的精銳高手幾乎都在斷月峽之戰中毀於一旦，可謂存亡之秋，在這個時候，紫光絕不能打草驚蛇，而把自己趕出武當，一來可以保護自己，二來也能讓自己在江湖上結交足夠多的朋友，以後可以與那內鬼正面對決，只可惜在自己習得屠龍刀法之時，紫光卻撒手西去，也不知道徐林宗是不是知道了此事。

想到這裡，天狼開口問道：「陸總指揮，你看徐師弟已經知道紫光師伯之死的真相了嗎？或者，他知道不知道內鬼之事？」

陸炳點點頭：「我料他早就知道了，連沐蘭湘都看出紫光死於中毒，徐林宗卻能秘而不宣，沒有公開驗屍就下葬，顯然在紫光死前，就應該和他說過一些內鬼之事，也許正因為如此，那個內鬼才會毒死紫光。而徐林宗卻能忍辱負重，借著和你小師妹的婚禮穩定了武當，坐穩了這掌門之位，這幾年武當恢復得不錯，借著徐階的支持，又開始大批招收門徒，已經度過了最艱難的時期，我想紫光真人泉下有知，應該也足以欣慰了。」

天狼一想到小師妹成了徐夫人的事，就是一陣心痛，他意識到陸炳是在有意地提醒自己不要再有什麼不切實際的幻想，好好地娶了鳳舞，安心地在錦衣衛裡繼續自己的人生才是正道，於是正色道：

「陸總指揮，我很感謝你為了查探武當內鬼而為我做的一切，只是照你這樣說來，**武當內鬼之事就無法再查下去了？**」

陸炳嘆了口氣：「天狼，不是我不願意幫忙，而是這內鬼隱藏極深，連紫光都無法說出他的身分，紫光一死後，此人更是隱忍不發，只要他不動，誰又能抓住他的把柄呢？不過你放心，武當大收門徒之機，我也派了一些得力之人潛伏進去，對於這內鬼的監控，我一天也沒有停止過，一有消息，就會馬上通知你的。」

天狼搖了搖頭：「明槍易躲，暗箭難防啊，以紫光師伯的武功和閱歷，都會著了這賊人的道兒，若是這內鬼繼續在飯菜中下毒，又怎麼可能躲得過去？」

陸炳笑了笑：「這就不用你多操心了，天狼，你我現在要做的，是為了國家，為了朝廷，為了百姓儘早地平定倭寇之亂，尤其是現在這種生死關頭。」

天狼心中一動：「陸總指揮，我想了解，**這個蝕骨咒心之毒，是和終極魔功一門相傳的嗎？會不會是嚴世蕃在搞鬼？**」

陸炳搖搖頭：「此功雖然邪惡歹毒，但相傳並不是產自中原，而是來源於塞外，最早是匈奴的巫師和薩滿所研製，當年漢軍大破匈奴，把匈奴人趕到漠北之後，這些匈奴巫師就研製出這種邪惡的蠱蟲，專門在漢軍必經之路的水源裡。

「所以漢軍的馬匹和戰士有許多在戰後就死於疫病，甚至連名將霍去病，也在戰後不到一年就死了，此後長安還爆發了一場大瘟疫，應該是這蠱蟲破體後所致，匈奴人的這種邪惡歹毒的辦法雖然沒有挽回自己的失敗，但是也折騰得漢朝夠慘，所以此毒就被中原武人視為禁術，見者必殺。

「至於嚴世蕃，他不可能一直待在武當臥底的，據我所知，要催動這蠱蟲，不可距離太過遙遠，天狼，你的想像力很豐富，這是好事，但是不切實際的幻想，還是收起為好。」

天狼默然無語，站起身，來回踱了幾步，一想到小師妹現在也面臨著巨大的危險，甚至可能體內也被下了那邪惡的蠱蟲，他的心裡就是一陣陣的波濤起伏，恨不得現在就飛回武當，把這一切告訴小師妹。

陸炳似乎看出了天狼心中所想，沉聲道：「你是不是放心不下沐蘭湘？」

天狼咬著嘴唇，點了點頭。

陸炳長嘆一聲：「天狼，你的心情我能理解，只是如果那下毒之人想要動手，這麼多年下來，你師妹體內早已經有蠱蟲存在了，而且她和徐林宗已經知道內鬼之事，想必也早有防範，我若是上門專門提醒她此事，只怕反而會讓武當猜想此事與我們錦衣衛有關，到時候有口難辯啊。」

天狼正色道：「陸總指揮，我決定了，這回從倭寇那裡回來後，無論如何，我要回武當一趟，這內鬼的事情不解決，我此生無法安心。」

陸炳的臉色大變，一下子吼了起來：「天狼，你想做什麼，我跟你說了這麼多，你都答應會考慮娶我女兒了，怎麼現在又說要回武當？」

天狼的表情變得異常地堅毅：「那是兩碼事，我回武當只為查內鬼，不會跟我小師妹有任何事情發生，一旦內鬼得除，我大仇得報，心願也了，這樣就可以了無牽掛地迎娶鳳舞，絕不食言！」

陸炳眼中光芒閃閃：「你分明是在撒謊，你回武當就是忘不了沐蘭湘，還想騙我嗎？你後悔把她一個人扔在武當，你後悔沒有早點跟她結合，所以你想回去彌補這個遺憾，難道不是？」

天狼搖搖頭：「不會的，她現在已經是武當的掌門夫人了，如果我真的不顧一切帶她走，那武當就會崩潰，魔教也會趁虛而入，剛才鳳舞說得沒錯，我愛小師妹是不假，可她並不愛我，她一直以來愛的都是徐師弟，只不過徐師弟不在的時候，她因為各種原因而短暫地跟我在一起而已，何況，我們真正確定關係後，在一起的時間也屈指可數，她沒有像我一樣有上一世的記憶，刻骨銘心，根本不可能像我愛她那樣對我全心付出，要不然也不會在武當就跟我斷情絕愛了。

「陸總指揮，我已經想得很明白了，此生我和小師妹已經不再有任何可能，唯一能做的就是放下心頭的這段感情，祝福她過得幸福美好，也讓自己能重新收拾心情，過自己的人生，但武當派內鬼之事，牽涉到師門大仇，原來我以為斷月峽之戰是正邪決戰，我師父戰死在魔教手中，所以此生最大的願望就是親手消滅魔教，斬下冷天雄的人頭，以祭奠我師父。

「可是現在種種跡象表明，冷天雄的魔教雖然是直接殺我師父，殺我同門的凶手，但挑起正邪之戰的元凶首惡卻是另有其人，而且這個內鬼現在還隱身武當之中，繼續禍害武當，紫光師伯被他害死，而我當年也深受其害，差點鑄成大錯，不管怎麼說，武當是我從小長大的地方，對這個地方我有義務確保它的安定，我一定要找出這個內鬼，將他親手除掉，以報師父，師伯的大仇，否則我這一輩子也無法心安的。」

陸炳一直靜靜地聽天狼說完，才嘆了口氣：「天狼，這個內鬼非常厲害，不是一時半會兒就能現身的，如果他不出現，你就是在武當待上一輩子也無法將他找出，我能理解你想要報仇雪恨，甚至能理解你想要你曾經愛過的人以後平平安安的想法，可是凡事需要講理智，不能頭腦一熱就任意而為。不然只會害人害己，別無益處。」

天狼的嘴角勾了勾：「不，陸總指揮，我仔細考慮過此事，現在武當內部安穩，江湖上也沒有大的衝突，這個內鬼一直很小心地保護自己，沒有暴露，除非出現一些重大的變故，逼其主動現身，所以對武當來說，最大的變故恐怕就是我以李滄行的身分重回武當，甚至我可以裝著和徐師弟因愛生恨，為了小師妹起衝突，我想只要那內鬼能看到內亂的可能，一定會按捺不住，再次現身的。」

陸炳的眼中冷芒一閃：「你是想回去演戲，還是想假戲真做？」

天狼沉聲道：「當然是演戲，小師妹已經是徐師弟的人，我就是真的有心，也不可能把她奪走，但是世人皆知我和小師妹的關係，而且不知內情的人只知道當年我因為犯了淫戒給趕出武當，然後又在各派學成了一身的武功，如果趁著紫光師伯之死，回武當強行奪位，也是合情合理的事，這也許會給那個內鬼以機會，讓他主動來引誘我，只要他露出馬腳，我就會想辦法揭穿他的身分，然後會同徐師弟和小師妹一起報仇！」

陸炳沒有說話，來回踱了幾步，最後還是停了下來，摸了摸自己的鬍子：

「你這個想法不錯，可是這跟我們錦衣衛要做的事情沒什麼關係，現在國家是多事之秋，北邊的蒙古還沒消停，白蓮教又開始在蒙古的庇護下在漠北發展起自己的勢力，遲早還會做蒙古大軍入侵的嚮導，而東南的倭寇之亂更是動搖了國家的經濟根本，還有你一心想著剷除的嚴嵩一黨，這些大事正事你不去解決，卻糾纏於區區一個武當，執著於你的私仇，這不是一個未來的錦衣衛總指揮的眼光和心胸，天狼，**你看事情必須著眼於全域，而不是只顧自己的感情和私怨。**」

天狼朗聲道：「陸總指揮此言差矣。我認為比起您說的這幾件事來，可能武當的事情更加緊迫，那個姚廣孝當年可是挑唆成祖皇帝造反，而這個內鬼既然會蝕骨咒心之毒，也就很可能是姚廣孝的傳人，剛才我聽您所說，這毒和邪功乃是當年塞外的霸主匈奴人所傳下，就是為了向我們漢人復仇，我突然想到，**這姚廣孝對成祖皇帝並沒有什麼忠誠可言，而且謀反成功後又不圖榮華富貴，那他挑唆成祖皇帝造反，圖的究竟是什麼？**」

陸炳的虎軀明顯一震，眼中神光暴射：「天狼，你的意思是？」

天狼點點頭：「不錯，此邪功惡毒來自塞外，而塞北的游牧民族向來是我中原漢人的死敵，從漢朝對匈奴，到唐朝對突厥，再到大宋對遼國和女真，最後到我大明對蒙古，這場以農耕為主的我中原文明，與以游牧為主的塞外蠻夷的較量，持續了兩千多年了，而我朝又是靠驅逐韃虜，恢復漢人河山而起家，所以蒙古人恨我們入骨，那些給趕到沙漠裡的蒙古貴族，無一日不想重新征服中原，那俺答汗，赫連霸，不都是這樣的人嗎？

「可是俺答汗和赫連霸顯然不會這種邪惡毒功，不然上次也不會攻不下北京城，更不至於要借助白蓮教來引路，**我想這姚廣孝有可能是來自塞外，目的就是想引起中原內亂，讓塞外的勢力有機可乘。**」

陸炳微微一笑：「天狼，我覺得你可能想多了，如果真是這樣的話，那我朝幾次面臨蒙古大軍的入侵，一次是英宗皇帝在土木堡兵敗被俘，蒙古大軍打到北京城下，再一次就是上次的俺答入侵，也是打到了北京城下，兩次都是大好時機，為什麼最後會功敗垂成呢？」

天狼搖搖頭：「我覺得這個事情沒這麼簡單，草原上的霸主不停地在更換，草原上的門派也未必能一直傳承，就好比兩千年前匈奴時期的巫師薩滿建立起一個神秘邪惡的組織，發明出蝕骨咒心這種毒藥，但到了大明時，草原上的霸主早就從匈奴換成了蒙古，他們又會效忠誰？我想若是我是這個門派中人，是不會向蒙古人俯首稱臣的，然而對漢人的刻骨仇恨卻會一直保留下來。」

陸炳一下子愣在原地，他沒有考慮過這種可能，天狼的話不由得讓他陷入了深深的思考之中。

天狼繼續說道：「就好比少林寺，唐朝時太宗皇帝李世民為了報答少林僧人的救駕之功，冊封少林為御寺，專門劃出大片田地永世歸少林所有，所以有唐一代，少林都是堅定地支持李唐皇室，可是唐朝亡了後，歷代王朝也沒有剝奪少林的權益，所以少林也就作為一個武林門派傳承至今，現在的少林不會忠於大明皇室，只會堅持武林正道。

「我想如果真有那個邪惡而古老的塞外門派，恐怕也是如此，不會忠於現在的蒙古大汗，更不用說無論是瓦剌部還是俺答部，都只不過是一個蒙古部落，並非成吉思汗的直系後代，就連元朝都無法代表，也談不上什麼復國，所以**這個塞外門派真正想的只是要殘害中原，讓當年匈奴的滅國之恨加之於我們漢人身上，至於最後是誰入主中原，倒不是他們所關心的了。**」

陸炳嘆了口氣：「你這麼一說，似乎還真是這麼個道理，姚廣孝挑唆成祖造反幾乎沒有任何好處，除了讓他這個名字見於正史外，可是成祖奪取天下後，他又明知成祖會取他性命，卻依然不閃不避，最後還在臨死之時成功地策反了紀綱，險些讓我大明再陷戰亂，那時候蒙古正衰弱，即使我大明打得四分五裂，他們也不可能入主中原，想來這姚廣孝的行為真的就是只有復仇這一個解釋呢。」

天狼突然雙眼一亮，失聲道：「等一下，陸總指揮，你說**當年紀綱謀反，是想去尋找太祖錦囊，還是尋找建文帝後人？**」

陸炳反應過來：「你是說，那姚廣孝是想讓紀綱去找建文帝，讓中原再起戰火？」

天狼的腦子一下子變得異常活躍，他一邊來回走著，一邊搓著手，心中所想全從嘴裡說了出來：「正是，成祖起兵的時候，是靠了姚廣孝為他偷得了太祖錦囊，然後矯詔起兵，可是證明太祖錦囊合法性的另一樣東西，也就是那道天子詔書，卻在靖難之後被建文帝從地道帶走，姚廣孝明知這東西的重要性，卻在攻下南京之後，故意給建文帝留下逃走的時間，就是想留下以後建文帝或者是他的後人捲土重來的可能！

「我曾經聽屈彩鳳說過，當年林鳳仙幫著寧王起兵的時候，曾經有建文帝的後人來過，還拿出那道天子詔書，由於林鳳仙偷來了太祖錦囊，加上這詔書，本來是可以讓寧王有合法起兵的藉口的，可是到了關鍵時候，這個建文帝的後人卻突然失蹤，沒了詔書的寧王只有太祖錦囊，也無法號召朝廷兵將倒戈，最後只能兵敗身死，陸總指揮，你不覺得這場叛亂的背後，也可能有這個神秘的塞外勢力的影子嗎？」

陸炳聽得連連點頭：「不錯，如果是這樣的話，那這個塞外勢力真正想做的，就不是引敵入關了，而是在我中原不斷地挑起叛亂，讓我們漢人自相殘殺，永遠不得安寧，這樣才能報復他們當年被我漢軍擊敗，征服之仇。」

天狼長舒一口氣：「陸總指揮，你不覺得**這個內鬼才是比起倭寇和蒙古最大的威脅嗎**，倭寇不過只是想打開海禁做生意，就是那野心勃勃的日本領主，也不敢想著把中原一下子變成人間地獄，至於蒙古，則更是搶了就跑的強盜，而這個邪惡的內鬼，**要的卻是整個天下大亂，看著我們漢人自相殘殺，即使我們消滅了倭寇和蒙古，他一樣會挑起叛亂。**」

陸炳正色道：「好了，天狼，不用多說了，我同意你的看法，這個武當內鬼非除不可，他挑起正邪之戰的目的，也是要引起朝堂的嚴黨和清流派大臣之爭，而朝堂上的重臣一旦陷入黨爭，必定會相互攻擊掣肘，而我大明一旦統治力下降，就會內憂外患，可**真正能壞我大明天下的，永遠是內部的矛盾**，而且太祖錦囊在巫山派，如果這個內鬼還牽涉林鳳仙之死的事，就更有奪取太祖錦囊，進而聯合建文帝後人，挑起叛亂的企圖了。天狼，事關重大，你最好還是把建文帝後人和太祖錦囊，還有那個詔書的事情跟我說個清楚吧。」

第九章

和談條件

第一條，開海禁通商，若是皇上要面子，不明令下詔開海禁，
也可以對民間的私下貿易睜一隻眼閉一隻眼，
不能直接在大明境內交易的話，
不妨在雙嶼島或者是別的島上交易，
反正我們只要圖個實惠的就行。

天狼點點頭，便把從屈彩鳳那裡知道的有關太祖錦囊的事和盤托出，除了太祖錦囊的藏放地點，幾乎是毫無保留地透露給陸炳，聽得陸炳不停地以手托腮，凝神思考，直到最後才長出一口氣：

「這太祖錦囊若是真能免了天下軍戶的身分，那無論是誰起兵造反，都一定可以成功。」

天狼道：「不錯，如果天下的軍隊都倒戈了，那朝廷還怎麼平叛！只是這樣一來，可謂殺敵三千，自損八百，即使得到了天下，也沒了軍隊，到時候若是想強行命令這些已經獲得解放的軍戶們重新穿上軍裝，只怕會激起新一輪的造反，所以成祖皇帝當年思慮再三，寧可劫持寧王，奪取蒙古朵顏三衛的騎兵為自己所用，也沒敢把這道詔書公之於世，為的大概就是他的子孫後代吧。」

陸炳道：「好，天狼，我答應你，這個武當的內鬼，我一定會盡全力去查，你先去雙嶼島送信，與這個內鬼的危害相比，無論是倭寇還是嚴世蕃都不值一提了。你一定要好好地把命保住，武當那裡，還有更重要的事情需要你去做。」

天狼認真地點了點頭：「一言為定。」

陸炳忽然看了眼天狼，道：「天狼，去雙嶼島的情，你能不能重新考慮一下，非要你自己走這趟不可嗎？」

天狼有些意外，他沒想到在這個時候陸炳會問自己這個問題，反問道：「陸總指揮，這不是已經決定下來的事，怎麼能有變化呢，若是上次沒在義烏見到徐海，那換人去倒也無妨，可是既然徐海指明了要我去雙嶼，如果我不親自走一趟，只怕會壞了胡宗憲與倭寇談判的大事。我個人生死事小，平倭大業可是萬萬不能耽誤的。」

陸炳眼中閃過一絲失望：「你可知為何我這回要親自來這裡，還跟你明確地提起鳳舞的婚事？」

天狼不解道：「你應該是信不過我，或者放心不下鳳舞才來的吧。」

陸炳嘆了口氣：「算了，事到如今，我也不瞞你，自從你離開京師後，嚴世蕃幾次上門，想要鳳舞回去，現在嚴黨又重新得勢，我無法像一年前那樣跟他們對著來，而且仇鸞的那兩個手下是在我們錦衣衛裡出的事，被拿下時，身分是錦衣衛的都指揮與僉事，我也要受到牽連，嚴世蕃最後一次來找我時，已經語中含有威脅，若是我不交出鳳舞，只怕他就會發動手下的言官來參我這一本了。」

天狼罵道：「這個惡賊好不要臉，陸總指揮，你不會真的給他這樣威脅，就把鳳舞送出去吧？」

陸炳斷然道：「當然不行，不然我還要找你做什麼？你只有早點娶了鳳舞，才好斷了那惡賊的念頭，不然那惡賊就總會死皮賴臉地想把鳳舞弄回去，畢竟有鳳舞在手，他就可以牽制我，有了錦衣衛的支持，嚴黨根本難以撼動，這點想必你也清楚。」

天狼疑惑道：「可是如果你不顧嚴世蕃的威脅，堅持要我娶鳳舞，他豈不是更會懷恨在心？到時候只怕他的報復會更加強烈吧。」

陸炳眼中神光暴閃：「天狼，**你是不是以為我是個邪惡的父親，只會犧牲女兒的幸福來保自己的榮華富貴？**我告訴你，上次我已經錯了一次，這次再也不會把鳳舞再次推進火炕，如果嚴世蕃真想跟我較量一下，那大家就魚死網破。」

陸炳鏗鏘有力的話語在天狼的耳邊迴蕩著：

「我這裡多的是他的謀逆罪證，最新的一條就是你給我的那個施文六的證詞，只這義烏一事，就足以告他謀反之罪了，一旦涉及到皇上的江山和皇位，他也是容不下嚴黨的。所以不用太擔心這個惡賊，只是你一直不娶鳳舞，便會讓嚴世蕃覺得有機可乘，糾纏不清罷了。」

天狼道：「好了，陸總指揮，我明白了，剛才我就說過，此事我會慎重考慮的，因為你也知道，我娶鳳舞後就得事事聽你的，包括接掌這個錦衣衛之事，這有關我的一生，所以我現在沒法答應你，只有我先辦完這東南之事，然後到武當找出內鬼之後，才會給你答覆。」

陸炳眼中寒光一閃：「不行，我可以等你從雙嶼島回來，可是在你去武當之前，要先和鳳舞成親，至少得先訂親。」

天狼知道陸炳是不願意自己上武當後和小師妹再生枝節，所以才想急著把此事定下，便道：「其實我對這件事沒有太大的意願，主要是因為心中有小師妹，怕耽誤鳳舞一生，再就是不想完全聽命於你，做有違自己心意的事情，可是這陣子我對小師妹的心結漸漸解開，人總是要面對現實，而且我即使娶了鳳舞，也不會違背自己的原則去幫你做壞事，這兩點已經不再成為障礙。」

陸炳眼中露過一絲喜色：「那你還擔心什麼？怕我女兒生得醜，配不上你？天狼，你是個聰明人，她若是真的長得醜，那嚴世蕃會對她這樣念念不忘？別的我不敢說，至少我女兒的姿色，比起你所見過的任何一個女子都不會差的。」

天狼道：「我對這個並不懷疑，我相信鳳舞天生麗質，從她露出來的半張臉就能看得出來。更何況長相只不過是皮囊，只是我總覺得若是自己的妻子成天面對自己還要戴著個面具，那感覺總是怪怪的，好像隔了一層什麼似的，陸總指揮，尊夫人在家裡也是這樣終日以假面對你的嗎？」

陸炳有些不耐煩地道：「我說過，那是因為她在嚴世蕃那裡受了傷害，暫時無顏面對你而已，以後你若是對她好，讓她能慢慢放下心結，她自然會取下面具，我女兒國色天香，你當她喜歡成天戴著面具嗎？」

天狼心中暗道：陸炳，你可真是揣著明白當糊塗，我擔心你和鳳舞有什麼事情瞞著我，這才對你們放不下心的，你明知這點，卻一再逼我成親，你越是這樣，只會越增加我的懷疑罷了。

可是天狼轉念一想，看來在這個問題上陸炳不會讓步，如果自己不答應下來，恐怕陸炳連雙嶼島也不會讓自己去了，大丈夫能屈能伸，暫且答應下來，以後再見機行事，於是微微一笑：

「這樣吧，陸總指揮，我回來後一定會慎重考慮此事的，如果到時候我還是不答應的話，您就不讓我去武當，這樣總行了吧。」

陸炳的臉色稍微好看了一些，嘆了口氣：「天狼，我實在不知道你為什麼就這麼看不上我女兒，是因為以前我向各派派出臥底的事情，一直還無法原諒我，所以連著鳳舞也一併討厭上了嗎？」

天狼搖頭：「不是這個原因，陸總指揮，你不用胡亂猜了，感情的事是勉強不來的，我只是感覺跟鳳舞總隔了一層什麼，無法真正的交心而已，也許你說得對，只有時間才能解決這個問題，現在我要去倭寇的老巢，兒女情長的事實在是沒法多想，如果我現在答應這門婚事，那一定會分心在鳳舞身上，這樣會影響我在雙嶼島上的判斷，我個人生死事小，誤了平倭的事情，那就是事關沿海以至東南的上百萬百姓的生計，你，我，胡宗憲都擔不起這個責任的。」

陸炳無奈地道：「好吧，就依你，不過我有言在先，你若是不肯娶鳳舞，那就不要再跟我提上武當的事，我不能拿我女兒一生的幸福來當賭注，你們這些年輕人，哼，什麼事都能做得出來，所以天狼，你不要怪我不通情理。」

天狼正待開口，卻聽到身後傳來鳳舞銀鈴般的聲音：「爹，不要逼他了，女兒有話跟他說。」

陸炳長嘆一聲，身形一動，沖天而起，一招御風萬里，像大鳥一般從天狼的頭上飛過，在幾根樹枝上單足連點，很快便不見了蹤跡。

天狼轉過身，只見鳳舞看著自己的眼神裡，充滿了哀怨。鳳舞緊咬著自己的紅唇，那一排編貝般的玉齒也隱隱泛起幾抹殷紅。

天狼嘆了口氣：「你剛才一直在邊上偷聽，其實我和你爹都知道，有些話就是說給你聽的。」

鳳舞恨恨地說道：「不用多說了，天狼，我不知道我哪一點對不起你，就因為我不肯拿下面具，所以你就一輩子跟我不能一條心？」

天狼道：「鳳舞，若是我也成天對你戴著面具，一直不肯以真面目面對，你還會愛上我嗎？就算你爹說你是因為在嚴世蕃那裡受過傷害，可是我也一再說了，我並不在乎，哪怕你給那惡賊毀了容，我都不會嫌棄你的。我可以明確地告訴你，我不會在乎這些，我在乎的，只是你對我是否真誠，互相真誠，才是兩個人是否能在一起的前提。」

鳳舞咬了咬牙，素手如挽千斤之力，慢慢地抬起，向臉上的面具摸去，嘴裡卻說道：「好，天狼，既然你把話說到這程度了，我就取下面具，讓你看看我的廬山真面目，只是你看到之後，千萬不要後悔！」

天狼出手如電，捉住她的玉腕，鳳舞的眼裡噙滿了淚水，吼道：「你不是想看我的臉嗎，我取下面具還不行？」

天狼搖搖頭，正色道：「你現在情緒激動，這是在跟我賭氣，我希望的，是你能心甘情願，高高興興地在我面前取下面具，如果你真的想和我一世好合，就應該放下心結，我剛才那樣說，不是想激你取下面具，而是希望你能對我打開心扉，毫無保留，如果你這輩子真想做我的妻子，我不希望你對我隱藏什麼事情。」

鳳舞流下兩行清淚，哭訴道：「天狼，我真的是害怕我取下面具之後，你就會不理我了，請你相信我，我可以用自己的命來換取我們的愛情，又怎麼可能對你有所隱瞞？只是現在真的不是時候，我希望我們的感情穩固，你把我當成妻子之後，我會摘下面具，到時候你無論作出何種選擇，我都不會怪你。」

天狼眉頭一皺，抓著鳳舞的手不自覺地加了兩分勁：「難道你是我認識的人，做過什麼讓我不高興的事？」

鳳舞眼中閃過一絲慌亂：「你別再問了，如果你逼我，我只有取下面具，然後自行了斷。」

天狼這才發現手上使了勁，鳳舞的玉腕被他捏得快要斷了，鬆開手，抱歉地說：「鳳舞，是我的錯，我不該強求你取下面具，等你真的做好心理準備了再說吧，這次去雙嶼島，我看你還是不要跟我一起去冒險了吧，只要我能回來，我會娶你的。」

鳳舞嬌軀微微一震，似乎不敢相信自己的耳朵，退後了一步，淚水汪汪的眼睛睜得圓圓的：「你，你說什麼？我沒聽錯嗎？」

天狼表情堅決地道：「不，你沒聽錯，等雙嶼島回來之後，我會娶你，不管你是不是我認識的人，不管你的臉長成什麼樣子，我都會娶你，但前提是我要能活著回來，此行如入虎穴，我不能保證平安無事，所以這回你不要跟我去了，就算我們雙劍合璧，也不可能從島上逃脫，你爹要我們合練劍法，不過是想給我們多製造些在一起的機會產生感情，其實你們根本不必如此的。」

鳳舞臉上飛過兩抹紅雲，囁嚅著道：「你，你又是怎麼看出來的？」

天狼嘆道：「鳳舞，這種事情不用瞞我，以後你想做什麼，直接對我說就是，**我不喜歡你們父女總是騙我、利用我的做法**，即使你們是一片好心，這樣會讓我感到不舒服，**你若是真想做我的妻子，就不要跟我說假話，更不要有所隱瞞。**」

鳳舞臉上現出一絲笑容，突然間想到了什麼，臉色大變，道：「天狼，**你答應娶我，是為了騙我爹同意你回武當，對不對？**」

天狼搖頭：「不，我不是你爹，不會用這種手段，娶你就是娶你，跟我回武當的事沒關係，你當你爹不同意，我就不能回武當了？這次事情如果順利，錦衣衛我也沒什麼待的必要了，可以恢復我李滄行的身分，自由自在地遊走江湖。」

鳳舞心中稍安，但還是勾了勾嘴角：「哼，我才不信，你一定是想見你的小師妹，這才答應與我成親的，若是見了你小師妹，早就把我扔到九霄雲外了，到時候跟她雙宿雙棲，遠走高飛，對不對！」

天狼正色道：「鳳舞，你對我連這點信任也沒有嗎？那還成什麼親?!如果我真是你說的那種始亂終棄，勾引人婦的輕薄之徒，你還有必要跟我成親嗎？」

鳳舞急得連連擺手：「不，天狼，你別生氣嘛，我只是一時使下小性子罷了，我當然是相信你的人品了，只是……」

天狼冷冷地說道：「只是什麼？只是不想看到我和沐蘭湘有任何在一起的情況出現，對不對？」

鳳舞紅著臉，喃喃低語道：「你明知道還要問。」

天狼嘆了口氣，上前扶住了鳳舞的香肩，正色道：「剛才我跟你爹說的話，你也聽到了，**我上武當絕不是為了找沐蘭湘重續舊情，而是因為那個神秘的內鬼所圖的不止是一個武當或者是整個武林，而是想要攪亂整個天下，讓中原成為野心家的戰場**，到時候烽煙四起，民不聊生，你我就是成了親，又能到哪裡尋一方樂土呢？」

鳳舞輕咬著脣，道：「你是不是想得太嚴重了，不就是一個會使毒的內鬼嗎，他要是真的有這麼大的本事，為什麼這麼多年都沒有再行動呢？」

天狼搖搖頭：「不，這事沒這麼簡單，那個內鬼如果跟太祖錦囊和先帝秘詔有關係的話，他很可能要借著武當徐師弟的關係引出屈彩鳳，然後騙到太祖錦囊，只要集齊這兩樣東西，就可以發動叛亂，引得天下大亂，與這個相比，武林的紛爭實在是算不得什麼。現在北方的蒙古，東南的倭寇都虎視眈眈，一旦中原大亂，這些異族便會趁虛而入，晉朝時五胡亂華，人間地獄的慘劇重現，不是不可能的事。」

鳳舞低頭不語，良久，才抬起頭道：「天狼，我相信你的人品，不會阻攔你上武當，不過這次去雙嶼島，你別扔下我，好嗎？」

天狼有些意外，道：「你去了也幫不了我什麼呀，而且我要照顧你，會分心的，你還是聽話留在這裡。」

鳳舞搖搖頭：「你說怕嚴世蕃那個惡賊搗鬼，我有預感，他一定已經到了雙嶼，如果我在的話，還可以為你向他求情，以保一線生機。」

天狼心中一暖，柔聲道：「你怎麼求他？難道答應他再回去嗎？」

鳳舞恨恨地說道：「讓我再回那個惡賊那裡，不如直接殺了我算了！但若是為了救你，我什麼事情都可以做，你放心吧，你答應娶我的那一刻，我就已經是你的人了，我不會讓任何人再來碰我的。」

天狼心中一陣感動，把鳳舞摟進懷裡，撫著她烏雲般的秀髮，柔聲道：「鳳舞，這回有什麼事情，我們一起面對，不過你記住，我的命可以放棄，抗倭的大事卻不能有半點含糊，必要的時候，我需要你活下來做個見證，明白嗎？」

鳳舞螓首低垂，緊緊地靠著天狼的胸膛，眼中盡是幸福：「一切依你。」

十天之後。

寧波港口的碼頭上，車水馬龍，遠處的海港裡停著幾百條大大小小的商船，都是四五層樓那麼高的大海船，不少船正揚帆準備出航，港外也不時地有商船進港。

碼頭上的挑夫和商販們穿梭其間，來回巡迴的兵將們則對上下船的每一個人都嚴加盤查，尤其是頭上戴了帽子或者纏著布巾的人，皆被要求脫下帽子，以檢查是不是剃著倭寇的那種月代頭。

徐海這個正牌倭寇則是一副儒商公子的打扮，戴著狀元帽，穿著一身上好的綢緞，手裡拿著一把摺扇，瀟灑地坐在碼頭邊一座酒樓的雅座上，看著遠處川流不息的人潮，面帶微笑說道：

「狼兄，你信不信，若是海禁一開，只怕這寧波港的碼頭會比今天規模大上五倍，客流量也能多出十倍。」

天狼這次換了一個三十多歲黑臉中年大漢的面具，一副商賈打扮，坐在徐海對面。桌上擺滿酒菜，今天酒樓整個二樓都被徐海包了下來，他的手下在樓梯口戒備著。

整個二樓，只有兩人坐在臨窗的一桌雅座上，喝著酒，看著海景。可是天狼卻沒有一點悠閒的興致，只是一杯杯地喝著悶酒，隨口應道：「也許吧，這也要看徐兄和汪船主是不是配合了。」

徐海笑道：「狼兄，你我就不能放下各自的身分，真心的做一回朋友嗎？」

天狼冷冷地回道：「我是官，你們是倭寇，道不同雖可相為謀，但要做朋友，那是不可能的，想想你們在沿海和內地做的那些事，換了你是我，會願意和你們做朋友嗎？」

徐海眉毛一動：「狼兄這話就不中聽了，既然是合作，哪怕是表面上作作文章，也要給對方一點面子，你這副對我們愛理不理的樣子，要是去了雙嶼島，只怕汪船主更不會高興，你就不怕我們重開戰火嗎？

天狼眼中寒芒一閃：「重開戰火？可以啊，那你徐兄再回薩摩島津氏那裡，重新給日本人帶路當狗腿，對他們俯首貼耳，再求這些東洋人發兵助你，如何？」

徐海眼中凶光一閃，低吼道：「天狼，你什麼意思，想翻臉是不是？」

天狼冷笑道：「徐海，大家合作是建立在實力基礎上的互利行為，不用跟我在這裡裝凶鬥狠，胡總督不是求你們歸順，而是不願意沿海繼續這樣打下去，生靈塗炭，念在上天有好生之德，給你們一條贖罪自新的路子罷了，朝廷調胡總督在這裡就是跟你們打仗的，他又何必攤上一個臨敵和議、養寇自重的汙名呢？」

徐海咬牙切齒地說道：「天狼，你是想說胡宗憲跟我們講和，是對我們的賞賜，我們反過來倒是要求他招安，是不是？」

天狼微微一笑：「難道不是嗎？你們不斷地洗劫那些早已空無一人的城鎮，就能開海禁了，就能做生意了？**若不是你們現在搶不到錢財和人口，又怎麼會主動跟朝廷和談呢？**」

徐海一下子被天狼說中了心事，臉上一陣青一陣白，啞口無言。

天狼早就做好準備，**在見徐海的時候一定要在氣勢上壓住對方**，若是在這明朝的地界上都無法壓制住這幫倭寇，以後去了雙嶼，這些倭寇更是會漫天開價。

徐海的底牌他也摸得一清二楚，他是不願意一輩子給日本人當狗一樣使喚的，如果有一條可以招安的路，應該願意走，只不過現在他占了優勢，想要爭取一個更好的招安條件罷了，只有把徐海的氣焰給壓下去，才可能爭取到胡宗憲可以接受的條件。

於是天狼緩了緩口氣，微微一笑：「其實現在的情況大家都清楚，你們如果上岸作戰，深入內地，甚至妄想著攻州奪府，那朝廷的兵馬也不是吃素的，現在北邊和蒙古暫時和解，多的是精兵銳卒可以抽調南下，就算是義烏這種地方的鄉民，稍加訓練，也足以和你們對抗，若是你帶著日本浪人搶不到東西，那就得按你跟他們的約定倒貼錢給他們，到時候你拿什麼養活你自己的手下？就是想當日本人的走狗，只怕也沒這麼容易吧。」

徐海咬著牙，恨恨地說道：「你以為我不敢攻打你們的州府嗎？哼，逼急了，就是這寧波港，我也照樣可以一把火燒了。」

天狼笑道：「燒啊，你把這裡燒了，那連佛郎機人做生意的一個中轉站也沒了，朝廷反正根本不在乎這點海外貿易的損失，只要江南的絲綢進貢不斷就行，而絲綢的產地是在杭州和南京，你敢說有本事去攻打杭州？只怕你把整個九州的鬼子兵搬過來也未必能做到吧。」

徐海被天狼凜然的氣勢壓制，頭上開始冒起汗珠，眼珠子直轉，卻是一句話也說不出來。

天狼鎮定自若地喝了杯酒，緩緩道：「徐海，我是真心想和你們合作，這也是胡總督的意思，你也知道我是代表錦衣衛，代表皇上的意願，本來按他的意思，對你們是有剿無撫的，可是我這回來東南一趟，向上密奏，說你徐海和汪船主心向大明，只是一時糊塗才誤入歧途，若是能化干戈為玉帛，幫朝廷穩定東南的航運與貿易，可以將功贖罪，甚至為了表示朝廷的誠意，我願意單槍匹馬到你們那裡走一趟，這還不夠嗎？」

徐海道：「我也來過你們胡總督的大營，足夠表示誠意了。」

天狼冷笑道：「是麼？**你的誠意就是繼續跟嚴世蕃合作，在義烏那裡挑動叛亂？**徐海，如果你真的有合作的誠意，我會對你這個態度？」

徐海哈哈一笑：「天狼，你要知道，嚴世蕃是可以一句話就免掉胡總督職務的，我可以得罪胡宗憲，卻不能得罪嚴世蕃，義烏的事是他讓我們做的，換了你是我，你能拒絕？」

天狼道：「徐海，你這個人就是小聰明有餘，大智慧不足，你說嚴世蕃要你們在義烏惹事為的是什麼？」

徐海臉色一變，沉聲道：「自然是為了給胡宗憲一個警告和教訓，讓他聽小閣老的話，好好跟我們談判通商，而不是以談判為手段使緩兵之計，暗中練兵，以圖開戰。」

天狼「哼」了聲：「**如果嚴世蕃真有你說的那個本事，一句話就能免了胡宗憲的職務，那他還用得著這樣多此一舉嗎？**直接換個人來執行他的和你們通商談判的策略，豈不是更好！」

徐海先是一呆，轉而辯解道：「那不一樣，換來的人未必有胡宗憲這樣會打仗，能鎮得住東南沿海，而如果打仗輸得太慘，我們的要價也會不斷提高，嚴世蕃生性貪婪，太虧錢的事他絕不會幹！」

天狼臉上裝出一副無奈的表情：「還真是嚴世蕃說啥你就信啥，我告訴你吧，嚴世蕃根本沒有你說的那個能力，胡宗憲是他們舉薦的，這點不假，但胡宗憲的能力也是皇帝所清楚的，嚴世蕃舉薦的其他官員，像鄭必昌、何茂才他們，只會貪汙撈錢，若是這樣的人當了浙直總督，只怕連杭州城都要給你們攻下來了，那才是斷了朝廷的命根呢。

「所以我們的皇帝不會傻到聽嚴世蕃一忽悠就在東南換帥，就是嚴世蕃自己也知道，要想讓鄭必昌、何茂才使勁給他貪錢，也離不開胡宗憲在這裡給他穩定大局，所以**你們想要和談，想要通商，歸根到底是繞不過胡總督的**，反倒是嚴世蕃，除了跟你們吹大氣，許空頭支票外，並不能給你什麼實質性的好處。」

徐海不服氣地說道：「可是世人皆知嚴家父子權傾朝野，天下無不看他父子臉色行事，胡宗憲不過是東南總督罷了，真正開海禁，定國策的大事，還得是朝中的內閣首輔嚴嵩來定，輪不到胡宗憲做主。」

天狼哈哈一笑：「徐海，你還真是搞不清楚狀況，你不知道我們錦衣衛是做什麼的嗎？若是皇上不瞭解浙江一帶的情況，想要派心腹可靠之人來親眼探查一番，我現在又怎麼會出現在這裡？若不是那個暗通海禁，或者說至少跟你們接觸和談判的提議得到了皇上的許可，我作為錦衣衛副總指揮使，又怎麼會充當這回談判的代表？實話跟你說了吧，**這通商招安之事，是胡宗憲上的奏摺，跟嚴世蕃沒有一點關係！**」

徐海這下子完全傻眼了，道：「此話當真？」

天狼回道：「我有騙你的必要嗎？徐海，嚴嵩父子一向只會揣摩聖意，絕不會在皇上不肯公開開海禁的情況下上這種奏摺，只有胡宗憲會以國事為重，寧可擔風險，背罵名來上這種奏摺，嚴世蕃只想著東南穩定，朝廷的貢賦源源不斷，這樣他既對皇帝有了交代，又可以自己大肆貪汙稅銀，用得著擔這風險嗎？」

徐海臉色一沉：「哼，天狼，我知道你跟嚴世蕃有仇，你的話我也不可能全聽全信，嚴世蕃現在就在我們那裡，他既然作為權傾天下的掌權者都肯隻身上島，我為什麼又要聽你這小卒子的一面之詞？」

天狼道：「徐海，你以為我會奇怪這嚴世蕃上你們雙嶼島嗎？這一點都不讓我吃驚，他當年可以在蒙古入侵的時候到俺答大營裡談賣國的條件，今天去雙嶼

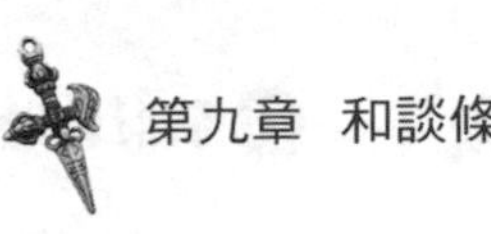

島做同樣的事，自然是順理成章。」

徐海失聲道：「你說什麼，嚴世蕃跟蒙古有勾結？」

天狼點點頭：「這很奇怪嗎？**嚴世蕃是個沒底線的人，只要保住自己的榮華富貴，誰當主子都無所謂，他找你們又不是為了錢，只不過是怕皇帝對他們嚴家起了殺心，給自己要留一條退路罷了**，他在你那裡，成天也就是給你們許空頭承諾，然後在你們這裡存錢存物，以換取有朝一日可以落難來投的交情罷了，你當是真為了你們這些倭寇好嗎？還不是看中了你們身後的日本人！」

徐海默然無語，天狼無疑說中了他的心事，這些天，嚴世蕃確實在雙嶼島上到處活動，想通過他們跟島津氏拉上關係，汪直一直覺得不對勁，拖延不辦，自己還覺得奇怪，今天聽天狼一說，才算恍然大悟，恨恨地說道：「這傢伙真夠鬼的，我們險些上了他的當！」

天狼微微一笑：「其實也不算上當，嚴世蕃畢竟還是有很強的勢力，這點我也不否認，但你要記住，真正能滿足你們那些合作條件的，比如招安，比如出兵消滅陳思盼和蕭顯，比如通商開禁，這些只能是胡宗憲幫著辦，嚴世蕃沒這個權力做這些事。」

徐海忽然說道：「可是胡宗憲一邊跟我們談判，一邊整軍備戰，他從各地調來得力的將領，擴軍備戰，一邊讓俞大猷訓練水師新兵，一邊讓那戚繼光招收義烏百姓編練軍隊，還從廣西調狼土兵來和我們作戰，你敢說他是真心跟我們談和的？」

天狼點點頭：「徐兄說得不錯，但我相信徐兄若是在胡宗憲的位置上，也會做同樣的事情，胡總督之所以和其他的昏官貪官不同，就在於他既能打仗，又會安撫，如果沒有強大的軍力作為後援，你們會這樣老實地談條件嗎？若是你們可以進入內地如入無人之境，或者像蒙古人那樣一下打到北京城下，那自然提什麼條件都可以，就像蒙古人，現在不是也爭取到了開放邊市的條件嗎？」

徐海哈哈一笑：「天狼，你很聰明，可一直在避實就虛，如果胡宗憲對我們沒有惡意，那維持現有的兵力就足夠了，他現在練的都是如狼似虎，可以打仗的新銳軍隊，就是想對付我們的，你再狡辯也否認不了！別的不說，就說那些義烏百姓，我們都親眼見過他們的厲害，這些人手裡沒刀沒槍都能那麼囟悍，給練成軍了還了得？」

天狼微微一笑：「哦，徐兄可是怕了義烏兵？」

徐海的臉色一變，喉結明顯地動了一下，冷笑道：「我徐海縱橫四海十幾年，怕過誰來著？只不過這些義烏蠻子明顯跟那些衛所兵不同，訓練出來了就是要打大仗的，再說了，就算這些蠻子在陸地上凶，你要把他們訓練得能在水上作戰，又能得等多少年？」

天狼搖搖頭：「看來徐兄還真是怕了這些義烏軍士，不然也不會如此介意了，也罷，你自己都說了，這些兵短期內不能成軍，更不可能到海上跟你們交鋒，須知海上作戰，需要造船造艦，招個幾千士兵花不了太多錢，可是造幾百條大海船需要花費多少？胡宗憲有這個本錢嗎？如果沒有龐大的船隊，又怎麼到海上來收拾你們？所以胡總督此舉，說白了還是為了保境安民，最多只不過是讓你們上了陸地後也占不了便宜，這種程度的防衛不是正當的嗎？」

徐海冷冷地「哼」了一聲：「天狼，任你舌燦蓮花，都不可能瞞得過我的眼睛，更不可能瞞過汪船主，胡宗憲整軍備戰，根本就不是有誠意的表現，若是他真的只想通商的話，嚴世蕃也不用通過在義烏挑事的辦法來給他警告了。」

天狼笑了笑：「既然你們認定了胡宗憲只是假和談，真打仗，那還跟他談什麼，看來我也不用去雙嶼島，兩邊等著開戰便是。徐海，這輩子我們也算有緣在一起喝過酒，下次再見面，就是在戰場上你死我活了，衝著你我相識一場，我先乾為敬。」說著，把面前的酒一口下肚，然後站起身，作勢欲走。

徐海連忙說道：「等等，我還有事要問。」

天狼早就料到徐海不可能真讓自己走的，心中暗喜，坐了回來，道：「有什麼事儘管說吧，我的時間很緊迫，你們既然不想和談，我自然得早點向皇上覆命。」

徐海臉上浮出一絲笑容：「剛才的話，是小弟酒後失言，罰酒一杯！」他自斟了一杯酒，一飲而盡。

天狼嘆了口氣：「徐海，我也不是不信你，不想和談，只是我覺得你們的態度和認識有點問題，以為朝廷願意招安你們是無奈之舉，這可就大錯特錯了，我大明地方萬里，帶甲百萬，以前你們能占便宜，是因為這千里海防到處是城鎮，實在是防不勝防，你們搶了就跑，我大明官軍追都困難，加上為了些東南的海寇而大動干戈，實在不上算，所以皇上和胡總督的意見才是以撫為主。」

徐海搖搖頭：「狼兄，你這話就不用再說了，如果胡總督真是這意思，那就直接開放通商便是，可是上次我們談判，他死咬著這條不鬆口，只說招安之事，後來又整軍備戰，難道這是有誠意，想要安撫我們的表現？」

天狼哈哈一笑：「徐兄，我剛才說過，**皇上是個好面子的人，他是絕對不會主動收掉海禁的，這樣無異於打自己的臉，可是他可以默許你們和胡總督暗中私下貿易**，這些都可以談，**如果你們真的願意被招安，加入朝廷，那這海禁自然也**

就不攻自破了。要知道，現在我大明只是禁止與倭寇和東洋人貿易，可沒有禁止和南洋的佛郎機人交易，你看看現在的寧波碼頭，來來往往的西洋人和西洋船隻可有不少呢。」

徐海看著一艘正在入港的西班牙大帆船，若有所思地說：「那我們若是通過佛郎機人來交易，不也是可以嗎？」

天狼笑道：「徐兄，所謂非我族類，其心必異，嘉靖元年的時候，這些佛郎機人就和我們大明打過仗，當時是吃了敗仗，才不敢生出歹心，你們若是通過這些佛朗機人跟我大明交易，且不說這些人會吃掉你們相當大一部分利潤，若是他們想把你們甩開，單獨和我們大明貿易，那你們最後又能分到什麼呢？」

徐海咬牙切齒地說道：「說來說去，你們不就是想要招安我們嗎？這件事是不可能的，現在我們最大的底牌就是我們這支海上無敵的船隊，你們若是要招安，怎麼可能給出養活我們現在十幾萬手下的條件，而我們這十幾萬兄弟，在海上過慣了打家劫舍，刀頭舔血的逍遙日子，若是你讓他們重新當官軍，那他們是根本不可能老實多久的。」

天狼點點頭：「徐兄說得有理，所以**胡總督和我們皇上的意思**，**就是只招安你們這些首領**，至於手下的兄弟，若是中國人，皇上可以赦免他們的罪行，允許他們重新當海商或者是下海打漁，那些東洋人則一個不留，全部趕回東洋。至於你們幾位首領嘛，則可以給出世襲罔替的軍職，你徐兄可以當參將，汪船主嘛，給個總兵也不是不能考慮。」

徐海的眉毛一揚：「你要我們解散軍隊，上岸當官？天狼，你們的算盤打得也太精了吧，若是我們手下沒了兵，只怕等著我們的不是官位，而是屠刀！」

天狼微微一笑：「徐兄何出此言，你看這次來東南的廣西狼土兵，都是廣西當地土司的私兵，這些人也是時叛時降，反覆無常，可是現在他們效忠朝廷，我們皇帝不也是給了他們一個土司總兵官的頭銜，世代為官嗎？這回還以五倍的軍餉調他們來東南作戰，我們的皇帝一心修道，大明這麼大的天下，這麼多層出不窮的叛亂和山賊土匪，要是不招安，全是靠剿滅，哪能剿得過來！」

徐海還是有些不太相信，沉吟不語，一雙黑白分明的眼睛裡，眼珠子滴溜溜地轉，顯然天狼的話讓他半信半疑。

天狼又道：「其實這次的機會不錯，你們有意去剿滅那些廣東的海盜陳思盼和蕭顯一夥，只要消滅了他們，你們就可以直接和南洋呂宋島上的佛郎機人搭上關係，只要我們這裡暗中開放通商，你們就可以用絲綢，瓷器這些貨物去呂宋那裡換來西洋商品，尤其是火槍大炮之類的東西，再賣到日本，就可以大賺特賺，何樂而不為呢。

「賺夠了錢，又不來搶劫沿海城鎮，皇帝看到你們並非窮凶極惡之輩，自然會下詔招安，到時候你們幾個首領可以安享富貴，手下的弟兄們願意繼續當兵的可以留下，不願意當兵的也可以分了錢後自己營生，這樣大家皆大歡喜，總比你一輩子給日本人島津氏當漢奸要來得強吧。」

徐海顯然有些心動了，眨眨眼睛，嘆道：「天狼，不瞞你說，我新娶的夫人，也就是你上次在南京城裡看到的那個蘭貴坊的女子，也是成天勸我改過自新，報效國家，只是我徐海滿手血腥，殺了這麼多同胞，甚至還擊殺過朝廷大將，別人也許皇帝也可以放過，可我徐海只怕沒有回頭之路。」

天狼擺擺手：「徐兄，所謂浪子回頭猶未晚也，你當初走上這條路，是被你叔父帶上了賊船，這點胡總督也是心知肚明。你在日本人那裡，雖然作惡多端，但也算是有不得已的苦衷，設身處地的想想，別人在你這位置，未必會做得比你更好，胡總督說了，如果能將功補過，幫著朝廷穩定海上的貿易線路，他能保證既往不咎，對你特赦。」

徐海不信地道：「胡總督只怕沒有這個權力吧，我畢竟打死過總兵一級的高級將領，大概只有皇帝才能赦免我。」

天狼想到這一點，就是一陣心痛，恨不得能把眼前這個倭寇碎屍萬段，但轉念一想，大局為重，先依胡宗憲的方案引倭寇上鉤，再徐徐圖之，於是哈哈一笑：「皇上給胡總督在東南便宜行事的全權，也就是說，只要不是明著廢除海禁這點，是戰是和，是剿是撫，都是胡總督一句話的事，總兵一級的將領，朝廷每年在和蒙古作戰的時候都要陣亡幾個，沒那麼重要的，再說了，若是招安成功，說不定你就能當上總兵呢。」

徐海又驚又喜：「此事當真？能讓我徐海當總兵？」

天狼索性滿嘴跑馬：「胡總督說過，汪船主是經商的奇才，能一手創建這麼龐大的商業帝國，實在不容易，單純論打仗的話，他亦不如徐兄你出色，甚至連戚繼光，俞大猷眾將，也都嘆服於你徐兄的將才，說你若不是誤入歧途，而是效命朝廷的話，七海之內當會海波平安。」

徐海面有得色，打開了自己手中的摺扇，瞇起眼睛道：「幾位將軍實在是過譽啦，我只不過是在虎跑寺的時候機緣巧合，逢異人傳授了幾招兵法而已，加上汪船主那裡兵精船多，給了我這個發揮空間罷了。」

天狼點點頭，他曾和戚繼光討論過這個問題，倭寇之所以讓人頭疼，並不是在陸地上戰鬥力有多凶悍，而在於其可以乘坐船隻，從海入江入河，一旦陸戰不利，跳上船就可以逃跑，徐海等人精通內地的水文地理，對河道分岔一清二楚，所以機動性反而要比大明的官軍要強，若是以後想要跟倭寇正面較量並取勝，還是得想辦法滅掉他們的船艦，斷掉倭寇的退路才行。

於是天狼正色道：「徐兄，你若是能投靠朝廷，就不用再受日本人那裡的夾板氣，我也知道，日本人那裡還派了陳東、麻葉兩人來監視你，他們也有自己的隊伍和手下，每次襲擊沿海，你出力最多，可這兩人在日本人那裡說幾句話，分得的戰利品卻不比你少，我看你徐兄英雄一世，卻被這樣算計，不值啊！」

徐海被天狼說中了心病，喝了杯酒，臉色有些發紅，嘴裡噴著酒氣，恨恨地說道：「狼兄是自己人，我就不跟你拐彎抹角了，你這話說到兄弟心坎上啦，這些日本人是根本信不過我的，每次作戰都讓這兩個傢伙帶人在後面盯著，名為押陣，實際就是監視我，一旦我這裡勝利在望，他們就上來搶功，反過來我這裡要是不利，這兩個傢伙溜得比誰都快，要不是因為他們是島津家派來的，老子早就滅了這兩個傢伙了！」

天狼心中竊喜，**看來給自己猜中了，徐海跟日本人的矛盾比自己原來估計的還要深**，他長嘆一聲：「徐兄，我聽說那陳東是島津氏那裡的書記官，本無才能，也就是會算算帳，會說日本話罷了，跟你徐兄是不好比啊，可為什麼日本人就這麼信任他呢？」

徐海歪了歪嘴：「陳東和麻葉兩個，是典型的小人，在日本人面前只會點頭哈腰，什麼本事也沒有，但就是因為他們沒本事，所以日本人才對他們放心，因為日本人每次去搶劫都要聽我的指揮，也怕我趁機把這些人吞併成自己的部下，所以每次搶來東西，我這裡除了留下三成外，全得上交，而我們三個手下的日本兵，是集中在一起平分這些搶來的東西，時間一長，那些日本人也都樂得到陳東和麻葉的手下，這樣既安全，分得的東西也不少。」

天狼恍然大悟道：「原來如此，那我冒昧地問一下，這回胡總督跟汪船主還有跟你徐兄和談，日本人知道這件事嗎？若是你們同意招安了，那日本人不是竹籃打水一場空了嘛？」

徐海點點頭：「正是如此，島津家對這次和談是堅決反對的，只是現在汪船主的實力強大，島津家每年所需的大批鐵炮大筒（洋槍大炮的日本叫法）都需要通過汪船主跟佛郎機人的生意購得，而且汪船主跟我說過，他年齡大了，想著要落葉歸根，不想做異國他鄉的孤魂野鬼，所以就想著朝廷能開放海禁，讓他可以光明正大地在得到了特赦後返鄉，也不用受那些日本人的氣。」

天狼心中一動：「這麼說，汪船主是極力主和，甚至願意招安的？」

徐海哈哈一笑：「狼兄，我今天算是對你把底牌都透露了，就是想和你談成這次的交易，其實你有所不知，海上風浪大，成天在船上風吹日曬的，過的那個日子也叫苦不堪言；再說了，咱們的祖墳和老家都在中國，現在衣食不憂了，誰還想給日本人繼續當漢奸帶路打自己的老家？只要朝廷肯鬆口，放我們一條生路，能照顧這十幾萬弟兄的生計，咱們是沒什麼問題的。」

天狼皺了皺眉頭：「可若是日本人知道你們的真實想法，他們會這麼輕易地讓你們和談？你們這些年的打劫基本上是靠了日本人的，若是他們重新扶植一些主戰派怎麼辦？」

徐海收起了笑容，低聲道：「這就要看你們給我們的條件了，若是你去了雙嶼島上，就像今天一開始對我那樣盛氣凌人，完全是一副施捨給我們的態度，那些年輕的頭目就會極力反對，甚至煽動大家對你群起而攻之；還有，就是你給的條件若是不能讓大家都滿意，比如只招安我們幾個頭目，卻不給其他兄弟們官職，那底下的人也多半不樂意的。最後就是對日本人的處理方式，你要是把他們全都趕走了，他們不當場殺了你才怪呢。」

天狼意識到這是一個套取徐海和汪直底牌的絕好機會，於是不動聲色地說道：「那依徐兄的看法，**應該給出什麼樣的條件，你們可以對各方面都有個交**

代呢？」

徐海正色道：「這個嘛，我先提幾條意見，你看看是不是太為難，如果實在談不攏的話，你可以回去再和胡總督，甚至和皇上商量一下，看看能讓到什麼地步，如何？」

天狼點點頭：「洗耳恭聽。」

徐海道：「第一條，就是要跟我們開海禁通商，當然，若是皇上要面子，不明令下詔開海禁，也可以暗中對民間的私下貿易睜一隻眼閉一隻眼，不能直接在大明境內交易通商的話，也不妨在雙嶼島或者是別的島上交易，反正我們只要圖個實惠的就行。」

天狼微微一笑：「這個倒是不難，不過交易的數額需要限量，我知道你們最喜歡的就是絲綢和瓷器了，可是宮中每年也要大量的絲綢，若是任由民間商人和你們做生意，只怕很快給朝廷上貢的絲綢都不足了，所以胡總督的意思，這個交易是由官方指定的商人出面來進行，至於數額嘛，可以商量。」

徐海臉上閃過一絲喜色：「這第一條就是最重要的，只要能開禁通商，那就能保證我們起碼的收入來源，有了絲綢我們就可以倒賣火槍大炮，再到日本那裡換成白銀，只要有的吃，誰也不想出來搶劫，就是日本人也不是那種有了錢還不要命的野人。」

天狼聽了道：「不過相應的，胡總督應該也和你們說過，做到這一條的前提，是不得再劫掠沿海，一個村一個鎮子都不許搶，若是你們管不住手下，那需要把打劫之人抓獲，交給我大明朝廷處置，不然，這個交易通商也就破局了。」

徐海連連點頭：「只要數字能讓我們滿意，那約束手下的事，自是應該。」

徐海繼續說道：「這第二條嘛，就是朝廷要派兵助我們消滅陳思盼和蕭顯一夥，這對朝廷也是有好處的，這次島津氏沒能阻止汪船主和朝廷和談，所以暗中開始接觸這些廣東海賊，有另立門戶的企圖，朝廷助我們吞併他們，也是消滅未來的對手，對我們雙方都有好處。」

天狼哈哈一笑：「徐兄，明明是你們想要火拼對方，壯大自己的實力，何必總提我們的好處呢，現在陳思盼一夥對大明的威脅遠遠不如你們汪直徐海集團，而且若是消滅了他們，你們汪徐集團在海上就是一家獨大，胡總督認為這是在養虎為患。」

徐海臉色一變：「狼兄，上次胡總督可是答應了此事的，這次也沒有提出什麼異議啊。」

天狼臉色一沉：「上次是上次，上次你們可沒有在義烏幫著嚴世蕃來黑胡總督，你們難道不明白這個舉動的後果嗎？就是破壞雙方的互信，本來答應的事情也有變數了。」

徐海臉上陪著笑，語氣軟了下來：「狼兄勿急，上次的事是我們不對，兄弟我這裡給你先賠個罪，只是我已經說得很清楚，那是嚴世蕃下的令，上次我們不知道其中的利害關係，只是想討好嚴世蕃而已，加上胡總督練兵令我們誤解，這件事既然解釋清楚了，就到此為止吧。」

第十章

獨門絕技

天狼留意四周，卻沒有發現異常，訝異地說：

「不會吧，我沒發現有人在偷聽啊。你用的是什麼功夫？」

鳳舞似乎很高興能騙過天狼的耳目：

「嘻嘻，這可是我的獨門絕技，連我爹都不會呢，

以後我們成了親，我再告訴你。」

天狼冷冷地說道：「到此為止？你們上次能在義烏激起民變，以後誰知道能搞出什麼花樣？大規模的公開入侵不搞了，就派小股人馬登陸來惹事，有嚴世蕃幫你們的忙，自然可以讓東南永無寧日。」

徐海擺手道：「不不不，上次我們是聽信了嚴世蕃的話，這回誤會消除了以後，自然要互相以誠相對，不能再做對不起胡總督的事情了。」

天狼道：「姑且聽其言觀其行吧，胡總督說了，聽你們的一面之詞是靠不住的，得手裡頭有實力，你們再上陸來搶劫也有能力擊退，所以他才要練義烏兵，就是為了痛擊你們的不守信之舉。」

徐海「嘿嘿」一笑：「好了，那剛才我提的事情，就是官軍和我們聯手消滅陳思盼，這件事情沒有異議吧？」

天狼冷冷說道：「這件事我做不了主，胡總督本來上次答應了你們聯手消滅陳思盼的，可是你們卻和嚴世蕃勾結，暗中使壞，現在就是我願意答應你們，他也未必肯，何況，這件事情對朝廷沒有任何好處，廣東海賊被你們吞併後，連福建和廣東一帶也將不得安寧，如果我是胡總督，也不會答應你的。」

徐海嘴角撇了撇，道：「此事就要靠狼兄多幫忙美言幾句了，你也知道，消滅陳思盼以後，我們就可以打通南洋的商路，和佛郎機人做生意，就再也不用受制於日本人了，而且我剛才說過，島津氏這回對汪船主不滿，有意要重新扶持陳思盼，上個月陳思盼的副手蕭顯已經去過九州了，若是由陳思盼取代了我們，只怕對胡總督，對沿海的百姓都未必是好事吧，他可是只想搶劫，不願意做生意的純海盜。」

天狼承諾道：「有機會我再勸勸胡總督吧，還有別的什麼提議嗎？」

徐海微微一笑：「第三嘛，就是希望朝廷如果招安我們的話，我們只是接受朝廷的頭銜，仍然保留我們的武裝，海外的貿易由我們接手，商船也由我們來護衛，至於軍餉，朝廷可以不用給，我們可以自己養活這十幾萬兄弟。」

天狼哈哈一笑：「徐兄果然是精明得可以啊，這樣無本萬利的條件也能提得出來，**若是朝廷只給你們虛銜，無法控制你們的部隊，那還叫什麼招安?!如果朝廷指揮不動你們的人，甚至你們這些首領都不上岸，那這談判還有什麼意義？**說白了，你們的要求就是讓胡總督單方面的開海禁，允許和你們做生意，還要幫你們消滅陳思盼，你們沒有任何損失，對不對？」

徐海笑道：「狼兄不用說得這麼難聽嘛，你仔細想想，對我們這些頭目來說，其實上不上岸，當不當官，都沒太大區別，這些年賺了這麼多錢，就是到日本去買塊地居住，也能逍遙自在，只是考慮到手下十幾萬兄弟的生計，他們可沒我們這麼多的錢，萬一要是回了鄉里，還有可能會被官府清算，所以若是朝廷按對待山賊綠林的方式來收編咱們，那只怕兄弟們是無法答應的。」

天狼冷冷地道：「胡總督說了，會給所有你們的手下發特赦令，允許他們返鄉，如果是要做小生意或者種地，朝廷會給予補助，但朝廷不可能養十幾萬人的軍隊，所以大部分人裁撤掉是肯定的事。至於那些日本人，你們可以多給他們分一些錢財，打發他們回日本，實在不行，有特別能戰之士，只要不是帶著進犯中原的野心，胡總督說過，也可以看情形留下一些，就像北方的邊軍中也有一些蒙古人擔任達官一樣。」

徐海卻道：「狼兄，這帳不是這樣算的，現在情況已經很清楚，十幾萬兄弟這些年來都習慣了做這沒本錢的買賣，可以吃香喝辣，要他們回去再受官府欺壓，多數人是不肯的，而且那些日本浪人多數是在日本戰敗，沒了土地，無以為生的人，就是給他們一筆錢，這些人拿了錢回鄉後，過了一陣子發現過得不如現在，常常又下海重操舊業，再度為倭。」

天狼道：「徐兄，你們如果被整編招安後，就要負責海上的安寧，到時候如果這些昔日手下重新為匪，打家劫舍，那麼消滅他們，保海上安寧，就是你們這些官軍的責任了，不然養兵何用呢？」

徐海臉色大變：「你說什麼？要我去剿滅我昔日的手下？」

天狼收起笑容，正色道：「徐兄，如果接受招安，你就是官軍的將領，他們若是不肯安分守己好好做良民，再度為寇，那就是國家的敵人，朝廷可以原諒他們一次，卻不能允許他們復叛，這個道理不難理解吧。」

徐海恨恨地說道：「他們都是跟隨我多年的部下，怎麼可以自相殘殺！」

天狼嘆了口氣：「徐兄，你當倭寇的時候，他們是你的部下和兄弟，但你一旦改過自新，回頭走正路，就是朝廷的將領，要保沿海的安寧，還要護衛商船，若是他們攻擊沿海城鎮，洗劫商船隊，那就是搶你和其他從軍的兄弟們的糧餉，你還要顧念舊情嗎？」

徐海眼中閃過一絲迷茫：「不管你怎麼說，我還是不能向自己人下手，剛才我的提議不是最好的辦法嗎，只要開禁通商，我們是可以有能力養活這十幾萬手下的，並不需要朝廷解散我們。」

天狼搖搖頭：「一支如此龐大，又不服從朝廷命令與調度的大軍的存在，是皇帝，是胡總督都無法接受的，而且，若是你們這支大軍，朝廷無法直接掌控和解散的話，會給其他各地開出極壞的先例，這樣天下的盜匪們都會以為只要占山為王，打家劫舍，即使鬧得再大，也能保自身平安，便會紛紛效法，那樣就國無寧日了。所以胡總督的意思是，至少你們這些頭領都得上岸接受朝廷的官職，以示朝廷對你們的實際管控。」

徐海冷冷地回道：「**你們該不會是想著擒賊先擒王，讓我們這些頭領上了岸以後，來個一網打盡，這樣我們的大軍就群龍無首，能自行崩潰了吧？**」

天狼笑道：「若是這樣做，皇帝和胡宗憲豈不是失信於天下，你們若是肯上岸接受招安，那就已經降伏，不再成為國家的威脅和禍患，要是這時候再動手殺你們，不僅會把你們的手下逼反，還會斷絕天下其他想要改邪歸正的盜匪們的希望，可謂有百害而無一利。」

徐海想了想道：「天狼，不用花言巧語，我知道在官府眼裡，我們一日為匪，終身為匪，不可能把我們當成良民看的，現在之所以你肯去雙嶼和我們談判，不就是因為我們實力強大，手下兄弟眾多，還有日本人引為外援嗎？若是我們解散手下，孤身上岸，那還不是成了你們岸板上的魚肉，是不是殺，全憑你們一念之間罷了。」

天狼收起笑容，沉著地道：「如果想殺你們的話，上次你來杭州的時候，胡總督就可以下手了，這次我孤身赴你們的雙嶼島，根本沒考慮生死的問題，徐海，我們一向是很有誠意的，反倒是你們，不停搞出各種名堂，你提的這個方案其實對自己沒有任何損失，朝廷卻要為此付出通商貿易的代價，而且，你們有錢賺就拼命地從大明收購絲綢，沒錢賺隨時可以重操舊業，再次打劫沿海。當匪還能當得這麼理直氣壯，不覺得太過分了嗎？」

徐海的額頭上開始沁出汗珠，咬著牙說道：「天狼，那個海禁政策本就是皇帝為了自己的面子而置沿海數十萬百姓於不顧的昏庸政策，早該改了，他若是不改，那就會不斷地有沿海百姓加入我們，再說了，我們又不搶劫，而是負責把絲綢和瓷器買下來，再賣到南洋，誰做這生意不是做呢？」

天狼雙眼圓睜，厲聲道：「那為什麼要你們這些打家劫舍的倭寇來做這生意？朝廷又沒有禁止和佛郎機人的交易，你在這寧波港可以看到來往不斷的西洋商船，這錢憑什麼讓你們賺？」

徐海眼中凶光一閃：「因為我們是海上的霸主，如果我們賺不到錢，那一艘佛郎機人的商船也別想進這寧波港。」

天狼哈哈大笑起來，聲音中氣十足，震得徐海的耳膜一陣鼓蕩，笑畢，天狼的神情變得異常嚴肅：「說白了，你們還是自恃武力，也罷，反正皇帝和胡總督根本看不上那點和海外做貿易的銀兩，不做也罷。你們要是不想談判，那繼續打就是，看看到底誰怕誰。」

徐海給天狼這話噎得啞口無言，轉瞬又換了副笑臉：「狼兄，不要激動，冷靜一點嘛。其實我就是那個意思，朝廷的絲綢若是運到宮裡，不能變成銀子，閒著也是閒著，不如就賣給我們，我們一轉手可以賺更多的錢，比絲綢在內地買賣的市價要高，這不是對大家都有好處嘛。現在朝廷在北邊跟蒙古人打仗，就是在東南也是如你說的那樣招兵防備，這都需要錢，為啥跟錢過不去呢？」

天狼正色道：「徐兄所言差矣，**世上除了錢以外，還有許多是錢買不到的，首先就是這個正道**，如果朝廷對倭寇低頭，保留你們的武裝，指揮不動你們的部隊，甚至連這海外貿易都轉包給你們做，那就會給各路反賊一個極壞的先例。

「第二，就是**民以食為天**，浙江這裡本就是七山二水一分田的地方，土地極少，每年就是全部種糧，都未必能養活一省之人，還要高價從別處調糧，若是各地的百姓一看這絲綢有利可圖，就會紛紛地不種糧食，改種桑樹，以產生絲賣錢，徐兄，你說這絲綢能吃飽肚子嗎？若是此風一開，天下有絲無糧，那各地饑民必定群起為盜，那就是要天下大亂了！」

徐海從沒有想過這個問題，先是一呆，繼而辯道：「可以從別處調糧嘛。」

天狼冷笑道：「百姓又不是傻子，別處的百姓一看種桑樹產絲比種糧食更來錢，那十有八九就會去轉行當桑農，要知道現在大明天下的土地可是有一半以上是在皇室貴族和士大夫的手上，他們自然是看什麼來錢做什麼。」

徐海笑道：「天狼，你只是個錦衣衛，又不是皇帝，也不是胡宗憲，他們都不管的事情，你操這麼多心做什麼？」

天狼斷然道：「大丈夫當心懷天下，哪能只顧自己，若是天下饑民四處，遭遇亂世，絕非我所願意看到，徐海，如果真的到了那一天，你以為你能安安穩穩地繼續做絲綢生意嗎？」

徐海嘆了口氣：「狼兄，這些軍國大事不是我們這些江湖人士需要多考慮的，還是留給皇帝老兒和胡宗憲多去想吧。照你這意思，我們這第三個提議，多半是不准了？」

天狼認真地道：「胡總督在我來時跟我明言，這次一定要完成招安，如果你們這些首領不上岸接受朝廷的官職和任命，那就不算招安，至於你們如何想辦法去說服自己的手下接受此事，那要看你們的能力了，實在不行的話，此事可以從長計議，**你們接受了招安後，我們再考慮開放貿易之事，只是在此之前，你們仍然不得攻擊沿海城鎮，不然所有的協議自動作廢。**」

徐海憤然道：「你這條款也太霸道了吧，若是不開放貿易，我們手下這十幾萬人吃啥喝啥？兔子急了都會咬人呢，我們若是沒了收入來源，那只好繼續做這打家劫舍的買賣了。」

天狼不為所動地說：「那樣就是一拍兩散了，其實你也清楚，現在你們已經搶不到太多東西了，以後隨著朝廷新軍的編練和投入戰鬥，你們能得到的只會越來越少，而且這樣會斷了所有和朝廷和解的路子，只是自取滅亡而已，我若是你，哪怕去搶佛郎機人的商船，也不會再上岸打劫。」

徐海的嘴裡喘著粗氣，眼珠子亂轉，顯然已經被天狼這種又拉又打，卻又底線嚴明的策略折騰得快要發瘋了，他吼了起來：「天狼，那就是沒得談了是嗎？告訴你，要我們上岸，門都沒有，要解散部下，更不可能！」

天狼微微一笑：「徐兄，不用動這麼大的氣嘛，其實你們可以自己先上岸，再派心腹之人暫時掌握部下，只要你們的部下還在，朝廷就不會冒著逼反你們的危險來取你們性命的，這點你就不曾想過嗎？」

徐海呆了一呆，彷彿看到一絲希望，連忙問道：「這是你個人的主意，還是胡總督的意思？」

天狼正色道：「其實這是胡總督的一個面子罷了，你說他要是招安了你們，讓你們當上了朝廷的將官，以後就是他的手下了，能兵不血刃地解決東南問題，何樂而不為呢？再說了，你們船堅炮利，要是忠心國事，為大明保海上的航路，那胡總督連造船錢都省了。只是若是你們連岸都不肯上，只接受一個空銜，那不要說胡總督自己面上無光，就是朝中的清流派大臣，也會趁機加以攻擊，到時候東南已平，胡總督不再不可或缺，也許皇帝就會過河拆橋，以此為由罷免胡總督呢。畢竟他在東南這些年，若是立下奇功，勢力就太大了，非動不可。」

徐海聞言道：「你說得有道理，只是**你能確定我們上了岸受了官職後，真能平安無事嗎？**」

天狼哈哈一笑：「你們的部下都在，又有什麼好擔心的，徐兄上次深入內地，膽色讓兄弟我也很欽佩，怎麼這回這麼瞻前顧後的呢？」

徐海搖搖頭：「不一樣，汪船主才是真正的首領，只要他在，你們不敢對我們怎麼樣，可要是汪船主也上了岸，那就很難說了，朝廷誘殺起義軍的首領也不是一次兩次，何況我們在東南犯的事也太大了。」

天狼正色道：「胡總督就是考慮到這點，所以特地把原來押在徽州大牢裡的汪船主的家人，尤其是他的兒子都接到了杭州，待若上賓，我這次還帶了汪公子的親筆信，就是求汪船主早點回家與家人團聚的，你說，要是朝廷真的想斬盡殺絕，大可把汪船主的親戚都斬了，還會這樣嗎？」

徐海疑道：「汪船主的家人還沒有被處死，這是真的嗎？」

天狼從懷中摸出一封信，遞給徐海：「你看，這就是汪公子的親筆信，汪船主的夫人也把信物隨信一起附上，若是你們還不放心，下次可以派人到杭州親眼看看。」

徐海的眉頭舒展開來：「看來朝廷和胡總督果真是有誠意的，好，狼兄，我回雙嶼後，會幫你力勸汪船主接受胡總督的條件。」

天狼心中一塊石頭算是落了地，舉杯道：「那就預祝我們的合作，一切順利。」

徐海看了眼窗外，站起身道：「狼兄，我們應該上路了，汪船主還在雙嶼島等我們呢。」

天狼點點頭，道：「上船前，我先問你一個問題，還希望徐兄能如實回答。」

徐海有些意外，又坐了下來，道：「狼兄但說無妨。」

天狼道：「請問嚴世蕃此刻是否在雙嶼島作客？」

徐海眼中閃過一絲慌亂，轉而哈哈一笑：「狼兄何出此言？小閣老是何等尊貴的身分，怎麼可能親自到我們那裡呢？你一定是在開玩笑吧。」

天狼嘆了口氣：「徐兄，你說要與我合作，卻連起碼的實話都沒有，這樣又如何讓我們互相信任呢？我看若是這樣的話，以後我們也很難肝膽相照了，這雙嶼島不去也罷！」天狼說到這裡，站起身，轉身欲走。

徐海連忙也跟著站了起來，伸手攔住天狼：「狼兄，怎麼說變臉就變臉啊，小閣老人不在雙嶼島，我還能騙你不成？」

天狼坐回座位，冷冷地說道：「徐兄，如果嚴世蕃不在島上，本來上次你已經在義烏知道被他利用和出賣了，為何這次見我，又像是給嚴世蕃再次洗了腦，立場完全是站在那嚴世蕃一邊呢？」

徐海微微一笑：「那些事情不需要小閣老跟我們商議，我自己也可以分析得出來啊，難道戚繼光練義烏士兵，俞大猷訓練水師新兵，這些都是機密？」

天狼嘆了口氣：「現在沿海嚴格海禁，居民全都撤入了內地，你們又很難潛入內地刺探情報，像戚繼光的練兵乃是絕密軍情，若不是嚴世蕃給你們通風報信，你們又如何知道？」

徐海不置可否地說道：「此事確實是小閣老差人送信通知我們的，你也知道，上次在義烏的事情鬧得不太愉快，他也不想就此斷了和我們的聯繫，這點不難理解吧，但他派人來送信通知，和他親自來，是完全兩回事。」

天狼點點頭：「不錯，嚴世蕃確實可以派人來送信，但這番分析，還是說出胡總督是想整軍備戰，以和談為緩兵之計，這一番說詞，可不是隨便哪個說客可以做得到的吧，再說了，一些私下的交易，所謂更好的，更優厚的條件，若不是嚴世蕃本人親至，又有誰能自作主張呢？」

徐海眼中寒芒一閃：「狼兄這話就有些牽強了，你也不是胡宗憲，不也能代表胡總督來參加這個和議嗎？小閣老權傾天下，手下也不是沒有能人。」

天狼笑道：「嚴世蕃和我不一樣，我是皇帝派來監視胡宗憲的和談之舉，以防他通敵叛國的，胡宗憲為了向皇帝顯示自己的忠誠，所以對我交了底後，讓我去參與談判，而嚴世蕃可是私下和你們接觸。通倭是滅族的大罪，就算他權傾天下，犯了這一條，長一百個腦袋也不夠砍的，所以這種事情他不可能假手他人，一定要親力親為，何況還要談以後萬一要逃亡海外時在哪裡落腳的事，這也能由他人代理嗎？」

徐海不再說話，天狼的話如同鋼刺一般，針針擊中了他的弱點，他的額頭上滲出汗珠，眼珠子直轉，似乎在想轉圜的說詞。

天狼看徐海這樣子，心中已經確定嚴世蕃一定在島上，他不想給徐海想出應策的時間，又接著說道：

「還有最重要的一點，就是嚴世蕃跟我乃是不共戴天之仇，他做夢也想置我於死地，因為他知道我也同樣非要他命不可。在朝中，他奈何不了我，假借你們倭寇之手是最好的機會，我只要一死，他還可以反告胡宗憲一狀，說他和談不力，還害死了皇上派來監視他的錦衣衛，甚至可以說我已經查到了胡宗憲通倭叛國之事，胡宗憲只不過是殺人滅口。為了這一條，你說他現在會離開雙嶼島嗎？」

徐海長嘆一聲：「天狼，你實在是多智近乎妖，我有時候甚至懷疑你是不是人。好吧，我也不瞞你了，嚴世蕃就在島上。我之所以在上船前對你多方試探，就是想聽聽你的說詞，免得被嚴世蕃牽著鼻子走。」

天狼心裡鬆了口氣，**他很確定徐海這回是站在自己一邊了**，點點頭道：「徐兄，這就是你不夠朋友了，我剛才也只是試探你一下，可是你卻不跟我說實話，若是我真的信了你，就這麼上島，在毫無準備的情況下，還不給那嚴世蕃害死啊。」

徐海擺擺手：「不會，汪船主說過，咱們的底線就是寧可談不成，也不能和胡宗憲把事情徹底弄僵，嚴世蕃說得天花亂墜，但只要他沒把浙直總督換成他自己的親信，而且這個親信要主動和我們接觸，答應我們的條件，我們就不會相信他說的話。汪船主縱橫七海一輩子，見過無數爾虞我詐的事，又怎麼可能被嚴世蕃的幾句話就拿住？他在我們這裡找後路，本身就是自己在朝中底氣不足的表現，一個連在國內都待不下去的人，又怎麼可能再多決定軍國大事呢。」

天狼哈哈一笑：「汪船主還真是明白人，只是你們既然知道嚴世蕃靠不住，又怎麼會信他的話，對胡總督產生懷疑呢？」

徐海冷冷說道：「嚴世蕃是靠不住，但他的話未必有錯，胡總憲一心只想著青史留名，清理東海沿海，我們這些人是他的眼中釘，肉中刺，若不是現在他軍力不足，在海上無法戰勝我們，哪會用這種和談招安的法子。

「狼兄讀過《水滸傳》吧，那裡面高俅、張叔夜對待梁山好漢的辦法，骨子裡都是一樣的，能打得過就打，打不過就招安，招安了以後，就讓他們去和別的義軍自相殘殺，實力不足了以後，再把這些頭目們各地安置，解散部眾，然後再分頭消滅，宋朝的官員就這麼做了，難道胡宗憲就比他們高尚？」

天狼早有準備，微微一笑：「可是徐兄就沒讀過《說岳全傳》嗎，岳飛可是招安了那山賊楊再興，最後楊再興成為他手下的大將，出生入死，最後壯烈戰死沙場，成就千古美名，難道岳爺爺也是陰險狠毒，故意害死楊再興的？」

徐海歪了歪嘴，沒有說話。

天狼正色道：「徐兄，剛才我已經說過了，胡總督可以允許你們暫時保留軍隊，只要幾個頭目上岸接受官職就行，你們的部隊還在，又可以做生意來維持軍餉，又有什麼可擔心的？胡總督不會讓你們北上去打蒙古人的，最多也就是保這海上的安寧，難道你們做這個事情也這麼難嗎？」

徐海搖搖頭道：「天狼，我現在猜不出胡宗憲的真實意圖，但以我的經歷和判斷，當官的人，一個個都是老謀深算，心腸狠辣，胡宗憲此人對我們是恨之入骨，絕不可能這麼便宜地放過我們，所以我在這事上是相信嚴世蕃的，不管怎麼說，給自己留點後路總不是壞事。」

天狼道：「徐兄這話我不愛聽，剛才我說了這麼多，無非就是兩個字，誠意，胡總督基本上已經滿足了你們的條件，可你們不能只顧自己，不給他任何交代，不上岸招安，那就不算向朝廷投誠，嚴世蕃難道能給你們更好的出路嗎？」

徐海不耐地說：「好了，不要多說了，這件事還是要汪船主拿主意，他若是點頭，那我照辦就是，反過來，要是他不願意，我就是同意也沒用。」

天狼點點頭：「沒關係，信任是可以一步步建立的，這回如果談不成招安的事，也可以先談休戰和消滅陳思盼的事，這樣有助於雙方建立起碼的信任關係，不過我有言在先，你們若是再像上次那樣，前腳談完了，後腳就下黑刀子捅人，可就休怪胡總督不客氣了。」

徐海道：「人不犯我，我自不會犯人，胡總督到目前為止也只是口惠而實不至，嘴上說要招安，私下卻在整軍備戰，你說只是防備，可我們卻不這麼認為，所以大家還是現實些，也不會吃虧。」

天狼道：「你說的現實，不就是消滅陳思盼一事嗎？這點你放心，這回我去你們那裡，就是負責商定此事的，陳思盼十分狡猾，在海上經營多年，官軍多次圍剿都沒有找到他的巢穴，海外小島上萬，要想抓到他，無異於大海撈針，只有你們主動指出他的方位，之所以派我來，很重要的一個原因，**就是要你們帶我去找陳思盼的巢穴，到時候我們負責突擊陳思盼的巢穴，你們的船隊則在外海封鎖他們逃跑的退路，一旦陳思盼和蕭顯突圍，你們則趁機劫殺，這樣陳思盼的手下們只會以為是官軍們剿滅了他們的首領，自然會投向你們。**」

徐海大喜過望：「狼兄這次若肯幫忙，那就太好了！」

天狼道：「我說過，這次我來，就是為了**建立相互間的信任，我們可是很有誠意的，可以先幫你們剿滅了陳思盼，然後你們再考慮是不是接受招安的事**，如果這次能把陳思盼給消滅掉，你們也算是為朝廷剿滅了海賊，借這個由頭，給你們封官許願，即使是清流派的大臣們也說不出什麼反對意見。」

徐海失望地說：「開禁通商的事這次還是不能敲定嗎？」

天狼道：「這個必須在你們接受招安之後才有得談，畢竟我們幫你們消滅了陳思盼，讓你們實力大增，你們不有所表示，也太說不過去了吧。」

徐海咬咬牙道：「行，我會找機會幫你勸勸汪船主的，天狼，只要你能真的幫我們滅了陳思盼，我徐海就信你。」

天狼微微一笑：「這沒有問題，對了，你們為什麼這麼恨陳思盼，非要置他於死地不可呢？據我所知，陳思盼一直和呂宋島的佛郎機人勾搭在一起，勢力範圍也多是在廣東和福建，跟你們並沒有什麼衝突啊。」

徐海嘆了口氣：「這是我徐某的私仇，當年我在虎跑寺當僧人，本以為這輩子就這麼過了，是我叔父徐惟學帶我下了海，讓我這輩子有了用武之地，可是我叔父卻被陳思盼偷襲而死，要知道我從小父母雙亡，是叔父一手把我養大，待我如父，如果不能為他報了此仇，那我還算是人嗎？」

天狼點點頭：「可是以徐兄現在的實力，對付陳思盼不難吧，為何還要假手官軍呢？」

徐海解釋：「我也不瞞你，陳思盼一夥盤踞福建和廣東一帶，手下也有數萬，這些人奉他為主，平時多是各行其事，陳思盼本人和蕭顯只不過帶了兩三千嫡系部隊罷了，如果我們直接滅了陳思盼，那他手下這些兄弟們會以為是我們殺了他們的龍頭老大，不會輕易向我們投降，這些小股海寇若是四處流竄，襲擊我們的商船，劫掠我們的分基地，也頭疼得很。」

天狼道：「可是就算官軍出動攻下了陳思盼的那個島，若是他們逃亡的時候碰到你們，被你們所殺，你們再接受了招安，那陳思盼的兄弟們還不是認定你們才是元凶首惡？」

徐海笑道：「狼兄還是不知道我們海上的規矩，如果是我們主動攻擊陳思盼的島嶼，那確實是我們不義在先，雖然盜匪中的火拼和仇殺是天經地義的事，但當年汪船主新接手我們船隊的時候，曾和陳思盼歃血為盟，結為兄弟，表示不再追究往日的恩怨，所以若是我們主動毀約，那不僅陳思盼的手下會瘋狂報復，就連我們自己的部眾也會離心離德的。但若是官軍攻擊陳思盼，那我們可以說本是要去救援陳思盼的，就算殺了他，也可以推到官軍身上，事後可以名正言順地收編陳思盼的手下。」

天狼眉頭一皺：「但是一旦你們被官軍招了安，那些人還會信你這套說詞嗎，你要收編這些人，總得打著給陳思盼報仇的旗號吧。」

徐海搖搖頭：「官兵打海匪是天經地義的事情，我們下海為盜的第一天，就有這種覺悟，再說陳思盼的那些手下也只是名義上奉他為主，如果到了我們這裡，那自然要聽我們這裡的號令，你放心吧，這些人沒有你想像的那樣講義氣，會真為了陳思盼報仇雪恨，只要到時候開了禁通了商，能通過貿易賺錢，給這些人好處，那他們自然也不會提報仇的事了。」

天狼追問道：「若是這些人再去攻擊廣東和福建一帶的沿海城鎮，怎麼辦？我們可是有協議的，他們在陳思盼手下時，不歸你們管，可要是到了你們手下，你們約束不了的話，那一切都沒得談了。」

徐海眼中寒芒一閃：「這點你放心，既然到了我們這裡，就得守我們的規矩，陳思盼基本上不管他們，也基本不分他們搶劫的戰利品，最多只是聯合起來打劫的時候按比例分贓，但在我們這裡，一切都要有規矩，由不得他們亂來，若是不聽號令，私自劫掠的話，我們會負責把不聽話的海匪清理掉，把頭目的腦袋交到胡總督的手裡，以示誠意。」

天狼眉頭舒展開來：「如此甚好，我就跟你走這一趟吧，這回我不是孤身前往，而是帶了一個同伴一起去，現在她人就在碼頭，你的船要是準備好了，就現在出發吧。」

徐海微微一笑：「想不到獨來獨往的錦衣衛天狼，這回居然還找了幫手，好，我們出發。」

三個時辰後，茫茫大海上。

這艘船乃是佛郎機式的大帆船，前後三根桅杆，掛著高高的風帆，這會兒正順著風劈波斬浪而前。

三層一處只有一丈見方的船艙裡，天狼正雙眼緊閉，打坐運功。

這是他第一次坐大船出海，剛上船那陣子，胃裡如翻江倒海一般，幾乎張嘴就要嘔吐，趕忙打坐，功行全身，三個周天的運功過後，總算恢復一些元氣，心中感嘆，自己這身武功初次出海都如此不適，普通人新上海船，只怕能吐得把膽汁都給交出去了。

一陣淡淡的幽蘭清香鑽進天狼的鼻孔，不用睜眼，他就知道是鳳舞接近自己了，正要開口，感覺到鳳舞的素手搭上了自己的手腕，她的聲音隨著胸膜的振動，直接在天狼的耳邊迴蕩起來。

鳳舞今天換了一身男裝打扮，戴著一副斯文書生的人皮面具，可是嬌小的身形和身上的脂粉氣，還有那豐滿挺拔的胸部卻把她的女兒身早早出賣了，天狼在出發前就建議她用縮骨法把身形變高大，鳳舞卻堅決不肯，天狼左右勸不動，只好作罷。

只聽鳳舞說道：「天狼，第一次坐海船，不適應吧。」

船艙的窗子開著，帶著鹹味的海風正從兩窗對開的窗戶裡灌過，吹得天狼的額前頭髮一陣飄起，他不喜歡這種鹹濕的感覺，若不是臉上戴著面具，臉皮肯定會給吹得生疼，就像徐海，雖然看起來打扮保養得不錯，可是臉上仍然有一塊塊白斑，原來是給海風吹脫了皮。

天狼嘆氣，密語道：「鳳舞，怎麼這回你一點反應也沒有，還能幫我護法，以前你也出過海？」

鳳舞「嘻嘻」一笑：「我可是我爹的王牌探子呢，十歲的時候就出海了，坐海船對我來說如同家常便飯，沒啥不舒服的感覺，不過我還記得第一次出海時，整整把三天的飯都吐掉了，當時恨不得跳到海裡淹死算了。」

天狼笑道：「那一定是你那時候練功偷懶，內力不足，你看我這樣子一運功，不就恢復過來了嘛。」

鳳舞勾了勾嘴角：「哼，你現在是什麼功力啊，我就不信你十歲的時候坐這船，靠運功就能不吐。」

天狼正色道：「好了，我這一路還沒來得及跟你說和徐海談的事，剛才我一邊運功一邊在想，你也幫我參謀一下。」

鳳舞「撲嗤」一笑：「你們談話的時候，我其實隱身在屋頂，你們說話的內容，我全聽得一清二楚。」

天狼有些意外，當時他特地留意四周，卻沒有發現有任何異常，訝異地說：「不會吧，我沒發現有人在偷聽啊。你用的是什麼功夫？」

鳳舞似乎很高興能騙過天狼的耳目：「嘻嘻，這可是我的獨門絕技，連我爹都不會呢，以後我們成了親，我再告訴你。」

天狼微微一笑，鳳舞這個樣子像極了小師妹，以前沐蘭湘若是練成了什麼自己不會的功夫時，也會在自己面前這樣炫耀。

他心中一痛，連忙換了話題：「好了，我知道你有偵聽之能，這個以後再說，你既然全都聽到了，那有什麼想法嗎，我的應對是否得體，你也站在客觀的角度說說。」

鳳舞秀眉微蹙，表情變得凝重道：「你和徐海談的事情，我不了解，這些軍國大事也不是我們女兒家應該管的，我只是覺得奇怪，你如果幫汪直和徐海滅了陳思盼，他們在海上就一家獨大了，到時候跟我們和談的時候肯定開價會更高，你別把他們養得太肥了以後餵不飽。要我說啊，你別真幫他們滅了陳思盼，意思一下就行了，最好是能想辦法放跑陳思盼和蕭顯，這樣讓廣東的海賊和倭寇結下深仇，他們兩邊互相打起來，我們不是照樣可以坐收漁人之利嗎？」

天狼笑道：「鳳舞，你還是不懂這軍國之事，起初我也是這般心思，想著讓他們自相殘殺，可是胡總督和他的軍師徐文長卻堅持要助汪直集團消滅掉陳思盼，原因有幾個。

「第一，徐海和陳思盼有殺叔之仇，非報不可，以前汪徐集團力量不足，不能和陳思盼全面開戰，現在他們實力強過對方不少，又不能再搶劫沿海，自然會把矛頭對準對方，所以這是汪直派人主動聯繫我們，要我們幫忙滅掉對手的原因之一。

「第二，汪直不想背負主動背盟，引官軍攻殺同道的罵名，所以找上我們幫忙，如果我們不答應下來，那他們很可能就會放棄跟陳思盼火拼，這些倭寇不事生產，除了搶劫無以為生，不跟陳思盼打，又不開海禁的話，那就會搶劫沿海，到時候還是黎民百姓受苦。」

鳳舞想了想：「那直接開禁通商就是了，你都有這個許可權，胡宗憲也作好了這個準備，為什麼又要大費這麼多周章呢？」

天狼回道：「**比起消滅陳思盼來說，開海禁之事才是倭寇最想要的**，也是所有談判的重點，甚至連招安也只是個形式，根本的要點就在這開海禁上，如果海禁一開，內地的不法商人會大肆走私絲綢，嚴世蕃更是會指使手下的貪官汙吏們為這種走私行為提供方便，到時候肥了嚴世蕃和倭寇，卻損失了浙江上交朝廷和國庫的絲綢，嚴世蕃更是可以借此為由，罷免胡宗憲，把浙直總督換成自己人，這樣就可以一手遮天了。」

鳳舞「哦」了一聲，臉上現出一副信服的表情：「原來還有這個門道，那看來你們是不打算開海禁了，既然如此，為何要答應徐海呢？若是言而無信，這些倭寇會不會一怒之下撕毀和議，進而攻擊沿海呢？」

天狼微微一笑：「這就是為什麼要幫他們消滅陳思盼的主要原因了，陳思盼的實力雖然不如汪直徐海，但手下名義上歸附他的也有數萬海賊，而且島津氏現在對汪直一家獨大，不再聽話也有所警覺，有扶植陳思盼的企圖，這個陳思盼只知劫掠，不想通商，一旦被日本人扶持取代了汪直，那連談都沒得談，只有硬打，造成的損失也會大上百倍。所以**不能給陳思盼勾結日本人，發展成長的機會，要先滅掉他，讓他的手下給汪直收編，吞併！**

「汪直雖然勢大，但現在不能靠打劫搶錢，又沒有通商，完全是靠著前幾年搶劫所得的存貨，跟佛郎機人交易槍炮，再倒賣到日本，即使這樣也只能勉強維持手下的運營而已，徐文長那裡算過帳，徐海雖然一直號稱有十幾萬人，可他們真正的核心手下也就是四五萬人，其他的多是要出海劫掠時才臨時拉上的日本人，所以如果一旦要吃下陳思盼手下的三四萬人，那開銷和支出就大了一輩，只怕不出半年，他們的積蓄就會花光，無法再繼續下去了。

「現在他們還可以硬頂著不上岸，不招安，因為他們還能維持個一兩年，可滅了陳思盼後，就撐不上半年，到時候我們先給他們一點好處，部分地開些海禁，少量的賣給他們一些絲綢，讓他們嘗到甜頭，等他們離不開這個官方貿易了，到時候再突然切斷這交易，要求他們必須上岸接受招安和官職，那時候汪直只怕不得不就範了，就是他本人不想上岸，手下們這一兩年來不用動刀動槍也能來錢，也不會再輕易地賣命，他們的壓力也會逼汪直投降的。」

鳳舞臉上露出一副崇拜的表情，一動不動地盯著天狼看：「太厲害了，想出這個計畫的人實在是大才，那個徐文長看起來斯斯文文的，沒想到還有這一肚子壞水。」

天狼道：「徐文長確實大才，幸虧他這招對付的是倭寇，所以說消滅陳思盼是第一步，也是必須的，既能讓我們取信於汪直、徐海，也能讓他們背上巨大包袱，然後再慢慢開海禁，有限通商，引他們上鉤，嘗到好處的手下再無戰意，最後就是逼他們接受招安，解散手下。

「如果到那時候汪直和徐海還要孤注一擲，重新開搶的話，新軍也差不多練出來了，至少在陸地上，不會再讓他們占到便宜，倭寇如果搶也搶不到，打也打不過，那就會作鳥獸散，尤其是開海禁之後能離間日本人和汪直的關係，沒了凶悍殘忍的日本刀客助陣，區區十幾萬海賊，並不是太難對付的。」

鳳舞笑得兩隻眼睛彎成兩條月牙：「好計策，天狼，那徐海已經被你說動了，只是**汪直為人老奸巨滑，有這麼容易上鉤嗎？**」

天狼的表情變得凝重起來：「這也是胡總督所擔心的事，所以他這回也是下了功夫，把汪直在徽州的家人找到，請到杭州做客，就是希望能以親情的力量讓汪直回頭。」

鳳舞歪了歪嘴，道：「那汪直的家人為什麼不要跟著汪直一起出海呢？他在海上的生意做得這麼大，這些人留在內地不是找死嗎，要知道通倭和下海這是要滅族的。」

天狼笑道：「汪直的家人早已改名換姓，四處躲藏，而且都已經逃進川中居住了，胡總督也是花了大力氣，甚至跟你爹合作，請錦衣衛秘密調查，才找到了汪直的家人。而這些人之所以沒跟著汪直一起下海，可能一是因為汪直在日本又娶了別的女人，生了兒子，怕見到了以後不好相處。二是汪直本人極重視鄉土觀念，老家的祠堂，尤其是祖墳也需要人祭掃。三是當倭寇首領其實極有風險，哪天落了網，或者被同行和手下火拼，也是死無葬身之地，不如在內地留下一支香火呢。」

鳳舞道：「可是這樣一來，不也是給找了出來嗎，汪直是聰明反被聰明誤，白白給送了人質吧，只是汪直既然敢單身下海，拋棄家人，想必也不可能為了家人的性命，就上岸接受招安吧。」

天狼點點頭：「不錯，這只是為防萬一的手段罷了，胡總督現在是對汪直家人以禮相待，想讓他們以親情鄉情勸汪直回頭罷了，真正能逼汪直上岸的，還是那個開海禁之事，如果他真的能接受我們的條件，解散部眾，上岸接受官職和招安，倒是可以讓他全家團聚。」

鳳舞收起笑容，正色道：「我爹說過，皇上曾經有過密旨，對於汪直、徐海這些頭目，暫時招安可以，但以後一定要誅殺，以儆效尤，天狼，你這回給他們做了這種許諾，以後萬一這些人被斬殺，你就不怕自己遭受報應嗎？」

天狼微微一愣：「有這種事？胡宗憲怎麼從來沒跟我說過？」

鳳舞嘆了口氣：「也許是我多嘴了，但是胡宗憲肯定是接到過這個旨意的，所以他的招安一定是權宜之計，天狼，雖然鬼神誓言這些是虛妄之說，但我還是不希望你胡亂地賭咒發誓，萬一真的應驗什麼不好的事，我，我實在是放心不下。」

天狼知道鳳舞為了自己的安危，不惜把這機密之事相告，多少有些感動，道：「你放心，其實這件事我也有心理準備，皇帝是個極要面子的人，肯定會覺得招安倭寇，還給倭首官職，無異於主動向倭寇低頭，眼下國家南北兩邊都不安寧，他又不能斷了東南的賦稅，所以只能默許胡宗憲招安，以後一旦緩過勁來，肯定是要算總帳的。放心吧，我對倭寇也沒有好感，就是衝著他們這些年在沿海造的孽，這些人被千刀萬剮都沒有可惜，**我不會對這些豺狼野獸真正以心相對的，更不會為他們立誓。**」

鳳舞眼中閃過一絲喜色：「真的嗎，你真的不會去發誓保汪直和徐海的平安？」

天狼沉吟了一下，暗語說道：「說心裡話，徐海還可以說情有可原，畢竟他是叔叔把他帶上賊船的，而且從徐海對那個王姓女子的一片深情來看，此人倒有幾分人情味，他在岸上的話你也聽到了，他不是不想回頭，只是怕遭到清算而已，我想他如果有招安的機會，是想真心洗心革面，重新做人的，對這個人，如果可能的話，我還是想盡力保全。

「只是那汪直，我雖然沒有見過其人，但此人才是東南十幾年倭亂的元凶首惡，徐海還可以說身不由己的話，汪直則是走私下海在先，投靠日本人，帶路燒殺搶掠在後，在汪直之前也有不少海賊集團，但沒有一個人想到勾結倭寇，引外敵入侵，所以汪直對大明造成的危害，超過了古往今來所有海賊的總和，也給所有海賊們找了一條引狼入室的毒計，若是不能清算汪直，那麼以後大明的沿海將永無寧日。」

鳳舞聽了道：「有這麼嚴重嗎？你的意思是，消滅了汪直以後，沿海仍然不得寧靜？」

天狼嘆道：「我也不希望這是真的，只是日本國內長年戰亂，有大批武士和浪人無以為生，只能下海搶劫，就算汪直被消滅，海禁重開，跟南方的佛郎機人的生意也會越做越大，到時候每天都會有十幾條商船跑在貿易的線路上，還有什麼比看著這些移動的金山更能刺激人的搶劫欲望呢？我敢肯定，**一定會有不法之徒勾結剽悍凶殘的日本倭寇，走汪直的老路，所以只有殺了汪直，才能震懾這些宵小之徒。**」

鳳舞點點頭：「我明白你的意思了，你是想要徐海以後掌兵，負責保護海上貿易的安全？」

天狼沉吟道：「這點我還沒有想好，也不是我能決定的，從我個人來看，徐海若是真心歸順，能帶著他的部下一起為朝廷效力，自然是最好的，不然就算殺了徐海，他那些悍勇的手下們也會四處流散，成為海上不安定的力量，而且徐海本人和汪直不同，他並不想以後做生意賺錢，只想跟那王翠翹安穩地過日子，只要王姑娘在岸上好好的，他就不會再生叛心。」

鳳舞道：「天狼，你想了這麼多，就沒有為自己考慮過嗎？嚴世蕃那惡賊現在就在雙嶼島上，他一定不會讓你的計畫這麼容易實現的，你想好對付他的辦法了嗎？」

天狼微微一笑：「該來的總要來，躲不過去的。他之所以這次到雙嶼島，一來是聽說我要去那裡，想要害我，二來嘛，也是不想胡總督和汪直集團談成，不然若是開海禁和招安的事情不經過他的人，他自然沒有油水可撈。所以他一定會從中極力作梗，如果我不走這一趟，只怕會給他壞了事，這點從徐海在寧波時跟我說的話，就已經非常清楚了。」

鳳舞嘆了口氣：「現在事已至此，想勸你回頭也不可能了，不過好在雙嶼島不是嚴世蕃的勢力範圍，在那裡你們是平等的，也就看誰能說動汪直了。」

天狼點了點頭：「我料那嚴世蕃一定會抓著胡總督練兵造船，整軍備戰的事情不放，一口咬定所謂的和議和招安不過是胡總督的緩兵之計罷了，這點其實也是汪直和徐海所擔心的，所以我不能在這個問題上跟他多糾纏，要直入主題，只說這回幫著他們消滅陳思盼一夥，這種行動遠比嚴世蕃的口惠而實不至要強，鳳舞，你幫我想想看，嚴世蕃有可能拿出什麼有力條件出來？」

鳳舞凝神思考道：「嚴世蕃這些年來靠著大肆的搜刮，可謂富可敵國，錢對他來說已經不是問題，上次在蒙古大營裡，他一出手就是一千萬兩銀子，只為換取蒙古人暫時退兵，難道這回他不會故伎重演，乾脆直接以重金相贈嗎？」

天狼點點頭，道：「是有這種可能，但我覺得用處不是太大，一來上次蒙古人是兵臨城下，嚴世蕃本人面臨生死存亡，一旦大明亡了，他嚴家若是被蒙古人滿門抄斬，那再多的錢也沒有意義，所以為了保命，咬牙下血本是可以的，但這回不存在生存問題，只為了讓倭寇放棄與胡總督的和談，就扔出幾百萬上千萬的銀兩，只怕嚴世蕃會心疼錢。

「要知道倭寇足有好幾萬，不是幾十萬兩銀子就能輕易打發的，而且這些倭寇平時也見過世面，汪直那裡的存款估計也有好幾千萬，不像那些蒙古人給點錢就會上鉤，即使嚴世蕃肯出這錢，我覺得問題也不大，因為一旦暗開海禁，胡總督給汪直集團提供的絲綢讓他們能賺到的錢，也不會比嚴世蕃現在給的價碼要少。」

鳳舞長出一口氣：「如果這事能輕鬆化解的話，那我想不出嚴世蕃還有什麼鬼點子了。」

天狼微微一笑：「我可沒你這麼樂觀，**在我看來，嚴世蕃還有一招，就是勾結日本人，向汪直發難！**」

鳳舞的臉色一變，嬌軀明顯微微一抖，連忙追問道：「此話怎講？」

請續看《滄狼行》12 群龍無首

滄狼行 卷11 將計就計

作者：指雲笑天道
發行人：陳曉林
出版所：風雲時代出版股份有限公司
地址：10576台北市民生東路五段178號7樓之3
電話：(02) 2756-0949
傳真：(02) 2765-3799
執行主編：朱墨菲
美術設計：許惠芳
行銷企劃：林安莉
業務總監：張瑋鳳

初版日期：2021年05月
版權授權：閱文集團
ISBN ：978-986-352-991-0
風雲書網：http://www.eastbooks.com.tw
官方部落格：http://eastbooks.pixnet.net/blog
Facebook：http://www.facebook.com/h7560949
E-mail：h7560949@ms15.hinet.net
劃撥帳號：12043291
戶名：風雲時代出版股份有限公司

風雲發行所：33373桃園市龜山區公西村2鄰復興街304巷96號
電話：(03) 318-1378
傳真：(03) 318-1378
法律顧問：永然法律事務所 李永然律師
北辰著作權事務所 蕭雄淋律師

行政院新聞局局版台業字第3595號 營利事業統一編號22759935

國家圖書館出版品預行編目資料

滄狼行 ／ 指雲笑天道 著. -- 初版 -- 臺北市：風雲時代，2021.01- 冊；公分

ISBN 978-986-352-991-0（第 11 冊；平裝）

857.7　　109020729